Contents

곰곰곰 베어 14

저자 쿠마나노
일러스트 029
옮긴이 김보라

스킬

▶이세계 언어
이세계의 언어가 일본어로 들린다.
이야기를 하면 이세계의 언어로 상대방에게 전달된다.

▶이세계 문자
이세계의 문자를 읽을 수 있다.
글자를 쓰면 이세계 문자가 된다.

▶곰의 이차원 박스
흰 곰의 입은 무한으로 벌어지는 공간이다.
어떤 물건이라도 넣을(먹을) 수 있다.
단, 살아 있는 것을 넣는(먹는) 건 안 됨.
들어가 있는 동안에는 시간이 멈춘다.
이차원 박스에 넣은 물건은 언제든 꺼낼 수 있다.

▶곰 관찰안
검은 흰 곰 옷의 후드에 달려있는 곰 눈을 통해서 무기나 도구의 효과를 볼 수 있다.
후드를 쓰지 않으면 효과는 발동되지 않는다.

▶곰 탐지
곰의 야생의 힘으로 마물이나 사람을 탐지할 수 있다.

▶곰 소환수
곰 장갑에서 곰이 소환된다.
검은 곰 장갑에서는 검은 곰이 소환된다.
흰 곰 장갑에서는 흰 곰이 소환된다.
소환수 꼬맹이화 : 소환수인 곰을 꼬맹이화 할 수 있다.

▶곰 지도 ver.2.0
곰의 눈이 본 장소를 지도로 만들 수 있다.

▶곰 이동문
문을 설치하여 서로의 문을 왔다 갔다 할 수 있게 된다.
3개 이상의 문을 설치할 경우는 행선지를 상상하는 것으로 이동할 곳을 정할 수 있다.
이 문은 곰 장갑을 사용하지 않으면 열리지 않는다.

▶곰 폰
먼 곳에 있는 사람과 대화할 수 있다.
곰 폰을 만든 후, 술자가 없앨 때까지 존재한다. 물리적으로 망가뜨릴 수 없다.
곰 폰을 건넨 상대를 상상하면 연결된다.
곰의 울음소리로 착신을 알린다. 소지자가 마력을 보내는 것으로 껐다 켤 수 있게 되어 통화가 가능하다.

▶곰 수상 보행
물 위를 이동하는 것이 가능해진다.
소환수는 물 위를 이동하는 것이 가능해진다.

▶곰 염화
떨어져 있는 소환수를 불러들일 수 있다.

마법

▶곰 라이트
곰 장갑에 모은 마력으로 곰 형태의 빛을 생성한다.

▶곰 신체 강화
곰 장비에 마력을 보내는 것으로 신체강화를 실시할 수 있다.

▶곰 불 속성 마법
곰 장갑에 모은 마력으로 불 속성의 마법을 사용할 수 있다.
위력은 마력, 상상에 비례한다.
곰을 상상하면 위력이 더욱 올라간다.

▶곰 물 속성 마법
곰 장갑에 모은 마력으로 물 속성의 마법을 사용할 수 있다.
위력은 마력, 상상에 비례한다.
곰을 상상하면 위력이 더욱 올라간다.

▶곰 바람 속성 마법
곰 장갑에 모은 마력으로 바람 속성의 마법을 사용할 수 있다.
위력은 마력, 상상에 비례한다.
곰을 상상하면 위력이 더욱 올라간다.

▶곰 땅 속성 마법
곰 장갑에 모은 마력으로 땅 속성의 마법을 사용할 수 있다.
위력은 마력, 상상에 비례한다.
곰을 상상하면 위력이 더욱 올라간다.

▶곰 전격 마법
곰 장갑에 모은 마력으로 전격 마법을 사용할 수 있게 된다.
위력은 마력, 상상에 비례한다.
곰을 상상하면 위력이 더욱 올라간다.

▶곰 치유 마법
곰의 상냥한 마음에 의해 치료가 가능해진다.

이름 : 유나
연령 : 15세
성별 : 여자

▶곰 후드(양도 불가)
후드에 있는 곰 눈을 통해 무기나 도구의 효과를 볼 수 있다.

▶흰 곰 장갑(양도 불가)
방어 장갑. 사용자 레벨에 따라 위력 UP.
흰 곰 소환수인 곰순이를 소환할 수 있다.

▶검은 곰 장갑(양도 불가)
공격 장갑. 사용자 레벨에 따라 위력 UP.
검은 곰 소환수인 곰돌이를 소환할 수 있다.

▶흑백 곰 옷(양도 불가)
겉보기엔 인형 옷. 양면 기능 있음.
겉면 : 검은 곰 옷
사용자 레벨에 따라 물리, 마법의 내성이 UP.
내열, 내한 기능 있음.
속면 : 흰 곰 옷
입으면 체력, 마력이 자동 회복된다.
회복량, 회복 속도는 사용자의 레벨에 따라 변한다.
내열, 내한 기능 있음.

▶검은 곰 신발(양도 불가)
▶흰 곰 신발(양도 불가)
사용자 레벨에 따라 속도 UP.
사용자 레벨에 따라 장시간 걸어도 지치지 않는다.
내열, 내한 기능 있음.

▶곰 속옷(양도 불가)
아무리 입어도 더러워지지 않는다.
땀과 냄새도 배지 않는 훌륭한 아이템.
장비자의 성장에 따라 크기도 변한다.

▶곰 소환수
곰 장갑에서 소환되는 소환수.
꼬맹이화 할 수 있다.

크리모니아

피나
유나가 이 세계에서 처음으로 만난 소녀, 10살. 유나가 어머니를 구해준 인연으로 유나가 무찌른 마물의 해체를 맡고 있다. 유나에게 이리저리 끌려다닌다.

슈리
피나의 여동생, 7살. 모친인 티루미나를 따라 『곰 씨 쉼터』 등에서도 일을 돕는 매우 씩씩한 여자아이. 곰 님을 매우 좋아한다.

티루미나
피나와 슈리의 어머니. 병에 걸린 것을 유나가 도와줬다. 그 후 겐츠와 재혼. 『곰 씨 식당』과 『곰 씨 쉼터』의 관리를 유나에게 위임받았다.

겐츠
크리모니아 모험가 길드의 마물 해체 담당관. 피나를 신경 쓴다. 그러다 티루미나와 결혼.

느와르 포슈로제
애칭은 노아, 10살. 포슈로제 가문의 차녀. 『곰 님』을 사랑하는 활발한 소녀.

클리프 포슈로제
노아의 아버지. 크리모니아 마을의 영주. 유나의 돌발적인 행동에 휘둘려 고생하는 인물. 담백한 성격으로 영주민들이 흠모하고 있다.

셰리
고아원 여자아이. 수선 솜씨를 인정받아 재봉 가게에서 일을 배우고 있다. 유나에게 곰돌이와 곰순이 인형의 제작 의뢰도 받았다.

보우
고아원 원장. 보조금이 끊겨 고아원이 곤궁했을 때도 헌신적으로 지탱해왔다.

리즈
고아원 선생. 원장인 보우와 함께 아이들을 착실히 키우고 있다.

테모카
크리모니아 마을의 재봉사. 셰리를 문하생으로 받았다.

나르
테모카의 부인. 남편의 재봉 가게에서 접객 등을 돕고 있다.

모린
전 왕도 빵가게 주인. 가게의 트러블을 유나가 도와줘서 그 뒤로 『곰 씨 쉼터』를 맡게 된다.

카린
모린의 딸. 모친과 함께 『곰 씨 쉼터』에서 일하게 된다. 어머니에게 뒤쳐지지 않고 빵 만들기가 능숙하다.

네린
모린의 친척. 모린을 만나러 왕도로 왔을 때 유나를 만난다. 그 후, 모린의 가게에서 케이크 담당이 된다.

안즈
미릴러 마을 여관의 딸. 유나에게 요리 솜씨를 인정받고 권유를 받는다. 아버지의 품을 벗어나 크리모니아에서 『곰 씨 식당』을 맡게 된다.

니프
안즈의 가게에서 일하러 미릴러 마을에서 크리모니아 마을로 찾아왔으나 고아원에서 일하게 된다.

세노
안즈의 가게에서 일하기 위해 찾아온 여성들 중 가장 어린 나이의 여성.

포르네
안즈의 가게에서 일하기 위해 찾아온 안즈와 세노 씨의 언니 같은 여성.

베틀
안즈의 가게에서 일하기 위해 찾아온 성실한 여성.

루리나
데보라네와 파티를 결성했던 여자 모험가. 유나 가게의 호위를 맡는 등 유나와 친분을 쌓는다.

길
데보라네의 파티에서 말수가 적은 모험가. 데보라네 파티에서 나온 뒤 루리나와 같이 움직이는 일이 많아졌다.

CHARACTERS_Vol. 14

왕도

엘레로라 포슈로제
노아와 시아의 어머니. 35살. 평소에는 국왕 폐하의 밑에서 일하고 있으며 왕도에 살고 있다. 여러 가지로 인맥이 넓어서 유나를 이것저것 도와준다.

시아 포슈로제
노아의 언니. 15살. 트윈테일의 여자아이. 왕도의 학원에 다닌다. 유나가 노아의 호위로 왕도에 왔을 때 알게 됐다.

플로라 공주
엘파니카 왕국의 왕녀. 유나를 『곰 님』이라고 부르며 따른다. 그림책과 곰 인형을 선물 받는 등 유나도 마음에 들어 하고 있다.

폴오트 왕
엘파니카 왕국의 국왕. 국가의 위기에서 유나가 도와준다. 스스로 곰 하우스까지 찾아가 푸딩 제작을 부탁하는 등 스스럼없는 국왕.

시린

미사나 포렌그람
애칭은 미사. 국왕 탄신제로 향하던 길에 마물에게 습격을 받는 것을 유나가 구해줬다. 10살 생일 파티에 유나 일행을 초대한다.

그란 포렌그람
미사의 할아버지. 왕도로 가던 도중, 마물에게 습격 받던 것을 유나가 구해준다. 시린 마을의 전 영주.

마리나
그란의 호위를 하던 여자 모험가. 유나와는 시린 마을에서 재회. 함께 거대 두더지 퇴치를 했다.

엘
마리나 파티의 거유 마법사. 시린 마을에서 재회했을 때 유나가 이름을 기억하지 못했다.

미릴러

다몬
유나가 처음 바다로 향했을 때 구한 미릴러 마을의 어부

유우라
다몬의 부인. 다몬을 휘어잡고 있는 파워풀한 여성.

351 곰 씨, 국왕에게 보고하다

국왕에게 양도한 크라켄 마석을 데젤트 마을로 운반하는 의뢰는 무사히 수행할 수 있었다.

그리고 임무를 마친 나는 카리나와 헤어지고, 데젤트 마을에서 구입한 집에 설치한 곰 이동문을 이용하여 왕도에 있는 곰 하우스로 돌아왔다.

갈 때는 힘들었지만 곰 이동문을 설치한 덕분에 돌아오는 길은 편했다. 거대 스콜피온을 무찌를 때도 활용할 수 있었으니 정말로 곰 이동문은 편리하다.

그런데 돌아온 건 좋지만 곧바로 보고하면 곰 이동문에 대해 알지 못하는 국왕은 이렇게 빨리 돌아왔다는 것을 의심할 테고, 그러면 일이 성가셔질 것 같으니 여기에서도 시간을 조금 보내기로 했다.

그래서 성에는 내일 가도록 하고 오랜만에 왕도의 곰 하우스를 청소했다. 청소를 그다지 하지 않았기 때문에 먼지가 쌓여 있었다.

곰돌이와 곰순이의 도움을 받아 이불을 말리고, 방 청소를 하고 빨래를 하며 하루를 보낸 뒤 밤에는 곰돌이와 곰순이랑 함께 잠이 들었다.

그리고 다음 날, 점심시간이 지날 때까지 잔 나는 3시 즈음에 성으로 향했다.

이 정도의 시간을 보냈다면 의심을 사진 않을 거다.

그건 그렇고, 오랜만에 푹 잤네.

곰돌이와 곰순이에게 깨우지 말아 달라고 부탁해서 점심이 지날 때까지 자버렸다.

데젤트 마을에서는 여러 일이 있어서 정신적인 피로가 쌓여있었던 걸지도 모른다.

내가 언제나처럼 곰 옷차림을 하고 성으로 향하는데 뒤에서 달려오는 발소리가 들렸다.

뭐지?

내가 뒤를 돌아보자 「유나!」라고 부르면서 미소녀가 안겨들었다.

"티리아?"

미소녀는 교복 차림의 티리아였다.

"유나, 여기에는 어쩐 일이에요? 혹시 성으로 가던 중?"

"맞아, 티리아는 하굣길?"

뭐, 교복 차림이기도 하니 당연하겠지.

"네, 그래서 성으로 가고 있는데 특색 있는 옷을 입은 사람이 앞을 걷고 있어서 달려 와버렸지 뭐예요."

그런 귀여운 미소로 말해도 곤란하다.

“티리아는 걸어서 귀가하는 거야?”

“그럼요.”

“공주님인데? 마차를 사용하거나 호위를 받으면서가 아니라?”

“갈 때는 마차를 사용하지만, 돌아올 때는 친구와 하교할 때도 있어서 걸어 다녀요.”

엄중하게 호위를 받을 거라고 생각했는데 아닌 모양이다. 학원제 때도 호위는 없었지만 마차도 사용하지 않는 건 의외였다. 공주님이 혼자서 돌아다녀도 되는 거야?

티리아의 아버지인 국왕을 떠올려보면 혼자서 곰 하우스까지 온 적도 있다. 자유로운 왕족이라고 이해해두기로 한다. 고민해봤자 쓸모없는 짓이다.

“그래서 유나는 플로라를 만나러 가는 거예요?”

나는 고개를 저었다. 플로라 공주를 만나러 가는 편이 마음이 편했겠지만, 오늘은 아니다.

“오늘은 국왕 폐하에게 부탁받았던 임무를 마쳐서 보고를 하러 가던 중이야.”

“아바마마에게 임무를 부탁받았어요?”

“모험가잖아. 이상한 일이 아니라면 받고 있어.”

마음속에서 「그리고 심심하면」이라는 말을 덧붙여둔다.

티리아와 시시콜콜한 이야기를 나누면서 걷다보니 성문 앞에

도착했다.
“티리아 님, 돌아오셨습니까.”
문지기가 맞아줬다.
“다녀왔어요.”
“그리고 유나 님도 함께이시군요?”
“저쪽에서, 우연히 만났어요.”
병사는 나에 대한 대응에도 익숙해진 모양이다. 놀라는 기색은 이제 거의 없다.
가끔 다른 사람이 서 있을 때는 놀라긴 하지만 나를 아는 사람이 문에 서 있는 경우가 많았다.
“안에 들어가도 되죠? 오늘은 국왕 폐하를 만나러 왔는데요.”
“네, 괜찮습니다. 유나 님이 오시면 국왕 폐하가 계신 곳으로 안내하라고 전달받았습니다.”
아무래도 착실하게 전달한 모양이다.
“그럼, 제가 아바마마가 계신 곳까지 데려다줄게요. 유나, 가죠.”
티리아는 안내하려던 문지기를 막고 내 곰 인형 장갑을 붙잡은 채 걷기 시작했다. 병사는 아무런 말도 하지 않고 묵묵히 우리를 배웅했다.
종종걸음으로 걷고 있는데 낯익은 인물이 다가왔다.
“어머나, 유나랑 티리아 님.”
말을 건 것은 무슨 일을 하고 있는지 알 수 없는 인물, 엘레로라 씨였다.

“엘레로라 씨, 또 놀고 계신 거예요?”

“유나까지 국왕 폐하처럼 말하는 거니? 숨 돌릴 겸 산책 중이야. 그래서, 유나는 왜 티리아 님이랑 같이 있는 거야?”

“유나가 아바마마가 계신 곳에 간다고 해서 안내하던 참이에요.”

나 대신 티리아가 설명해준다.

엘레로라 씨는 조금 생각에 잠기더니 「그럼, 나도 같이 갈까」라고 말했다.

더 이상 「일은 괜찮나요?」라는 지적 따위는 하지 않는다. 항상 있는 일이다.

“딱히 놀러 가는 게 아니에요. 임무 보고를 하러 가는 것뿐이라 음식은 내놓지 않을 거예요.”

착각해도 곤란하므로 이 말은 해둔다.

“지금 그 말 때문에 유나가 나를 어떻게 생각하고 있는지 알게 된 것 같아.”

맞잖아? 항상 플로라 공주가 있는 곳에 가면 냄새를 맡고 매번 음식을 먹으러 오잖아?

“자, 유나, 가자.”

나는 티리아와 엘레로라 씨에게 양팔을 잡힌 채 연행되듯 걸어갔다.

그리고 다다른 곳은 몇 번인가 온 적이 있는 집무실.

"아바마마, 들어갈게요."

안에서의 대답을 기다리지 않고 티리아는 문을 열었다. 그리고 3명이 함께 방 안으로 들어갔다.

"티리아? 지금은 일하는 중이란다. ……유나? 게다가 엘레로라?"

서류를 보고 있던 국왕이 티리아 쪽을 본 후 옆에 나와 엘레로라 씨가 있는 것을 발견했다.

"유나, 벌써 돌아온 거냐."

"막, 방금 돌아왔죠."

거짓말이지만.

"그런데 어째서 티리아와 엘레로라가 같이 있는 거지?"

"학원에서 돌아오는 길에 귀여운 꼬리를 흔들고 있는 유나를 발견했거든요. 그래서 물어봤더니 아바마마가 계신 곳으로 간다고 해서 제가 데리고 왔어요."

나, 꼬리 같은 거 안 흔들었어. 평범하게 걸었다고…….

"저는 산책을 하고 있는데 귀여운 곰 님을 발견해서 따라온 거고요."

엘레로라 씨는 티리아 흉내를 내며 귀엽게 말했다.

"너는 일 좀 해."

국왕은 어이없다는 듯 말했다. 하지만 엘레로라 씨는 평온하게 「하고 있어요」라고 대답했다.

산책했다고 말했으면서 바로 일하고 있다고 말하는군. 나도 국왕처럼 어처구니가 없었다.

“알았어. 유나를 데리고 와준 것에 감사하지. 두 사람 모두 물러가도 좋아.”

국왕은 귀찮다는 듯 손을 흔들며 엘레로라 씨와 티리아를 방에서 쫓아내려고 했다.

“뭐야? 두 사람끼리 뭘 하려고요? 유나는 아직 어린아이예요.”

엘레로라 씨가 내 앞에 서서 나를 지키려고 했다.

“아바마마!”

“일 에 관 한 이 야 기 야.”

“농담이에요. 그렇게 발끈하지 않아도…….”

“네가 바보 같은 소리를 하니까 그렇지. 딸에게 악영향을 끼치니까 이상한 발언은 그만두도록.”

이미 늦은 것 같다. 악영향은 받고 있을걸. 항상 티리아 앞에서 이런 이야기를 하니까 티리아도 그렇게 변하는 거야.

틀림없이 그 너글너글한 왕비님보다 엘레로라 씨 쪽의 영향이 클 거다.

우선은 콩트를 받아 쳐줄 여유는 없다.

“저는 보고하고 빨리 돌아가고 싶은데요.”

“두 사람이 있어도 문제될 것 없으면 보고하도록. 못하겠으면 두 사람을 쫓아내고.”

국왕은 두 사람의 거취를 나에게 정하라고 했다.

나는 두 명을 봤다. 두 명은 미소를 보내고 있었다. 이건 간단하게 나갈 것 같지 않군.

딱히 숨길 이야기는 아니고 쫓아내는 것도 귀찮으니 얼른 국왕에게 보고하고 돌아가야지.

"잘 전달하고 왔어요."

"그래서, 어떻게든 해결될 것 같았나?"

뭐, 궁금하겠지.

"여러 일이 있었지만, 물의 마석 덕분에 물 부족이 해소돼서 걱정은 없어요."

"그렇군."

국왕은 내 말에 안도했다. 데젤트는 국경 지대에 있는 중요한 마을이다. 그런 마을이 사라지면 옆 나라와의 교류가 힘들어 진다는 건 나라도 알고 있다.

"그리고 바리마 씨에게서 의뢰 달성서와 이번 일에 대한 편지를 받았어요."

나는 바리마 씨에게 받은 편지를 곰 인형 장갑에 물려서 국왕에게 전달했다. 국왕은 미묘한 얼굴로 곰 인형 장갑에서 편지를 받아들고 읽었다. 그러자 표정이 서서히 변했다.

그리고 다 읽더니 이마에 손을 대고 한숨을 내쉬면서 나를 바라봤다.

"만약을 생각해서 너에게 가도록 부탁했는데 이런 상황이었다니……."

"분명 유나에게는 데젤트 마을에 물의 마석을 전달하라고 부탁했었죠?"

"유나, 데젤트 마을까지 갔었군요. 그래서 유나는 무슨 일을 저질렀나요?"

"데젤트 사람들이 곤란한 것 같아서 조금 도와줬을 뿐이에요."

"이걸 조금이라고 말하는 거냐?"

국왕이 편지를 쥔 채 어이없다는 듯 말했다.

"뭐라고 적혀 있는데요?"

엘레로라 씨가 물으니 국왕은 말없이 편지를 그녀에게 건넸다.

엘레로라 씨는 그 편지를 받아들고 읽었다.

"저도 보여주세요."

티리아도 엘레로라 씨 옆으로 이동해서 편지를 보려고 했다.

"보여주는 거예요?"

"나는 조금 전에 두 사람에게 알려도 된다면 그대로 보고하라고 했을 텐데."

분명히 그렇게 말하긴 했지만…….

아무래도 내 책임인 모양이다.

"유나, 여기에 적혀 있는 게 사실이니?"

편지를 읽던 엘레로라 씨가 물어온다.

"샌드 웜 무리의 토벌…… 게다가 거대한 샌드 웜."

"심지어 피라미드 지하 탐색에 거대한 스콜피온 토벌……."

샌드 웜 토벌은 모래땅에서 파내기만 했다. 거대 샌드 웜에 대해서는 마물 1만 마리 토벌 때에 나타났던 거대 웜 쪽이 더 꺼림칙했던 것 같다.

게다가 과거에 블랙 바이퍼와 거대 웜 토벌을 경험해서 커다란 마물과 싸우는 방법은 알고 있었기 때문에 편하게 무찌를 수 있었다.

"그런데 피라미드 지하의 탐색은 어쩌다 하게 된 거야? 이유가 적혀 있지 않은데?"

수정판에 대해서는 적혀 있지 않은 모양이다. 그렇다면 나도 말할 수 없다.

"많은 일이 있어서 물의 마석을 교체하기 위해 필요한 일이었어요."

거짓말은 하지 않았다. 일부분만 말하지 않는 것뿐이다.

"그래서 어떻게든 거대 스콜피온을 무찌를 수 있었고, 마석을 교체하는 것도 무사히 끝냈어요."

"너에게 고맙단 말을 해야겠군."

"전달하는 게 임무였는데요. 그곳에서 한 일은 제가 멋대로 한 거예요."

"그럴 수도 있지만, 보험으로 너를 가게 했던 건 나다."

역시 그랬던 거군.

전달만 하는 거라면 내가 아니라도 상관없었겠지.

“아무 일도 없다면 문제될 건 없지. 하지만 무언가 큰 문제가 일어났다면 해결할 수 없을 수도 있고, 내 쪽에서 먼저 기사와 마법사를 보내는 건 할 수 없었으니까.”

그 이유도 바리마 씨에게 들었다.

옆 나라와의 관계 때문에 엘파니카 국의 기사와 마법사는 보낼 수 없다. 나머지는 모험가에게 부탁해야 하는데 의뢰 내용에 따라서는 랭크가 높은 모험가가 아니면 불가능하다.

그렇게 생각하니 내가 적임자였다는 것은 이해할 수 있다.

“이번 일은 정말로 고마워.”

그리고 의뢰비를 지불할 테니 길드 카드를 꺼내 달라고 해서 길드 카드를 건넸다. 국왕은 책상 위에 있는 수정판에 그것을 올린 뒤 조작했다. 그리고 돌려준다.

“의뢰비는 넉넉하게 넣어뒀어.”

“고마워요.”

얼마인지는 모르지만 고맙다고 말했다.

“데젤트 마을에 빚을 만든 걸 생각하면 싼값이야.”

으~음, 나라끼리의 밀고 당기기에 이용당한 느낌이 들지만 이번엔 어쩔 수 없지. 국왕에게 부탁을 받은 건 어디까지나 물건 운반이다. 편지에 국왕이 나에 관해 적었다고는 해도 바리마 씨에게 부탁을 받아 의뢰를 해결한 건 나 자신이었다.

거절은 할 수 없었고 거절하지 않길 잘했다고 생각한다. 그러니 이번 건에서 국왕에게 불만을 말할 생각은 없다. 만약 거절하고 나중에 비참한 이야기를 들었다면 후회했을 거다.

그렇지만 돈을 많이 받아도 쓸 곳이 없단 말이지. 딱히 호화로운 취미도 없고 보석 같은 고가의 물건을 가지고 싶은 것도 아니다.

방어구는 곰 장비보다 강한 건 존재하지 않을 테고…….

아, 스콜피온 토벌에 고생했으니 좋은 검은 갖고 싶을지도?

352 곰 씨, 거대 스콜피온을 보여주다

"그래서 확인하겠는데, 거대 스콜피온을 보여줄 수 있나?"

역시, 그렇게 되겠지.

"바리마가 승인을 했지만 우리나라의 영주는 아니니까 말이야. 내가 이 눈으로 확인하도록 하지."

"그렇네, 나도 보고 싶어."

"저도 보고 싶어요."

엘레로라 씨와 티리아까지 국왕의 말에 찬성했다. 이 방에 내 편은 없는 모양이다.

아무래도 첫 선택지를 잘못 골랐나 보다. 얼른 돌아가고 싶었으면 엘레로라 씨와 티리아에게 방에서 나가 달라고 부탁했어야 했다.

하지만 보여주길 바란다고 해도 간단하게 보여줄 수 있는 게 아니다. 이런 눈에 띄는 성안에서 커다란 마물을 내보일 수는 없다.

"다른 사람에게 보여서 소동이 일어나지 않았으면 좋겠는데요."

부드럽게 거절해 본다.

성에는 많은 사람이 일하고 있다. 발각된다면 곧바로 소문이 퍼져버릴 거다. 그렇지 않아도 나에 대한 소문이 퍼져 있으니까. 특히 곰 옷차림 때문에…….

"그렇다면 안쪽의 중앙 정원이 좋겠군. 거기라면 사람은 안 올

테고, 나름대로 넓잖아."

"확실히 거기라면 허락받은 사람 이외엔 들어오지 못하지."

"그런 곳이 있어요?"

"뭐, 간단하게 말하자면, 우리 왕족이 사는 곳이다. 점심에 청소도 마쳤으니 이 시간이라면 아무도 없을 거야."

"플로라 님의 방에서 가까운 중앙 정원이야. 유나도 본 적 있지 않니?"

항상 어디에도 들리지 않고 플로라 공주의 방으로 갔으니 그다지 기억나지 않는다.

그리고 내 허락을 얻지도 않았는데 모두가 자리에서 일어났다. 나는 엘레로라 씨와 티리아 사이에 끼어서 방 밖으로 끌려 나갔다.

나는 포기했다.

통로를 지난다. 확실히 이쪽은 플로라 공주의 방으로 이어지는 통로다. 도중에 플로라 공주의 방과는 다른 방향으로 꺾었다. 이쪽은 간 적이 없다. 그대로 걸어가자 중앙 정원으로 보이는 장소가 나왔다.

"여기라면 괜찮겠지."

확실히 이 정도의 넓이라면 충분하다.

"잠깐만이에요. 다른 사람에게 보이고 싶지 않으니까요."

"그래도 상관없어. 확인만 하는 거야."

나는 거대 스콜피온을 곰 박스에서 꺼냈다.

“또 얼토당토않은 녀석을 쓰러뜨렸군.”

“대단하네.”

“이 마물을 유나가 혼자서…….”

세 사람은 스콜피온의 주변을 한 바퀴 돌았다. 「대단해」나 「크다」나 「딱딱해」라는 등의 말을 했다.

“껍질 일부가 없는데, 어째서지?”

“일을 도와줬던 모험가에게 줬어요. 방어구로 만들고 싶다고 했거든요.”

지금쯤 제이드 씨와 우라간 일행은 왕도에 도착해서 만들고 있으려나?

아니지, 날짜를 생각해보면 아직 왕도에 도착하지 않았을 수도 있다.

“그래서, 이 스콜피온은 어쩔 셈이지?”

“그냥 가지고 있을 건데요. 금전적으로 곤란해지면 파는 정도일까요?”

나에게는 방어구는 필요 없어서 이용할 방법은 파는 정도밖에 없다.

“만약 팔 생각이라면 내가 사도록 하지.”

그러고 보니 크라켄의 소재도 국왕이 사줬던가.

클리프가 크리모니아와 자신의 연줄을 이용해서 팔면 나에 관해 알려져 미릴러에서의 소문이 사실이 되어 버릴 거라고 생각해, 국왕에게 구매를 부탁했다고 들었다.

그러니 지금도 크라켄의 소재는 성 어딘가에 잠들어 있다고 한다. 틈을 봐서 판매할 거라고 클리프에게 들었다. 토벌의 소문과 소재가 돌아다니는 시기가 어긋나면 내가 토벌했다는 소문도 단순한 소문으로 끝날 거라고 했다.

실제로 제이드 씨도 크라켄의 소문을 알고 있었지만 토벌한 게 사실이라고는 생각하지 않았다.

그 부분에 관해서는 클리프에게 감사한다.

그러니 금전적으로 곤란한 일이 생기면 국왕에게 파는 건 괜찮은 방법일지도 모른다.

"그때는 부탁할게요. 그럼, 이제 넣습니다."

나는 그렇게 말하고 곰 박스에 스콜피온을 담았다.

그 순간 나를 부르는 소리가 들린다.

"곰 님!"

목소리가 들린 쪽을 보니 그곳에는 플로라 공주와 안쥬 씨의 모습이 있었다.

"프, 플로라 님, 위험합니다."

안쥬 씨가 당황하며 플로라 공주를 말렸다.

"지금, 거기에 있던 마물은?"

안쥬 씨는 얼굴에 「?」 마크를 떠올리며 이리저리 보고 있었다.

설마, 스콜피온을 들킨 건가?

"아무것도 아니다. 신경 쓰지 말도록."

나 대신 국왕이 얼버무려줬다.

"그런데 어째서, 이곳에 플로라가 있지?"

"그게, 제가 유나 씨를 발견했다는 사실을 플로라 님께 이야기했더니 플로라 님이 방에서 뛰쳐 나가버리셨어요. 죄송합니다."

안쥬 씨는 국왕에게 사죄했다.

아무래도 플로라 공주는 나를 보러 와준 모양이다.

그렇지만 잘도 있는 곳을 알아차렸다.

"곰 님……."

안쥬 씨가 플로라 공주를 잡은 손을 풀자 플로라 공주는 나에게 안겨들었다.

플로라 공주의 얼굴을 보니 만면의 미소를 짓는다. 무서워하는 기색은 없다. 스콜피온을 봤는데 무섭지 않았던 건가? 그게 아니면 넣는 타이밍이 좋았나?

"플로라 님, 마물이 무섭지 않으세요?"

"마물?"

플로라 공주는 귀엽게 고개를 갸웃거렸다.

"아무래도 플로라는 마물을 한 번도 보지 못한 모양이네요."

티리아가 우리 쪽으로 다가와 플로라 공주의 머리를 쓰다듬었다.

"언니?"

플로라 공주는 티리아가 있는 걸 지금 알아차린 모양이다.

아마 플로라 공주의 눈에는 티리아도 들어오지 않았던 모양이다. 그걸 이해한 티리아는 슬픈 표정을 지었다.

"언니보다 곰 쪽이 좋았던 모양이네."

국왕이 웃으면서 플로라 공주에게 다가갔다.

"아바마마?"

게다가 국왕이 있는 것도 목소리를 듣기 전까지 알아차리지 못했던 모양이다.

"아바마마도 보이지 않았던 것 같은데요."

티리아는 되받아치듯 말했다. 그걸 듣고 국왕은 미묘한 표정을 지었다.

아무래도 플로라 공주에게는 나만 보였던 모양이다. 그 덕분에 스콜피온은 보이지 않은 것 같다.

기뻐해도 되는 일인지 모르겠지만 이것도 곰 옷차림 덕분이겠지.

나는 플로라 공주를 상대한 후 성을 뒤로했다.

그리고 집으로 돌아가려고 한 나는 엘레로라 씨에게 붙잡혀 버렸다.

"유나, 우리 집에서 저녁을 먹는 건 어때?"

"돌아갈래요."

정중하게 거절했다. 얼른 크리모니아로 돌아가고 싶다.

"하지만 집에 돌아가도 쓸쓸하게 혼자서 밥 먹는 거잖아?"

"고, 곰돌이랑 곰순이가 있는걸요."

나는 꼬맹이화 한 곰돌이와 곰순이를 소환하여 끌어안으며 어필했다.

게다가 혼자서도 외롭지 않다. 전직 은둔형 외톨이를 우습게 보지 않았으면 좋겠다. 혼자서 먹는 식사 정도는 별것 아니다.

"게다가 이대로 돌아가면 시아가 슬퍼할 텐데. 모처럼 왕도에 왔으니까 얼굴을 보여줘."

그런 말을 들으면 거절하지 못해서 시아를 만나러 엘레로라 씨의 집으로 갔다.

"유나 씨? 왕도에 오셨어요?"

교복 차림이 아닌 사복을 입은 시아가 물었다.

뭐, 학교에서 돌아오면 옷을 갈아입겠지. 24시간 같은 옷을 입는 나와는 달리 말이야.

"잠깐 일 때문에."

"그런데, 시아에게 말없이 돌아가려고 해서 붙잡아 데리고 왔어."

딱히 도망칠 생각은 없었다. 평범하게 돌아가고 싶었던 것뿐이다.

"일이요? 어떤 일을 하셨는데요?"

나의 일이라는 말에 반응했다. 흥미가 있는 모양이다. 하지만 모든 것을 말할 수는 없기에 단순히 데젤트 마을까지 물건을 운반했다는 것만 이야기했다. 거짓말은 하지 않았다. 수정판에 관해서는 비밀로 해야 하고, 스콜피온에 관한 이야기를 해서 보여달라는 말을 들어도 곤란하니 거기까지는 설명하지 않았다.

엘레로라 씨에게도 입막음을 시켜뒀으니 말하지는 않을 거다.

그리고 오랜만에 시아와 식사를 하면서 대화를 나누고 그날은 엘레로라 씨 집에서 머물게 되었다.

결국, 오늘도 크리모니아로 돌아가지 못했다. 예정대로 흘러가지 않는다. 나는 꼬맹이 곰돌이와 곰순이를 끌어안으며 잠자리에 들었다.

다음 날, 학원에 가는 시아와 성으로 가는 엘레로라 씨를 저택 앞에서 배웅했다.

“유나 씨, 다음에 왕도에 오면 노아 이야기를 들려주세요.”

“그럼, 나는 클리프에 관해서라도 들을까.”

그런 부탁을 받았다. 나는 여러분의 가족이 어떻게 지내는지 보고하려고 왕도에 오는 게 아니야.

그렇지만 멀리 떨어져 지내는 자매다. 시아도 노아의 이야기를 듣고 싶을 테니 승낙했다.

게다가 클리프에 관해 있는 일 없는 일을 전부 말하는 것도 재미있을 것 같다.

“그럼, 다음에 두 사람의 재미있는 이야기를 가지고 올게요.”

“약속이에요.”

“기대하고 있을게.”

두 사람은 손을 흔들며 학원과 성으로 각자 출발했다.

드디어 해방된 나는 왕도의 곰 하우스로 돌아가 곰 이동문을 이용하여 크리모니아의 곰 하우스로 돌아왔다.

353 곰 씨, 크리모니아로 돌아오다

크리모니아의 곰 하우스로 돌아온 나는 자신의 방으로 들어가 침대에 다이빙했다. 그리고 꼬맹이화 한 곰돌이와 곰순이를 소환한 뒤 침대 위에서 같이 뒹굴었다.

역시 같은 곰 하우스라도 크리모니아 곰 하우스가 가장 편하다. 제일 오래됐고, 가장 많이 잠을 잔 집이라서 그럴지도 모른다.

나는 일을 마친 휴일의 아버지처럼 무기력한 상태로 나른해졌다. 일을 마친 후 정도는 쉬게 해줬으면 좋겠다. 일반적인 아버지의 마음을 이 나이에 알게 될 줄은 생각도 못 했다.

착실하게 일하는 아버지라면 휴일에 집에서 나뒹굴어도 방해라고 생각하면 안 되겠네.

내가 곰돌이와 곰순이를 안고 침대 위에서 뒹굴뒹굴하고 있는데 「크~응, 크~응, 크~응, 크~응」하고 곰 인형 장갑이 울기 시작했다.

뭐지?!

나는 놀라서 침대에서 몸을 일으켰다. 곰 폰이 울리고 있는 것을 발견했다.

누구지?

곰 폰을 가지고 있는 건 피나와 루이밍 두 사람뿐이다. 나는 당황하며 곰 박스에서 곰 폰을 꺼내 마력을 보냈다.

「유나 언니? 들려요?」

곰 폰에서 들려온 것은 피나의 목소리였다.

"듣고 있어."

「다행이다. 연결됐네요.」

곰 폰에서 안심하는 목소리가 들려온다.

"혹시, 무슨 일 있니?"

「아뇨, 아무 일도 없어요. 유나 언니에게 조금 묻고 싶은 게 있어서요. 그게, 지금, 괜찮아요?」

"괜찮아."

방에서 뒹굴뒹굴하고 있다.

굳이 말하자면 지금의 일은 곰돌이와 곰순이와 같이 나른하게 있는 것이다. 스킨쉽도 중요하니까.

"그래서, 묻고 싶다는 건 뭐야?"

곰 폰으로 물었다.

「어머니가 유나 언니가 언제 돌아오려나, 라고 항상 말씀하셔서요. 혹시 크리모니아로 돌아오는 날이 정해지면 어머니에게 알려드리고 싶었거든요.」

착한 아이다.

"그런데, 티루미나 씨가 그런 말을 하다니 드문 일이네."

이제껏 내가 돌아오는 게 늦어지더라도 신경 쓰는 기색은 없었다.

「바다에 가는 것 때문에 상담하고 싶은 게 있는 것 같아요.」

그쪽이 이유로군.

“혹시, 티루미나 씨 화나셨니?”

「화내지는 않았어요. 걱정하고 있는 느낌으로 상담하지 못해서 곤란한 느낌이었어요. 그래서 유나 언니, 언제 돌아오세요?」

네, 사실은, 이미 돌아왔습니다.

「유나 언니? 혹시, 바쁘신 거예요?」

“……그게, ……집에 있어.”

나는 순순히 대답했다.

「유나 언니, 돌아와 계셨어요?!」

곰 폰에서 어이없는 듯, 놀란 듯, 화난 듯, 여러 감정이 뒤섞인 목소리가 들려온다.

“오늘. 방금 막 왔어. 정말이야. 곰돌이랑 곰순이에게 물어봐. 이 둘이 증인이야.”

곰돌이와 곰순이가 「「크~응」」하고 울며 맞아, 라고 말하듯 옹호해줬다.

“일 때문에 피곤해서, 겨우 집에 돌아와 방에서 쉬고 있었던 것뿐이야. 잠시, 곰돌이와 곰순이랑 같이 뒹굴뒹굴했어. ……저기, 피나 씨? 들리십니까?”

어쩐지 모르겠지만 나는 변명을 했다.

「이런, 죄송해요. 일 때문에 피곤해서 쉬고 있는데……. 그러면,

만날 수 있나요?」

피나는 내 말을 믿어줬다. 착한 아이이다.

"괜찮아. 오후에는 피나를 만나러 가려고 했거든."

원래는 오늘 하루 동안 뒹굴 거리려고 했었다. 하지만 피나가 만나고 싶다고 하면 거절할 수는 없다.

「그럼, 지금부터 어머니와 같이 유나 언니 집으로 가도 괜찮은 거죠?」

"괜찮지만…… 내가 그쪽으로 가도 되는데?"

「아뇨, 유나 언니는 조금이라도 쉬고 계세요. 아버지도 일 마치고 돌아오시면 항상 피곤한 얼굴을 하고 계시거든요. 그럼, 지금부터 어머니랑 갈게요.」

통화를 끊고 나는 곰 폰을 넣었다.

겐츠 씨도 일에서 돌아오면 피곤한 얼굴을 하는구나. 지금의 나와 똑같다.

그렇지만 겐츠 씨와 같다고 여겨지는 건 싫으므로 피나와 티루미나 씨를 맞을 준비를 했다.

청소? 과자? 마실 것? 청소는 괜찮다. 과자는 쿠키와 포테이토칩이 있다. 음료도 차가운 과즙이 있다. 괜찮다.

곰돌이와 곰순이와 함께 기다리고 있는데 피나와 티루미나 씨가 찾아왔다. 두 사람과 함께 슈리의 모습도 있었다.

"유나, 오늘 돌아온 거야?"

"아까 막 돌아왔어요. 그래서 집에서 쉬고 있던 참이에요."

티루미나 씨의 질문에 순순히 대답했다.

"피곤한데 미안. 조금 이야기해두고 싶은 게 있었거든."

"괜찮아요. 우선, 앉으세요."

나는 준비했던 과자와 음료를 꺼냈다.

피나와 슈리는 의자에 앉아 있는 꼬맹이 곰돌이와 곰순이를 안아 들더니 무릎 위에 올렸다. 그리고 내가 준비한 과자를 먹기 시작했다.

"그래서, 상담하고 싶은 게 뭐예요?"

"슬슬, 바다에 갈 일정을 정하면 좋을 것 같아서 말이야. 밀레느 씨에게 새를 돌봐줄 예정도 짜야 하니까 미리 일정을 알려주면 좋겠다는 말을 들었거든. 게다가 가게 쪽도 얼른 쉬는 날을 알려야 하잖아. 그리고……."

티루미나 씨는 마지막 부분에서 조금 목소리가 작아졌다.

"왜 그러세요?"

"겐츠에 관해서는 들었니?"

"아마도, 같이 가는 거죠?"

그거라면 피나에게 들었다.

"그래, 그래서 겐츠는 쉬는 날을 다른 직원에게 바꿔달라고 해야 해서 휴일도 반납하고 일을 하고 있어. 그래서 일을 대신 해줄 사람들도 언제 쉬는지 묻는 모양이야."

아무래도 겐츠 씨는 가족 여행을 가기 위해 열심히 일하는 모양이다.

겐츠 씨도 티루미나 씨와 결혼한 후로 어디에 간 적이 없을 테니 이번 여행은 신혼여행이 되어 딱 좋다고 생각했다.

그렇지만 간단하게 장기 휴가를 받는 건 어려운 것 같다. 원래 세계의 뉴스에서는 유급 휴가를 좀처럼 얻지 못하는 사람도 많다는 이야기는 들은 적 있다. 하물며 이세계에서 유급 휴가 같은 건 있을 리가 만무하니 장기 휴가를 얻는 것도 힘들 것 같다.

“저는 언제든지 괜찮으니까 일정은 티루미나 씨가 정해도 돼요.”

“분명, 7일 정도면 된다고 했지?”

“이동하는데 2일, 노는데 5일 정도로 생각하고 있어요.”

뭐, 그 부분은 상황을 보고 길게 하거나 짧게 하면 된다. 머물 장소는 곰 하우스니까 문제없다.

“그렇네. 그러면 매입은 돌아온 뒤에 바로 부탁한다 해도, 가게는 그날 열 수 없을 테니 여유를 가지고 10일 정도 보는 편이 나을지도 모르겠네.”

“그러면 되겠네요.”

미릴러에서 돌아오고 곧바로 일을 하는 것은 힘들다. 돌아온 뒤에 하루는 쉬어야 한다.

“그리고, 이동 수단은 괜찮니? 유나에게 생각이 있다고 해서 아무것도 준비하지 않았는데…… 유나는 오늘 막 돌아왔잖아? 마차를 준비하는 거면 밀레느 씨에게 부탁할 수 있어."

아아, 이동 수단에 관해서 완전히 잊고 있었다. 그렇다고 곰 이동문을 이용해서 바다로 갈 수도 없다.

일단 생각은 있지만 클리프에게 호출당하고 왕도에 갔다가 데젤트 마을까지 가게 되어서 아직 준비는 하지 않았다.

"괘, 괜찮아요. 잘 준비할 거니까요."

"정말?"

티루미나 씨는 의심의 눈초리를 나에게 보냈다.

잠시, 바빠서 잊고 있던 것뿐이다.

"정 말 이 라 니 까 요."

나를 의심하듯 보는 티루미나 씨의 눈을 피하지 않기 위해 뚫어져라 쳐다보며 대답했다.

"알았어. 그럼, 마차는 부탁할게."

이건 서둘러서 준비해야겠네.

일하고 막 돌아왔는데 곰에게도 휴식이 필요하잖아.

그렇지만 스스로 꺼낸 이야기니까 아무에게도 불만은 토로할 수 없다. 자업자득이라는 거다.

"그리고, 피나와 슈리에게 들었는데, 머물 곳은 괜찮은 거지?"

"커다란, 곰 님 집이야."

슈리가 양손을 크게 벌렸다. 슈리의 손은 곰순이를 잡고 있다가 놓아버렸고 허벅지 위에 올려져 있던 곰순이가 떨어지려고 했다. 하지만 곧바로 슈리가 끌어안았다.

"슈리가 말한 대로 머물 곳은 괜찮아요."

그러기 위해 커다란 곰 하우스를 만들었다.

"큰 곰이라는 게 신경 쓰이는데. 머물 곳이 있는 거라면 됐어. 그리고 식자재도 그쪽 마을에서 살 수 있는 거지?"

"괜찮긴 한데, 불안하시면 가지고 가요."

여차하면 곰 박스에 고기와 채소와 밀가루 등은 들어 있다. 게다가 날씨만 나쁘지 않으면 그곳에서 신선한 생선도 얻을 수 있다.

"그럼, 가게에서 남는 식자재를 얻어 볼까."

확실히 처분하는 건 아깝다. 그럴 바에는 가지고 가서 사용하는 편이 좋다.

그러니까 승낙했다.

"그럼, 출발하는 날짜를 정하자."

티루미나 씨가 가게의 상황과 매입처 등의 예정을 정리해준 모양이라 이야기는 순조롭게 진행됐다.

"문제는 출발 시간인데, 해가 뜰 즈음이 낫지?"

"그렇게 빨리 가요?"

"서두르면 터널 통행 시간에 맞출 수 있을 거야."

이야기를 들어보니, 터널은 일방통행인데 매일 방향이 바뀐다고 했다. 그러니까 타이밍이 나쁘면 그날은 지나가지 못한다고 한다. 맞춰서 출발하지 않으면 터널 앞에서 하루를 헛되이 써버리게 된다.

그런 뒤, 터널을 지날 수 있는 날을 확인하고 나와 티루미나 씨는 출발하는 날을 정했다.

"그럼, 출발은 10일 후라고 밀레느 씨에게 전해둘게. 그리고 유나에게 부탁이 있는데……."

티루미나 씨가 조금 말하기 어려워했다.

"뭐죠?"

"영주의 따님, 느와르 님도 같이 가는 거지?"

조금 불안해했다.

"착한 아이니까 괜찮아요."

"응, 그건 알고 있어. 몇 번인가 만났거든."

"그럼, 왜 그러세요?"

"그게, 느와르 님에게 연락하는 건 유나에게 부탁해도 될까? 피나랑 같이 이야기를 하는 건 괜찮은데, 그, 그 저택에 가는 건 조금……."

과연, 영주인 클리프와는 만나고 싶지 않다는 거다.

뭐, 보통이라면 클리프는 영주님이고 귀족님에 높은 위치의 사람이니까. 일반인은 영주의 저택에는 가고 싶지 않겠지.

"좋아요. 노아한테는 제가 전할게요."

"고마워."

그런 뒤, 가게의 휴일을 알리는 게시물을 만들고 티루미나 씨는 앞으로의 예정을 혼자서 정했다.

멋대로 정한 종업원 여행이었는데 티루미나 씨에게 민폐를 끼친 모양이다.

하지만 즐거워하는 것처럼도 보이니 괜찮은가?

"티루미나 씨, 항상 고마워요."

"뭐야? 갑자기, 감사 인사라니."

"아니, 항상 신세를 지는 것 같아서요."

내가 솔직하게 말하자 티루미나 씨는 진지한 표정을 지었다.

"무슨 말을 하는 거니? 우리 가족이 유나에게 신세를 지고 있는 거지. 우리 가족이 행복하게 지낼 수 있는 것도 유나 덕분이야."

티루미나 씨는 마지막으로 씨익, 하고 미소를 지었다. 그 표정을 보니 거짓말은 하고 있지 않다는 것을 알 수 있었다.

이 세계에 와서 가장 처음 만난 게 피나라서 정말로 다행이다.

354 곰 씨, 곰 마차를 만들다

티루미나 씨에게 미릴러로 갈 때의 이동 수단을 추궁 당한 나는 피나와 슈리를 데리고 마을 밖으로 나왔다.

"유나 언니, 어디에 가는 거예요?"

곰돌이를 타고 있던 피나가 묻는다.

"잠깐 다른 사람에는 보이고 싶지 않아서 조금 떨어진 곳으로 가는 것뿐이야."

피나에게 설명한 대로 마을에서 조금 떨어진 장소로 찾아왔다. 이곳이라면 길에서도 떨어져 있고 나무도 있으니 보이지 않을 거다.

나는 곰순이에게서 내렸고 피나와 슈리는 곰돌이에게서 내렸다.

고아원 아이들의 수는 27명. 원장 선생님에 리즈 씨, 티루미나 씨에 피나와 슈리, 겐츠 씨. 이것으로 33명. 모린 씨와 카린 씨에 네린, 그리고 미릴러 그룹의 5명에 노아를 넣어서 42명. 인원이 조금 많지만 대부분이 아이들이라 앉을 공간을 생각하며 의자를 조정하면 괜찮을 거다.

"유나 언니, 정말 마법으로 탈것을 만들 수 있는 거예요?"

"만들 수 있지. 하지만 승차감을 알 수 없어서 두 사람을 데리고 온 거야."

나는 곰 장비가 있어서 다소 승차감이 나쁘더라도 알지 못했다. 이 부분은 피나와 슈리에게 실험대……가 아니라, 승차감의 확인을 부탁할 거다.

우선 나는 흙 마법을 써서 사람이 앉을 수 있는 짐받이 부분을 만들었다. 옆넓이가 넓어서 마차 2대 분의 크기가 됐다. 이거라면 40명 정도 타도 괜찮을 터.

“크다.”

“유나 언니, 크지 않아요?”

“하지만 말이 없어. 곰돌이랑 곰순이가 끄는 거야?”

슈리가 무서운 말을 꺼냈다. 그 말을 들은 곰돌이와 곰순이는 슬픈 눈으로 나에게 호소해온다. 끌고 싶지 않다는 느낌이었다.

“곰돌이와 곰순이가 끌지는 않을 거야.”

내 말에 곰돌이와 곰순이가 기뻐하며 소리를 냈다.

다음으로 나는 처음 왕도에 갔을 때 만들었던 커다란 곰 골렘을 만들었다.

“곰 님이다~.”

“유나 언니, 이 곰은, 그때…….”

피나는 기억하고 있는 모양이다. 도적의 감옥을 끌고 갔을 때의 곰이다.

우선, 곰에게 커다란 짐받이를 달았다.

“유나 언니, 크지 않아요?”

"으~음, 역시, 큰가?"

슈리를 보니 짐받이 위로 기어오르는 모습이 보였다.

"유나 언니, 움직여?"

"살짝만 움직여볼까."

"우와~."

양손을 올리며 기뻐하는 슈리.

피나는 불안한 듯 짐받이에 앉았다. 나는 점프를 해서 올라탔다. 그를 뒤따르듯 곰돌이와 곰순이도 뛰어올랐다. 나는 전원이 탄 것을 확인하고 곰에게 마력을 흘려보내 움직이도록 명령했다. 곰은 천천히 걷기 시작했다.

"우와아, 움직인다."

뭐, 그거야 움직이겠지.

터벅터벅, 터벅터벅.

조금, 속력을 올려본다.

터벅터벅터벅터벅.

"흔들리네."

길이 아닌 곳에서 움직이고 있는 탓도 있다. 잠시 탐지 스킬을 사용해서 길에 사람이 없는 것을 확인하고 곰을 길로 이동시켰다.

"유나 언니, 아무래도 크지 않아요?"

길을 너무 차지한 느낌이 든다. 짐받이를 줄이는 편이 나으려나?

터널은 일방통행이라고 하니 스쳐 지나갈 일은 없으니까 다소

커도 상관없다. 하지만 아무리 그래도 온 도로를 차지하는 마차는 방해되겠지.

나는 마차에서 두 사람을 내리고 마차를 없앴다.

"없애는 거야?"

슈리는 아쉬워했다.

"조금, 실패했으니까."

그리고 또 다른 버전의 탈것을 만들게 되었다.

저 부분이 이렇게 되고, 여기가 이렇게, 이게 이렇게 된다.

완성된 것은 곰 버스다. 모 애니메이션의 유명한 고양이 버스를 모티브로 해서 만들었다. 얼굴은 곰으로 만들어져 있으며 발도 귀도 꼬리도 있다. 곰 효과로 단단함도 늘어나 일거양득이다.

뭐, 이동하는 거리도 짧고 주변의 마물은 모험가들에게 토벌되었지만 아이들의 안전을 생각하면 최선을 다하는 편이 좋다.

"긴, 곰 님이다~."

슈리가 즐거워하며 곰 버스에 다가갔다.

인원수를 생각하니 길어졌다. 좌석을 나열하는 방식은 나중에 생각하기로 하고 승차감 확인을 했다.

"유나 언니, 타도 돼?"

"그럼."

그 때문에 왔으니까.

슈리는 곰 버스에 올라탔고 피나도 뒤따랐다. 곰돌이도 타려고 했지만 입구가 좁아서 들어가지 못했다. 나는 곰돌이와 곰순이를 꼬맹이화 시켰다. 작아진 곰돌이와 곰순이는 곰 버스에 올라탔고 마지막으로 나도 승차했다.

나는 선두의 운전석으로 이동했지만 슈리가 이미 운전석에 앉아 있었다.

"슈리, 나와줄래?"

나는 슈리에게 나와 달라고 하고 운전석에 앉았다. 운전석은 진짜 버스처럼 어느 한구석이 아닌 정중앙에 있었다. 뭐, 보통의 마차와 똑같은 거다. 애초에 15살인 내가 차를 운전한 적이 있을 리 없고, 구석진 곳에 있는 것보다도 정중앙에 있는 편이 운전하기 쉬울 거라고 생각했기 때문이다. 마차라면 탄 경험이 있으니까.

내가 운전석에 앉자 좌우에는 슈리와 피나가 앉았다. 나는 핸들을 잡았다.

"유나 언니, 그건 뭐예요?"

피나는 내가 잡은 핸들에 관해 물었다.

"고삐야."

"이게 고삐라고요?"

핸들이라고 말해도 알지 못하니 그렇게 설명했다.

나는 마력을 보내 곰의 발을 움직였다. 쿵, 쿵, 한발, 한발, 걸을 적마다 흔들린다. 조금 달려본다.

저벅저벅저벅저벅저벅저벅저벅저벅.

흔들리는 속도가 빨라졌다.

"유, 유나, 어, 언니, 어, 엉덩이가, 아, 아파, 요."

나는 곰 인형 옷 장비 덕분에 아무렇지 않지만 두 사람은 아픈 것 같다. 심지어 흔들려서 제대로 말을 할 수도 없다. 곰돌이와 곰순이도 사족보행이지만 역시 다른 모양이다. 곰돌이와 곰순이는 특별한 것 같네.

참고로 곰 버스는 길어서 다리는 원래의 두 배인 8개다.

나는 조금 속도를 올려 점프를 해봤다.

"유나 언니!"

"유나 언니!!"

피나와 슈리가 소리치며 나에게 달라붙었다.

깔끔하게 착지를 했지만 피나와 슈리의 몸이 조금 튀어올랐다.

"으으으, 아파요."

"엉덩이가 아파."

두 사람이 엉덩이를 비빈다.

"미안, 조금 시험해보고 싶었거든."

아무래도 모 애니메이션의 버스처럼 산을 오르거나 뛰어오르는 것은 할 수 없는 모양이다. 그런 짓을 한다면 안에 타고 있는 사람이 힘들다. 바퀴가 아닌 다리로 만든 것이 실패였던 것 같다.

나 혼자라면 상관없지만 그럴 거면 곰돌이와 곰순이를 타는 편이 훨씬 좋다.

꿈에 그리던 탈것인데 아쉬웠다.

나는 순순히 곰 버스의 다리를 바퀴로 바꿨다. 마법이라는 거, 편리하네.

만들어진 것은 유치원 버스에 가까운 캐릭터 버스다. 파란 SL의 얼굴이 있는 버스와 노란색 쥐의 버스 같은 느낌이다.

"이번엔 괜찮을 테니, 타봐."

의심스러운 듯 나를 보는 두 사람.

"뛰거나 하지 않죠?"

"안 뛰어. 봐, 이번엔 발이 아니라 마차처럼 바퀴로 되어 있잖아."

두 사람은 바퀴를 보고 곰 버스에 올라탔다.

운전석에 앉은 나는 핸들을 잡았다. 그리고 마력을 보내니 곰 버스가 천천히 움직이기 시작했다. 정비된 길로 나오자 쾌적하게 나아갔다.

마력을 많이 내보내자 바퀴는 빨리 돌아갔고 스피드가 올라갔다.

하지만 길이 콘크리트로 포장된 게 아니라 속도를 올리니 덜컹덜컹 진동이 느껴졌다.

"두 사람 모두 괜찮니?"

"아까보다는 괜찮아요. 하지만……."

엉덩이를 신경 쓰는 피나.

"곰돌이랑 곰순이가 더 좋아."

슈리의 말에 곰돌이와 곰순이는 기뻐하며 소리를 냈다.

그건 나도 그렇다.

이 곰 버스는 조종해야 한다. 곰돌이와 곰순이라면 자고 있어도 목적지까지 데려다준다.

그와 달리 곰 버스는 잘 수도 없고, 승차감도 곰돌이와 곰순이랑 비교도 안 될 정도의 차이가 있다. 하지만 마차보다는 빠르고 흔들림도 적다. 안전성에서도 확실하다. 무엇보다 많은 인원으로 이동하기에는 최적이다.

여러 일이 있었지만 이동 수단은 바퀴가 달린 곰 버스로 정해졌다.

나머진 모두가 탈 수 있을까, 인데……. 피나와 슈리를 의자에 앉게 한 뒤 좌석의 간격 등을 정했다.

마지막에는 마을로 돌아와서 엉덩이 고통의 대책으로 방석이나 쿠션 같은 것을 구매했다.

그런 느낌으로 곰 버스가 완성됐다.

355 곰 씨, 모험가 길드로 가다

곰 버스를 만든 다음 날, 모험가 길드로 향했다.

어제, 여행 멤버에 관해 생각하며 곰 버스를 만들다가 호위가 필요하다는 걸 깨달았기 때문이다.

여행을 가는 멤버는 아이들과 여자들 뿐. 성인 남자는 겐츠 씨 정도였다. 게다가 겐츠 씨는 티루미나 씨와 피나, 슈리와 함께 있을 테니 고아원 아이들과 다른 여자들을 보살펴 달라고 할 수는 없다.

나아가 안즈와 네린, 카린 씨, 리즈 씨와 같은 젊은 여성도 있다. 이상한 남자가 접근해 오면 곤란하다. 부모님들에게서 맡은 소중한 직원들이다. 그렇게 생각하니 아이들만이 아니라 여자들의 호위도 필요해졌다.

내가 24시간 동안 모두를 보고 있을 수는 없다. 인원도 많고 개별적으로 행동할지도 모른다.

그런 생각 때문에 호위를 붙이기로 마음먹었다.

그래서 생각해낸 것이 길이었다.

길은 체격도 좋고 얼굴도 따지자면 무서운 편이다.

그런 길이 아이들과 여자들 근처에 있다면 위협이 되어 이상한 남자도 접근하지 않을 것이다. 게다가 길이라면 아이들도 알고 있다. 가게에도 자주 와줘서 카린 씨 일행도 알고 있으니 무서워할 일도 없다.

그리고 가능하면 루리나 씨도 같이 와주면 좋겠다고 생각하고 있다. 이 중에는 길을 어려워하는 어린 여자아이도 있다. 그러니 그런 여자아이들은 루리나 씨에게 부탁할까 생각 중이다.

루리나 씨도 모험가니까 여자아이를 지키는 것 정도는 할 수 있을 거다.

모험가 길드 안으로 들어가 주위를 둘러봤다. 몇 그룹인가 모험가들이 의자에 앉아 잡담을 나누고 있는 모습이 보였지만 길과 루리나 씨의 모습은 보이지 않았다.

길은 몸집이 커서 눈에 띈다. 그러니 있는지 없는지 금방 알아차릴 수 있다.

일하는 중인가?

붐비는 시간대를 피해서 왔으니 남아 있는 모험가는 오늘은 쉬거나 여유롭게 있었다.

기본적으로 모험가 길드는 모험가가 의뢰를 받는 아침과 의뢰를 마치고 돌아오는 저녁이 바쁘다.

남아 있는 모험가들은 정보 수집을 하거나 새로 들어오는 의뢰를 기다렸다.

"유나 씨, 무슨 일이세요?"

주위를 둘러보고 있는데 접수대에 앉아 있는 헬렌 씨가 말을 건네 왔다.

마침 잘 됐다 생각하고 두 사람이 어디 있는지 묻기로 했다.

"루리나 씨와 길을 만나고 싶었거든요."

"루리나 씨와 길 씨요? 분명, 조금 멀리 나가계실 거예요."

"그래요?"

그럼, 같이 바다에 가는 건 무리인가?

"두 분께 볼일이 있으신가요?"

"조금, 부탁하고 싶은 게 있어서요."

"그럼, 돌아오면 전달해둘까요?"

언제 돌아올지 모른다면 부탁해두는 편이 나을까.

"으~음, 그럼, 부탁해도 될까요?"

나는 헬렌 씨에게 고아원 아이들과 함께 미릴러 마을에 가는 것 때문에 루리나 씨와 길에게 아이들의 호위를 부탁하고 싶다는 것을 전했다.

"그러고 보니, 유나 씨는 고아원 아이들을 데리고 미릴러 마을로 가신다고 했었죠."

"그리고 가게에서 일하는 사람들도 다 같이 가요. 그런데 어떻게 아세요?"

가게에 있는 알림문이라도 봤나?

분명 티루미나 씨가 곧바로 전단을 붙이겠다고 말했었다.

"겐츠 씨가 미릴러 마을에 가려고, 휴가를 받기 위해 쉬는 날에도 일하고 있어서 길드 직원이라면 모두 알고 있어요."

과연, 겐츠 씨를 통해 알았던 거군.

"겐츠 씨의 컨디션은 괜찮나요?"

지쳐있으면 피로에 좋은 신성수 차라도 줘야 할 것 같은데. 모처럼의 여행 전에 쓰러지기라도 하면 큰일이다.

"그건 괜찮을 거예요. 가족끼리 외출하는 게 기쁜 건지, 매일 즐겁게 일하고 있거든요."

그렇다면, 다행인가.

"그건 그렇고, 부럽네요. 저도 바다에 가고 싶어요."

"그러면, 헬렌 씨도 같이 갈래요?"

내가 헬렌 씨에게 권하자 뒤에서 쿵, 하는 소리가 들렸다. 그래서 뒤를 돌아보자 남자 모험가들이 노골적으로 시선을 피했다. 휘파람을 불며 모르는 척 하는 모험가도 있다.

둔감한 나라도 알겠다. 아무래도 모험가들은 헬렌 씨에게 호의를 가지고 있는 모양이다. 헬렌 씨가 미인이긴 하지. 하지만 헬렌 씨는 신경 쓰는 기색도 없었다.

"헬렌 씨라면 환영이에요."

헬렌 씨 한 명 정도 늘어도 문제는 없다.

"후후, 고마워요. 말씀만 받을게요. 이번엔 모두와 즐겁게 다녀오세요."

그건 아쉽다. 항상 헬렌 씨에게는 신세를 지고 있어서 보답을 할 수 있다면 좋겠다고 생각했는데.

나는 헬렌 씨에게 전언을 부탁하고 모험가 길드를 뒤로했다.

다음으로 향한 곳은『곰 씨 쉼터』였다. 오늘은 손님으로서가 아닌 상황을 보러 가는 것이라 뒷문으로 들어갔다. 부엌에서는 모린 씨와 아이들이 일하고 있었다. 점심시간도 지나서 복잡하지 않았다.

내가 부엌에 들어서자 아이들이 나를 알아차리고 달려들었다.

"유나 언니!"

"유나 언니, 정말로 바다에 가는 거야?"

"그럼, 가야지."

내가 그렇게 말하자 부엌에 있던 아이들이 소란스러워진다. 모두 기쁜 듯 웃으며「만세」,「역시 진짜였어」라는 말이 들려온다.

아이들의 미소를 보니 나도 기분이 좋아졌다.

"유나, 나도 가도 되는 거야?"

케이크를 만들던 네린이 물어왔다.

"그래, 다 같이 가는 거니까."

"나, 일을 시작하고, 아직 몇 개월밖에 안 됐는데. 그런데도 여행에 데리고 가주다니……."

아무래도 다른 아이들과 달리 가게에서 일한 일수가 적은 것을 신경 쓰고 있는 모양이다.

"네린은 충분히 공헌하고 있는걸. 케이크도 이런저런 연구도 하면서 새로운 것을 만들고 있잖아?"

"그건, 유나가 기본적인 케이크 만드는 법을 알려줬으니까 그렇지. 나 혼자서는 케이크 같은 걸 만들지 못했을 거야."

"신경 쓰지 않아도 돼. 항상 일하고 있는 모두에게 내가 주는 선물이니까."

"정말로 괜찮을까."

네린은 공짜로 갈 수 있다는 것이 마음에 걸리는 모양이다.

우리가 여행 이야기로 무르익고 있는데 점장인 모린 씨가 다가왔다.

"자, 유나가 와서 좋은 건 알겠지만, 일도 확실하게 해야지. 네린, 네가 아이들과 똑같이 수다를 떨면 안 되잖니."

"모린 고모, 미안해요."

아이들과 네린은 일로 돌아간다.

"모린 씨, 일을 방해해서 죄송해요."

나도 같이 사과했다.

"화내는 게 아니란다. 모두 바다에 가는 걸 기대하고 있거든. 그렇지만 일할 때는 칼이나 불을 사용하니까 제대로 집중하지 않으면 위험하잖니."

분명, 조리장에서는 위험한 물건이 많이 있다. 자칫 잘못하면 다친다. 그러니 모린 씨가 하는 말은 옳다.

"그래서, 유나. 티루미나 씨에게 들었는데, 정말로 10일 동안 쉬는 거니? 그렇게 쉬면 매출이……."

모린 씨도 티루미나 씨와 같은 걱정을 했다.

미릴러 마을에서 보내는 시간은 7일이지만 티루미나 씨와 이야기를 나누고 그 전후에도 가게를 쉬게 되었다. 출발 준비와 돌아왔을 때 놀면서 쌓인 피로를 풀기 위함이다.

"괜찮아요. 모두의 급여를 줄이거나 하지 않을 테니까요."

"나는 그런 걱정을 하는 게 아니라……."

그럼, 무슨 걱정이지?

"가게를 쉬게 되면 돈은 들어오지 않아. 심지어 쉬는 동안에도, 우리에게 급여를 지급한다니. 나로서는 유나의 생각이 이해가 안 돼."

평범하게 생각하면 그런가?

원래의 세계에서 말하자면 유급 휴가이다.

뭐, 15살인 나로서는 유급 휴가의 경험은 없지만 존재 정도는 알고 있다. 일을 쉬어도 급여는 줄지 않고 돈을 받을 수 있는 시스템이다.

"게다가 그렇게 가게를 쉬면서 놀아도 될까?"

"모두가 항상 열심히 일해주고 있는 보답이에요."

"일을 할 수 있는 시점에서 나는 유나에게 감사하고 있어."

"그리고, 모린 씨가 다른 곳에 스카우트되지 않게 하려는 거죠.

만약 스카우트 이야기가 있으면 말해주셔야 해요. 그 이상의 좋은 조건을 제시할 테니까요."

"후후, 여기보다 좋은 곳은 없어."

모린 씨는 웃었다.

모린 씨는 쉼 없이 일한 장인이라서 장기 휴가를 불안하게 생각하는 걸지도 모른다.

하지만 나는 여름휴가 정도는 있어도 괜찮지 않을까 생각했다.

뭐, 하루하루가 일요일인 것처럼 집에 틀어박혀서 게임을 하거나 만화책을 읽던 내가 할 대사는 아니지만, 사람에게는 휴식이 필요하다. 그걸 이번에 뼈저리게 느꼈다. 나도 데젤트 마을에서 크리모니아로 돌아온 후 쉬지 않고 일하고 있다. 사람에게는 휴식이 필요하다.

곰 장비가 없는 나였으면 며칠 동안은 쓰러져 있을 자신이 있다.

애초에 내가 휴식이 필요하다.

그렇지만 내가 말을 꺼낸 것이라서 누군가에게 불만을 말할 수도 없다.

그러니까 더더욱 미릴러에서 돌아오면 쉬어도 된다.

곰에게도 휴식을!

356 곰 씨, 『곰 씨 식당』으로 가다

이 이상, 영업을 방해하면 미안하니 홀에 있는 카린 씨와 아이들에게 얼굴을 비추고 가게를 뒤로했다. 그리고 나는 안즈의 가게인 『곰 씨 식당』으로 향했다. 『곰 씨 식당』은 『곰 씨 쉼터』 근처에 있어서 곧바로 갈 수 있었다.

내가 가게 안으로 들어서자 점심 시간이 지나서 그런지 『곰 씨 쉼터』와 달리 손님이 없었다. 『곰 씨 쉼터』는 케이크를 먹으러 오는 손님이 있어서 사람이 끊기는 일은 적다.

"유나?"

"어머, 정말이네."

가게 안으로 들어서자 테이블을 닦고 있는 세노 씨와 포르네 씨가 나를 발견했다.

"유나, 지금부터 식사하는 거야?"

"아뇨, 모두에게 확인하러 왔어요."

"확인?"

"모두, 지금 시간 괜찮아요?"

"지금부터 저녁 준비가 있긴 하지만, 잠깐이라면 괜찮아."

나는 안즈와 베틀 씨를 부르고 모두에게 가까운 테이블로 모여 달라고 했다.

“그래서, 유나 씨, 이야기라는 건 뭐예요?”

나는 안즈를 본 후 가게를 도와주는 세노 씨, 포르네 씨, 베틀 씨 3명을 바라봤다.

“모두가 미릴러에 정말로 돌아갈 건지 확인하는 거예요. 만일 미릴러로 돌아가는 게 싫으시면 크리모니아에 남으셔도 된다고 말하러 왔어요.”

“유나…….”

내가 말하고 싶은 것을 이해한 세 명은 진지한 표정으로 나를 마주했다.

자세한 내용은 모르지만 넌지시 안즈에게 들었다. 미릴러 마을이 크라켄과 도적에게 습격을 당해 도망칠 길을 잃었던 그때 가족, 연인, 친구 등, 모두 누군가를 잃었다고 했다.

그런 이유로 미릴러 마을에 있고 싶지 않아서 안즈를 통해 내 가게에서 일할 수 없는지 물었던 적이 있었다. 고향이라고는 하지만 싫은 기억도 있다. 심지어 몇 개월 전의 일이다. 마음의 준비가 안 되어 있을지도 모른다. 나는 그런데도 무신경하게 데리고 갈 정도로 비정한 사람이 아니다.

“미릴러에서 싫은 기억이 있잖아요. 그러니 무리해서 돌아가지 않아도 된다고 생각했거든요.”

“유나, 걱정해줘서 고마워.”

“그 일은 니프를 포함해서 이미 이야기를 나누고 결정했으니까,

괜찮아."

포르네 씨가 미소를 지으며 대답했다.

아무래도 고아원에서 일하는 니프 씨와도 의논한 모양이다.

"우리도 미릴러 마을에 갈 거야."

세노 씨, 포르네 씨, 베틀 씨 3명은 서로의 얼굴을 보고 끄덕였다.

"싫은 기억도 있지만, 태어나고 자란 마을이잖아."

"게다가 지인들한테 우리의 활기찬 모습을 보여주고 싶기도 하고."

세 명의 얼굴은 무리하는 것처럼 보이지는 않았다. 정말로 괜찮은 모양이다.

"니프도 「아이들이 가는데 내가 가지 않을 이유는 없지」라고 했었어."

"니프도 활기차져서 다행이야."

"아이들이 힘이 넘쳐서 힘들다는 말도 했어."

"그래도 솔직하고 착한 아이들뿐이래."

"그것도 원장 선생님 덕이겠죠."

원장 선생님은 아이들을 내버리지 않고 열심히 운영했다. 정말로 대단한 분이다.

"그건 그렇고, 유나는 상냥하구나. 보통이라면 거기까지 신경 쓰지 않는데 말이야."

"유나는 미릴러 마을을 구해줬잖아."

"유나는, 우리에게 새로운 곳에서 일을 할 수 있게 해줬어."

"유나, 고마워."

새삼 감사 인사를 들으니 창피했다.

나는 쑥스러움을 숨기기 위해 화제를 돌렸다.

"그러면, 제대로 준비하세요."

"준비라고 하니까 물어보는데, 정말로 10일이나 쉬는 건가요?"

모린 씨와 같은 질문을 들었다. 안즈의 본가도 숙소를 하고 있어서 연중무휴로 일을 했던 걸지도 모른다.

"애초에 가게를 쉬면서까지 모두를 데리고 가는 게 이상해."

"그래도 고향에 가끔은 돌아가야죠."

쉬지 않고 일하면 미릴러로 돌아갈 수 없다.

"보통은 한 명씩 휴가를 받아서 고향에 돌아가는 정도인걸."

"뭐, 이번에는 모두 같이 가는 여행이니까요. 그런데, 여러분에게는 살던 곳이었으니까 귀향이 되는 건가요? 게다가 안즈를 가끔 데거 씨가 있는 곳에 돌려보내기로 약속했어요. 안즈는 쉬고 싶다는 말을 전혀 안 하니까요."

"유나 씨, 아직 크리모니아에 오고 몇 개월밖에 안 지났어요. 보통은 그렇게 빨리 돌아가지 않죠. 만약 그렇게 빨리 돌아가면 도망쳤다고 여겨지는걸요."

"그래?"

"수련으로 몇 년이나 돌아가지 못할 때도 있어요. 심지어 유나 씨가 자신의 가게를 맡기셨는데, 휴가를 달라는 말은 할 수 없죠."

"게다가 6일에 한 번, 쉬는 날도 있으니까."

"그건 피로를 풀기 위한 휴가죠. 어쩌면 안즈가 남자와 데이트를 할지도 모르고 말이에요."

"데이트요?!"

내 말을 들은 안즈가 놀랐다.

"데거 씨에게 남편감을 찾아달라는 부탁을 받았는데 나는 소개할 수도, 찾을 수도 없으니까요. 적어도 쉬는 날을 주고 안즈 본인이 열심히 노력하길 바라는 거죠."

"그런 배려, 필요 없어요!"

"혹시, 이미 있나?"

그런 거라면 데거 씨에게 보고해야 했다. 그렇지만 그 남자, 데거 씨에게 죽는 거 아냐?

"없 습 니 다!"

결혼하면 작고 귀여운 집을 선물하려고 생각했는데 아쉽다.

"참고로, 세 사람은요?"

나는 세노 씨, 포르네 씨, 베틀 씨 세 사람에게로 시선을 옮겼다. 세 명은 일제히 눈을 피했다.

"안즈가 결혼하면, 생각할게."

"그렇네, 안즈가 결혼하면, 생각하자."

"오른쪽 사람과 동일합니다."

"어째서 저인 거예요?! 세 분 쪽이 연상이잖아요. 결혼을 한다면 세 사람이 먼저죠."

"나는 안즈의 언니로서 지켜봐야 해."

"데거 아저씨 대신해서 남자를 확인해 봐야지."

"안즈의 남편분은 우리의 제부가 되잖아. 확실하게 봐둬야지."

안즈와 사귀게 될 남자는 세 사람? 니프 씨도 같은 마음이라면 네 사람에게 추궁을 당하게 된다. 그 네 명의 허락을 얻고 마지막 보스인 데거 씨의 등장이다.

안즈는 결혼할 수 있는 건가?

"안즈, 힘내. 나는 응원해줄 테니까."

"으으, 유나 씨마저. 지금은 요리에 관해서만 생각하고 있다고요."

그러니까 데거 씨가 걱정해서 남편을 찾아달라고 했나?

어느 쪽이 되었건, 남자를 소개하는 것도, 찾아주는 것도 할 수 없는 나는 지켜볼 수밖에 없다. 다만, 한 가지 말할 수 있는 것은…….

"나도 확인 작업을 할 테니까, 사귀는 사람이 생기면 알려줘."

"유나 씨!"

안즈의 외침이 가게 안에 울렸다.

그렇지만 데거 씨에게 부탁을 받았으니 어쩔 수 없잖아.

357 곰 씨, 고아원에 가다

나는 안즈네 가게를 뒤로하고 다음은 고아원으로 향했다.

크리모니아에 돌아온 뒤로 고아원에는 얼굴을 비추지 않았다.

고아원 근처까지 다다르자 밖에서 활기차게 뛰어노는 아이들의 모습이 보였다. 술래잡기 같은 것을 하며 노는 것 같다. 그중 한 명이 나를 알아차리더니 뛰는 것을 멈추고 내 쪽으로 다가왔다.

"유나 언니!"

한 명이 오자 다른 아이들도 모여들었다. 모두, 웃는 얼굴이다.

"원장 선생님은 계시니?"

"계셔."

아이 중 한 명이 나의 곰 인형 장갑을 잡는다. 그러자 다른 아이들도 반대편 손을 붙잡고 옷을 잡았다. 기뻐하며 잡고 있어서 뿌리칠 수 없었다. 조금 걷기 힘들지만 참으면서 고아원으로 향했다.

고아원 안으로 들어서자 아이들은 원장 선생님이 있는 곳으로 안내해줬다. 뭐, 원장 선생님이 있는 곳은 대체로 정해져 있지만 아이들을 따라가기로 했다.

도착한 곳은 아이들의 놀이방이었다. 원장 선생님은 아이들과 자주 이 방에 있었다. 방 안으로 들어가자 예상대로 원장 선생님이 아이들과 함께 있었다.

"유나 씨?"

방에 들어선 우리를 원장 선생님이 발견했다. 그리고 나와 함께 있던 아이들은 나에게서 떨어져 원장 선생님이 있는 쪽으로 가버렸다. 그런 아이들을 보고 원장 선생님은 기뻐했다.

역시, 나보다 원장 선생님 쪽이 위인 것 같다. 곰 인형 옷이라도 이길 수 없는 존재는 있다. 애초에 원장 선생님과 리즈 씨와 비교하는 건 말이 안 된다 . 두 사람은 오랜 기간 고생을 하며 아이들을 보살펴왔다. 가족과 마찬가지라서 아무리 곰 옷차림을 한 나라도 두 사람에게는 이길 수 없다.

나는 바닥에 앉아 있는 원장 선생님 쪽으로 다가갔다.

"유나 씨, 돌아왔네요. 티루미나 씨에게 일을 마치고 돌아왔다는 건 들었는데, 컨디션은 괜찮아요?"

"괜찮아요."

곰 장비를 착용한 내가 다칠 일은 거의 없다. 나에게 부상을 입히고 싶다면 아마도 드래곤 정도는 나타나야 하겠지. 정말 나타나면 도망칠 거지만. 싸워보고 싶은 마음은 있어도 목숨은 소중하니까.

"유나 씨, 모험가인 건 알지만, 너무 무리는 하지 마세요. 유나 씨에게 무슨 일이라도 생기면, 이 아이들이 슬퍼하니까요."

원장 선생님은 무릎 위에 앉아 있는 아이의 머리를 쓰다듬으며 말했다.

나의 강함을 알지 못하는 원장 선생님은 진심으로 걱정해준다. 친절한 분이다. 나는 그런 원장 선생님의 옆에 앉았다.

"제가 없는 동안 아무 일도 없었나요?"

"그건 아이들의 얼굴을 보면 알겠죠."

원장 선생님은 미소를 지으며 방에 있는 아이들에게로 시선을 옮겼다. 방에는 그림책을 읽기도 하고, 곰돌이 인형과 곰순이 인형을 안은 채 즐거워하는 아이들의 모습이 있었다. 신나 보이는 방인데, 그중에는 곰돌이 인형을 안고 기분 좋게 자는 아이도 있다.

"그런데 원장 선생님은 아이들에게 걱정을 끼치지 않으려고 하잖아요."

원장 선생님은 아이들이 보이지 않는 곳에서 괴로운 얼굴을 해도 아이들 앞에서는 미소로 있는 타입의 사람이다. 그래서 아무 일 없었다는 원장 선생님의 말은 신용하기 힘들다.

"그렇지 않아요. 지금도 이렇게 아이들과 함께 있을 수 있어서 행복한걸요."

정말로 원장 선생님이 행복하다면 문제는 없다.

"무언가 문제가 생기면 말하셔야 해요."

다소의 문제라면 어떻게든 할 수 있을 거다. 힘도 있고, 돈도 있다. 권력을 가진 지인도 있다. 모험가 길드와 상업 길드의 양쪽 길드 마스터에, 이 마을의 영주인 클리프. 나아가서는 국왕에게도 받아낼 빚이 있다. 그렇게 생각하면 지금의 나는 무적인가?

"후후, 그때는 부탁할게요."

나와 원장 선생님은 서로에게 미소를 지었다.

"그런데 리즈 씨와 니프 씨는 안 계세요?"

이 시간이면 새를 돌보는 건 끝났다. 리즈 씨는 있을 수도 있다. 게다가 니프 씨도 원장 선생님과 이 방에 있는 일이 많았다.

"두 사람은 티루미나 씨에게 바다로 갈 때 필요한 물건을 준비해달라는 부탁을 받아서, 다른 아이들을 데리고 장을 보러 갔어요."

두 사람은 장을 보러 갔구나. 확실히 여행에는 필요한 물건이 있다. 의식주 중에 식과 주는 내가 준비할 수 있지만 의는 각자 준비하지 않으면 곤란하다. 그 외에도 내가 알지 못할 뿐 필요한 게 있을지도 모른다.

나의 경우, 대부분의 물건이 곰 박스에 들어가 있어서 무언가 갑자기 필요한 일은 없다.

무엇보다 옷을 갈아입을 필요가 없다.

"그런데, 정말로 아이들 모두를 데리고 가는 거예요?"

"항상 성실하게 일해준 보상이에요."

"저희는 유나 씨에게 일을 받는 것만으로도 감사하고 있는걸요. 우리가 유나 씨에게 얼마나 도움을 받았는지……."

나는 살기 위한 방법을 알려주기만 했다. 나머진 아이들이 스스로의 의사로 열심히 일하며 힘을 내줬기 때문에 지금이 있는 거다.

만일 아이들이 새를 돌보는 것을 하지 않겠다고 했다면 나는 내버려 뒀을지도 모른다.

그러니 열심히 일한 아이들에게 감사한 마음으로 미릴러 마을에 데려가주고 싶다고 생각했다.

"그런 건 신경 쓰지 말고 원장 선생님도 즐겨주세요."

나와 원장 선생님이 바다에 대한 이야기를 나누고 있는데 곰순이 인형을 든 어린 여자아이가 나에게로 다가왔다.

"유나 언니, 곰 님, 가지고 가도 돼?"

여자아이는 곰순이 인형을 품에 안은 채 물었다. 그에 관해 「좋아」라고 허락을 내리려던 순간, 원장 선생님이 입을 연다.

"안 돼. 짐은 줄이기로 약속했잖니."

원장 선생님이 여자아이에게 주의를 시킨다.

"그렇지만, 곰 님이랑 같이……."

"선생님, 저도, 가지고 가고 싶어요."

"나도요."

아이들은 곰돌이 인형과 곰순이 인형을 들고 원장 선생님에게 부탁했다.

원장 선생님은 아이들에게 둘러싸여 곤란한 표정을 지었다.

"짐은 줄어야 해. 게다가 금방 돌아올 거니까 잠시만 참자."

"으으."

아이들이 슬퍼하며 들고 있는 인형을 강하게 끌어안아서 곰돌이와 곰순이의 얼굴이 찌그러졌다.

"그, 원장 선생님. 인형 정도는 괜찮지 않을까요?"

"한 명을 봐주면 모두가 가지고 가려고 할 거예요. 이외에도 가지고 갈 짐이 있으니 방해가 될지도 몰라요."

꽤 많은 수의 인형이 고아원에 있다. 한 명당 1개는 아니지만 여자아이는 물론, 어린 남자아이도 가지고 있었다. 확실히 모두가 인형을 가지고 가면 큰 짐이 될 것 같다.

아이들의 얼굴을 살폈다.

바다에는 활기차고 즐겁게 놀기 위해서 가는 거다. 그런데 아이들이 곰돌이와 곰순이 인형이 없어서 슬프다고 말한다면 가지고 가야 한다고 생각했다.

그만큼 곰돌이와 곰순이 인형이 사랑받고 있다는 말이라서 기쁘다.

"그럼, 이걸 사용해주세요. 인형 정도라면 들어갈 거예요."

나는 아이템 봉투를 원장 선생님에게 건넸다.

인형 10개에서 20개 정도는 여유롭게 들어간다.

"괜찮나요?"

"선물한 인형을 마음에 들어하는 건 기쁘니까요. 게다가 모두의 얼굴을 보니 안 된다는 말은 할 수 없겠네요."

내가 허락을 내리자 아이들은 기뻐했다. 선물로 준 물건이 쓰이지 못하는 것보다는 쓰이는 편이 기쁘다.

수납장에서 먼지만 쌓이고 있었다면 슬프니까.

358 곰 씨, 노아를 만나러 가다

그 후 원장 선생님과 이야기를 나누고 아이들과 놀아준 나는, 고아원을 나와 노아의 집으로 향했다. 클리프에게 왕도에서 돌아왔다는 것을 알려야 하고, 티루미나 씨와의 약속도 있다. 게다가 노아에게 돌아왔다는 것을 알리지 않으면「돌아왔으면 알려주세요」라는 말을 들을 것 같다. 그렇지만 오랜만에 가는 거라「곰 님 성분이~」라는 말도 들을 것 같다.

"유나 님, 곰 님 성분을 주세요!"

만나자마자 들었다.

"노아, 공부는 제대로 하고 있지?"

"그럼요. 이것도 바다에 가기 위한 거예요. 그렇지만, 그러려면 곰 님 성분이 필요해서 유나 님의 집에 곰 님 성분을 충전하러 갔더니 유나 님이 계시지 않아서 충전 못했어요."

"내가 왕도에 갔던 걸 클리프 씨에게 듣지 못한 거야?"

클리프에게 왕도에 갔으면 좋겠다고 부탁을 받았을 때 노아에게 왕도로 간다는 것을 전해달라고 부탁했었다.

"곰돌이랑 곰순이라면 금방 돌아올 거라고 생각했거든요."

뭐, 곰돌이와 곰순이라면 말보다도 빨리 다녀올 수 있다. 무엇보다 곰 이동문을 쓰면 한순간이다.

우선은 곰 성분을 충전시키기 위해 꼬맹이화 시킨 곰돌이와 곰순이를 소환했다. 노아는 기뻐하며 곰돌이와 곰순이를 끌어안았다.

"으으, 행복해요."

귀족의 따님인데도 참으로 싸게 먹히는 행복이다. 그래도 그 기분을 모르는 건 아니다. 곰돌이와 곰순이를 안고 있으면 행복한 기분이 든다.

"그래서, 오늘은 무슨 일이세요? 물론, 용무가 없어도 유나 님이라면 언제든지 대환영이지만요."

"미릴러 마을에 가는 날짜가 정해져서 그 보고를 하러 왔어."

"정해졌나요?"

나는 예정일을 알려줬다.

"일출과 동시에 출발하는 거니까 늦으면 안 된다."

"늦잠 자지 않도록 노력할게요."

노아는 작은 주먹을 꽉 쥔다.

노아의 경우, 꼼꼼한 메이드인 라라 씨가 있으니까 괜찮겠지.

"곰돌이랑 곰순이를 빌려주신다면, 지각은 하지 않을 거예요."

"안 빌려줘."

"아쉽네요."

노아와 이야기를 나누고 있는데 클리프가 방으로 찾아왔다.

"잠시 실례하지."

"아버님, 무슨 일 있으세요?"

"유나가 왔다는 걸 들어서, 감사하러 왔단다."

"왕도의 건으로?"

"그래, 문제없이 국왕 폐하께 전달해 줬니?"

"네, 전달했어요. 그대로 국왕 폐하에게 다음 일을 부탁받아서 돌아오는 게 늦어졌지만 말이죠."

덤으로 데젤트 마을에서도 일을 받았다. 곰 이동문이 없었다면 시간이 걸렸겠지.

"그런가. 폐를 끼쳤군."

클리프가 낯설게 미안해했다.

"딱히 클리프 씨 때문이 아닌걸요. 게다가 싫었다면 거절했을 거예요. 이번엔 일을 맡길 잘했다고 생각하고 있으니 신경 쓰지 마세요."

"그렇게 말해주니 고맙다."

아무래도 나를 국왕에게 가도록 한 것이 마음에 걸렸던 모양이다.

"그래서, 오늘은 무슨 일이야?"

"미릴러로 가는 일정이 정해져서 그걸 전하러 왔어요."

그리고 클리프에게 왕도에서 돌아왔다는 것을 전할 목적도 있었지만 노아를 만나고 까맣게 잊고 있었다.

"아버님, 공부는 착실하게 하고 있으니까 가도 되는 거죠?"

"그래, 약속했잖니. 그래도 출발까지는 공부를 확실하게 해야 한다."

"네."

노아는 활기차게 대답했다.

"유나, 만일 노아가 투정을 부린다면 혼내도 돼. 네가 하는 말이라면 잘 들을 거야."

"저, 투정 같은 거 안 부려요."

"그렇다면 그 곰을 다른 아이들에게 뺏겨도 불만은 없겠지?"

클리프는 노아가 안고 있는 곰돌이를 들어 올렸다. 노아가 손을 뻗었지만 클리프가 피했다. 곰돌이는「크~응」하고 울었다.

"아버님! 너무하세요, 돌려주세요."

"다른 아이가 같은 행동을 해도 같은 말을 할 거니?"

"그건……."

"너는 자신의 처지와 말을 조심해야 해. 그것만은 잊지 않도록."

클리프는 곰돌이를 노아에게 돌려줬다.

"마을 주민은 영주인 우리에게 있어서 재산이다. 미움받는 일만은 하지 말거라. 미움을 산다면, 그건 자신에게 되돌아올 거야. 주민들의 호감을 사는 것이야말로 영주가 해야 할 일이야."

"알고 있어요."

"그렇다면 다행이고. 네가 타인을 무시하지 않는다는 건 알고 있단다. 그렇지만 너는 곰과 관련되면 응석을 부리니까."

클리프는 노아가 안은 곰돌이의 머리를 쓰다듬었다.

확실히 노아는 평소에는 좋은 아이지만 클리프 말대로 곰과 관련된 것에는 응석을 부리는 부분이 있었다.

"으으."

노아도 그렇게 생각하는지 입을 다물어버렸다.

"그 피나라는 여자아이에게도 미움받고 싶지 않다면, 더욱 곰에 관한 것에 인내심을 기르거라."

"아, 알겠어요."

그건 그렇고, 클리프는 노아에 관해 잘 파악하고 있네.

처음 노아가 피나를 만났을 때의 일이 떠올랐다. 「곰 님은 양보 못 해요」라던가 「앞은 양보 못 해요」라는 말을 피나에게 했었다. 그리운 추억이다.

그런데 노아가 곰을 좋아하는 건 나 때문인 건가?

곰돌이와 곰순이를 기뻐하며 쓰다듬는 노아의 모습을 보니, 분명 나 때문인 것 같군.

언젠가는 곰과 떨어져 지낼 수 있게 되기를 빌자.

클리프는 일이 있다며 방에서 나갔다.

"아아, 그렇지. 유나 님에게 부탁이 있어요."

곰돌이와 곰순이의 앞다리를 잡거나 귀를 만지거나 꼬리를 건들거나 머리를 번갈아가며 쓰다듬던 노아가 얼굴을 들어 올렸다.

"응? 뭔데? 곰돌이와 곰순이는 안 줄 거야."

"물론, 곰돌이도 곰순이도 갖고 싶지만, 아니에요. 제 부탁이 곰 님에 관한 것뿐이라고 생각하지 말아 주세요."

어, 아니었니? 그렇게 말하면 이야기가 진행이 안 되니까 입 다물고 있자.

"그래서, 뭔데?"

"미사도 바다로 불러도 돼요? 그 아이도 바다를 본 적이 없을 것 같거든요. 그러니까 같이 데리고 가주고 싶어요."

예상 밖의 부탁이다. 확실히 미사만을 데리고 가지 않는 건 가엾다. 왕도에서는 사이도 좋았고 생일 파티에도 초대를 받았다.

게다가 이제 와서 한 명이나 두 명이 늘어난다 해도 바뀌는 건 없다.

"괜찮아."

"정말인가요. 고마워요. 그럼, 시간이 없으니까 지금부터 편지를 쓸게요."

노아는 기뻐하며 곰돌이와 곰순이를 내려놓더니 책상으로 이동해서 편지를 적기 시작했다.

그런데, 미사라……. 혼자서 올 리는 없고 그란 할아버지도 같이 오나? 부모님은 오지 않겠지. 앗, 미사가 온다는 건 호위에 마리나 씨 일행이 오는 것도 이상하지 않겠네. 그렇게 되면 여자 비율이 늘어나게 된다. 만일 길이 오게 된다면 어딘가의 하렘 만화나 소설 같은 이벤트가 되어 버린다.

그렇지만 실제로는 어떠려나. 반대의 관점으로 여자 한 명에 다른 사람이 남자였다면 역하렘은커녕 위험한 신호이다. 확실하게 말해서 위험하다고밖에 할 말이 없다. 그래도 성별이 다르니 기뻐할까?

남자를 덮치는 여자는 없을 거다. ……없겠지?

적어도 이번 멤버에는 없기를 빌면서 노아가 편지를 쓰는 모습을 바라봤다.

"다 썼어요. 라라에게 부탁하고 올게요."

한시라도 빨리 편지를 보내고 싶은 건지 노아는 방에서 나갔다.

그리고 나는 남겨진 곰돌이와 곰순이와 함께 여유를 부렸다.

인생은 여유로운 게 최고다.

359 곰 씨, 아이스크림을 만들다

미릴러 마을에 갈 준비는 착착 진행됐다.

그리고 바깥의 더위도 더해져 갔다. 곰 장비 덕분에 나는 더위를 느끼지 않지만 주위를 보고 있으면 덥다는 건 알 수 있다. 바깥을 걸으면 얇은 복장의 사람이 늘었고 모두 나를 보며 더워했다.

앞으로 더욱 기온도 올라갈 거다. 그렇게 되면 더운 날에 먹고 싶어지는 것이 있다.

"분명, 만들 수 있겠지."

만드는 방법을 떠올리면서 곰돌이와 곰순이를 안고 있는데 피나와 슈리가 꼬끼오 알을 전하러 집에 왔다.

타이밍이 좋았다.

나는 두 사람을 포획하고 집 안으로 불러들였다.

"오늘은 덥네요. 유나 언니는 안 더우세요?"

이마에 흐르는 땀을 닦으면서 피나가 물어온다.

나의 복장은 언제나처럼 겉보기에는 더울 것 같은 곰 인형 옷이다. 그에 반해, 피나와 슈리는 얇은 차림에 시원해 보여서 귀엽다.

"전에도 이야기했지만, 특별한 옷이거든."

"그런데, 유나 언니의 집은 시원하네요."

곰 하우스는 창문만 열지 않으면 적정 온도를 유지해준다. 그러니 설산이든 사막이든 쾌적하게 지낼 수 있다.

"자, 차가운 물이야."

밖을 걸어온 두 사람에게 찬물을 준비해줬다.

"고맙습니다."

"고마워."

두 사람은 꿀꺽꿀꺽 물을 다 마셨다.

"두 사람, 오늘은 시간 있니?"

"네, 딱히 할 일은 없는데, 해체 일인가요?"

"그것도 있지만, 오늘은 다른 건이야."

스콜피온의 해체를 부탁하고 싶은데 그건 다음에 해도 된다.

"다른 건이요?"

여름이라고 하면 차가운 먹을거리.

즉, 아이스크림.

곰 버스의 이동 중에 먹어도 되고, 더운 바닷가에서 먹어도 된다. 아이들에게 차가운 아이스크림을 먹여줄 생각이다.

"오늘은 차가운 과자를 만들 거라서 두 사람이 도와주면 좋겠어."

아무래도 미릴러로 가는 전원의 몫을 만들게 될 테니 꽤 많은 양을 만들어야 한다. 그리고 한 명당 두세 개 준비할 생각을 하니 무서운 숫자가 된다. 그걸 혼자서 묵묵히 만드는 것은 쓸쓸하다. 왕도에서 혼자서 쓸쓸히 푸딩을 만들었던 기억이 되살아났다.

하지만 이번엔 왕족의 음식이 아니므로 만드는 걸 부탁할 수 있을 거다.

"차가운 과자요? 빙수 말인가요?"

"아니, 아이스크림이라는 먹을거리야."

조금 알아봤는데 (크리모니아 한정) 빙수는 있지만 아이스크림은 없었다.

"빙수, 먹고 싶어."

슈리가 작은 목소리로 말했다.

"슈리, 빙수 먹고 싶니?"

"……응."

빙수 정도는 얼마든지 만들어 줄 수 있다. 얼음을 갈아서 시럽을 뿌리기만 하면 된다.

아이스크림을 만들기 전에 두 사람에게 빙수를 만들어 주기로 했다.

나는 접시를 준비하고 마법으로 얼음을 만들어 바람 마법으로 얼음을 갈았다. 슈루루루루루, 하고 소리를 내며 접시 위에 갈린 고운 입자의 얼음이 쌓여간다.

마지막으로 과일 잼과 꿀, 달콤한 시럽 등을 얹었다. 아무래도 원래 세계처럼 레몬, 메론, 딸기, 블루 하와이 같은 시럽은 없다. 그러니 크리모니아에서는 잼과 단 것을 얹는 모양이다.

내가 빙수를 내보이자 두 사람은 맛있게 먹기 시작했다.

"차가워."

"맛있어."

"이게 빙수군요."

"설마, 먹은 적 없는 거야?"

"……네, 처음이에요. 그게……작년까지는 어머니가……."

그랬지.

처음 피나와 만났을 적을 떠올렸다.

피나와 슈리에게는 아버지가 없었고 어머니인 티루미나 씨는 병으로 몸져누워 있었다.

모친을 위해 숲에서 약초를 모으고 겐츠 씨가 있는 곳에서 해체 일을 받아서 했다. 하루를 살아가는 것만으로도 벅차서 빙수 같은 걸 살 여유는 없었을 거다.

"마음껏 먹어도 돼."

빙수 정도로 기뻐해 준다면 얼마든지 만들어 줄 수 있다.

"고맙습니다."

"유나 언니, 고마워."

두 사람은 빙수를 맛있게 먹었다.

그리고 잠시 후…….

"유나 언니, 추워요."

"유나 언니, 배가 조금 아파."

두 사람은 빙수를 너무 많이 먹어서 추워하기도 하고, 배를 문지르기도 했다.

"너무 많이 먹었네. 자, 두 사람 모두 따뜻한 차야."

"고맙습니다."

"고마워."

먹는 쪽도 잘못했지만 주는 나도 잘못했다.

맛있게 먹는 두 사람을 보고 계속 주는 건 나의 안 좋은 버릇이다. 그러니 티루미나 씨에게 「유나는 피나와 슈리에게 물러」라는 말을 자주 듣는다. 고아원 아이들에게 무르게 대하거나 노아에게도 친절하게 대해서 원장 선생님과 클리프에게도 같은 시선을 받았다.

외톨이 생활이 길었던 탓인지 나를 좋아해 주면 잘 해주려는 것 같다. 아마도 미움을 사고 싶지 않아서 그렇게 되는 건가.

지금까지의 스스로의 행동을 분석해본다.

하지만 고치려고 마음먹어도 고쳐지지 않는단 말이지. 이제 와서 피나와 아이들에게 차갑게 대할 수는 없다.

애초에 그런 짓을 할 필요는 없다.

그래도 너무 응석을 부리게 만드는 것은 조심하자.

잠깐 쉬었더니 두 사람이 괜찮아졌다. 약간의 치유마법을 사용한 건 비밀이다.

빙수를 먹느라 본래의 목적에서 벗어나 버렸다.

"이제부터 차가운 과자를 만드는 거죠?"

"유나 언니, 맛있는 거야?"
"잘 만들어지면, 맛있을 거야."
무엇보다 맛있다는 건 잘 만들어졌을 경우다.
만드는 순서는 간단해서 외웠지만 문제는 분량이다. 기억이 가물가물해서 달걀과 우유, 설탕의 분량을 외우지 못했다.
여기에 컴퓨터라도 있으면 바로 알아볼 수 있겠지만 없는 건 어쩔 수 없다. 우선은 가물가물한 기억에 의지하며 만들게 됐다. 그 부분은 곰의 감각에 걸어 봐야지.
"기대되네요."
"응, 얼른 먹고 싶어."
조금 전까지 배가 아프다고 했으면서 다 나으니 이렇다. 그게 슈리다운 모습이지만 말이다.

우선은 꼬끼오 알의 노른자와 우유, 설탕을 준비했다. 몇 가지의 만드는 방법이 있었을 거다. 흰자와 노른자를 사용해서 만드는 방식과 노른자만을 사용한 방식. 우선, 흰자를 버리는 게 아까우니 사용하기로 했다.
흰자에 설탕을 넣고 섞어서 머랭을 만든다.
문제는 설탕의 양인데 외우지 못했다. 나, 피나, 슈리 세 명의 양을 바꿔서 섞고 비교해서 먹어보기로 했다.
그리고 다음으로 노른자에 우유를 넣어 섞는다.

차갑게 하면서 우유를 넣는 방법도 있지만 우선은 이쪽으로 확인해 봤다.

마지막으로 처음에 만든 머랭을 넣어 한 번 더 섞는다. 나머진 적당하게 넣을 걸 넣고 냉장고에 차갑게 뒀다.

“유나 언니, 이것만으로 되는 거야?”

“일단, 이렇게 얼리면 완성이야. 시간을 보면서 가끔 저어줘야 하려나?”

어렴풋한 기억이다. 여기서 우유를 넣던가?

뭐, 여러 가지 확인하면서 만들면 된다.

“그럼, 다음을 만들어볼까.”

똑같은 요령으로 똑같이 만들어본다.

“아아! 슈리, 핥으면 안 되지.”

슈리가 설탕을 넣고 섞은 머랭을 핥아버렸다. 그걸 본 피나가 주의를 줬다.

“미안해.”

“자, 입에 묻었잖아.”

피나는 손수건을 꺼내 슈리의 입 주변을 닦았다. 정말로 사이가 좋은 자매다.

그런 두 사람을 보면서 아이스크림 만들기에 전념했다.

그런 뒤, 여러 가지로 분량과 소재를 바꾸며 시험 삼아 만들기를 계속했다. 굳을 때까지 시간은 있고, 어느 것이 맛있게 만들어

질지는 먹어보지 않으면 알 수 없다. 우선, 변화를 많이 주면서 만들었다.

"유나 언니, 섞어도 돼?"

"조금만이야."

오렌의 과육과 다른 과일을 넣기도 하고, 말차 아이스를 재현하기 위해 차를 넣거나 여러 맛에 도전했다. 솔직히 말해서 어느 게 성공할지는 모른다. 무엇보다 분량을 알지 못하는 게 난점이다.

"슈리, 설탕을 너무 넣었어!"

잠시 한눈을 판 사이, 슈리가 설탕을 많이 넣으려고 했다.

어린아이가 단 것을 좋아하는 건 어쩔 수 없다지만 너무 많이 넣는 건 좋지 않다.

"그리고 자기가 만든 아이스크림의 분량을 메모해두는 걸 잊으면 안 돼."

그렇게 여러 아이스크림을 만드는 동안에 처음에 만들었던 아이스크림이 얼었다.

"그럼, 조금만 맛을 볼까."

"네."

"우와~."

처음으로 만든 아이스크림의 시식을 했다.

먹어보니, 응, 맛있어. 제대로 맛있게 만들어졌다.

"입안에서 녹네요. 이상해요."

“맛있어.”

두 사람 모두 맛있게 먹었다.

다음으로 슈리가 만든 아이스크림을 시식했다.

먹어보니 달았다.

“슈리, 설탕을 많이 넣었잖니.”

“그렇지만, 단 게 맛있다고 생각했는걸.”

뭐, 슈리의 아이스크림은 달았지만 적당히 맛있게 먹을 수 있었다. 오늘은 여러 아이스크림을 만들면서 시식회를 열었다. 아직 얼지 않은 아이스크림은 내일 또 시식하기로 했다.

그리고 오늘 만든 것 중에서 맛있게 만들어진 아이스크림을 대량으로 만들 예정이다.

맛있게 만들어지면 좋겠다.

360 곰 씨, 아이스크림을 시식하다

어제는 시험 삼아 여러 아이스크림을 만들었다.

전부를 먹어보진 않았기 때문에 나머지를 오늘 시식하게 되었다. 그래서 오늘도 피나와 슈리에게 곰 하우스로 와 달라고 했는데 눈앞에는 티루미나 씨의 모습도 있었다.

"어? 티루미나 씨, 어쩐 일이세요?"

"유나가 또 이상한 음식을 만들었다길래 왔어."

이상한 거라니 뭐지?

아이스크림을 만들었을 뿐인데.

"이렇게 바쁜 때에 새로운 걸 시작하진 말아줘."

티루미나 씨가 진지한 표정으로 걱정했다. 아무래도 티루미나 씨는 오해하고 있는 모양이다.

"딱히 가게에서 팔려고 하는 게 아닌걸요. 차가운 과자를 만들어서 바다에 갔을 때 먹는 건 어떨까 싶었던 것뿐이에요."

"정말?"

의심하듯 나를 본다.

내가 그렇게 신용이 없나?

"정말이에요. 그러니까 티루미나 씨에게 폐를 끼치는 일은 하지 않아요."

지금은…… 이라고 마음속으로 중얼거렸다.

“그렇다면 다행이지만. 피나에게 대량의 꼬끼오 알 추가를 부탁받아서 무슨 일인가 싶었어.”

어제 피나에게 티루미나 씨에게 남은 꼬끼오 알을 원한다고 전해달라 부탁했다. 아무래도 그게 티루미나 씨를 놀라게 한 모양이다.

그래서 티루미나 씨가 피나에게 이유를 듣고 꼬끼오 알을 가져다줄 때 같이 곰 하우스로 찾아온 것 같다.

사람을 뭐라고 생각하는 걸까. 그렇게 항상 트러블을 일으키지는 않아.

……가끔만 그러는 거지.

“그래서, 차갑고 맛있다고 들었는데, 뭘 만든 거니?”

“네, 차가운 과자예요. 티루미나 씨도 시간 있으시면 시식해보고 의견을 들려주세요.”

“어머, 나도 먹어도 돼?”

애초에 오늘은 시식회다. 사람은 많은 편이 좋다. 게다가 성인 여자의 의견도 중요하다.

“맛있다, 맛없다는 물론이고 너무 달거나 조금 더 단 편이 좋다는 등의 의견이요. 맛이 싱겁다거나 여러 코멘트를 부탁드릴게요. 슈리는 분명 단 아이스크림에 점수를 더 줄 거거든요.”

푸딩을 만들었을 때와 같다. 가장 문제는 단맛이라고 생각했다.

“후후, 알겠어.”

이야기를 듣고 있던 슈리는「단 게 맛있는데」라며 작은 목소리로 중얼거렸다.

“단 것도 어느 정도여야지.”

티루미나 씨는 슈리의 머리에 손을 올렸다.

그런 느낌으로 티루미나 씨를 포함한 시식회가 시작됐다.

나는 냉동고에서『피나 1』이라고 적힌 아이스크림 컵을 하나 꺼내어 작게 나눠서 그릇에 올렸다.

이름과 번호는 재료의 분량을 알 수 있도록 하기 위함이다.

“이게 애들이 말했던 차가운 과자구나.”

“아이스크림이라고 해요.”

티루미나 씨는 스푼으로 아이스크림을 떠서 입으로 옮겼다. 피나도 슈리도 입으로 옮긴다.

“어머, 맛있네.”

“네, 맛있네요.”

“유나 언니, 맛있어.”

“그런데 얼음과는 달리 한순간에 녹네. 특이한 식감이야.”

이건 의외로 잘 만들어졌다.

단맛도 적당해서 설탕의 양도 딱 좋았던 모양이다.

역시, 피나가 만든 것인 만큼 퀄리티가 높다.

그런 뒤, 우리는 차례로 맛을 봤다.

그중에는 꽝꽝 얼어버려서 아이스캔디가 된 것도 있었다. 하지만 그건 그거대로 맛있게 만들어졌다. 뭐, 먹지 못하는 건 넣지 않았으니 모두 맛있게 만들어졌다.

하지만 역시 모두의 표정과 말을 들어보면 부드러운 아이스크림이 고평가인 것 같다. 입에 넣었을 때 녹는 식감이 좋았다고 한다. 아이스캔디도 나쁘지 않지만 아이스크림과 비교하면 평가는 조금 낮았다.

"맛이 연하거나 너무 단 것도 있었지만, 전부 맛있네."

"단 건 슈리가 만든 거예요."

그리고 이번 여행에 가지고 갈 아이스크림은 시식에서 평가가 높았던 것으로 골랐다.

"그럼 이 아이스크림을 만들기 위해 꼬끼오 알이 많이 필요해지겠네."

곰 박스에는 꼬끼오 알이 가득 들어 있다. 하지만 어제 아이스크림을 만드느라 많이 사용했고, 오늘도 쓸 예정이라서 꼬끼오 알은 아무리 많아도 곤란하지 않다.

게다가 내가 개인적으로 사용할 때 재고가 없으면 난감하다.

"알았어. 남은 알은 우선해서 가지고 올게."

기본적으로 상업 길드에 납품하고 남은 꼬끼오 알은『곰 씨 쉼터』의 재료 등으로 돌아가, 모린 씨의 신작 빵이나 네린의 신작 케이크 등을 만들기 위해 쓰인다. 그런데도 남는 경우에는 내가 받게 되어 있다.

그리고 내가 없을 때는 저렴한 가격으로 상업 길드에 판매한다.

아이스크림 만들기를 티루미나 씨도 도와주게 되었다.

사람 수가 많으면 도움이 되기 때문에 감사히 도움을 받기로 했다.

"그리고, 이렇게 틀에 넣으면 만들 수 있다는 거지."

"부어 넣기만 하면 되니까요."

"곰 모양을 한 것도 만들 수 있겠네."

"어째서 곰 이야기가 나오는 거죠?"

"아니, 곰 모양 아이스크림을 가게에서 팔면 잘 나가지 않을까 싶어서."

"아까 성가신 일은 관두라고 하시지 않았나요?"

"그건 그거고. 가게의 회계를 맡은 몸으로서는 어떻게든 매출을 생각하게 되거든."

티루미나 씨가 그런 사람이었던가.

혹시 티루미나 씨에게 모든 가게의 관리를 맡겨서, 그것의 영향을 받은 건가?

우선, 가게에서의 아이스크림 판매 이야기는 보류하게 되었다.

"아무리 그래도 이렇게 많이 만들면 피곤하지."

티루미나 씨가 허리를 두드렸다. 이때 「나이 때문인가요?」라는 바보 같은 말은 하지 않았다. 실제로 피나도 슈리도 지쳤다.

“으으, 팔이 지쳤어요.”

“힘들어.”

어제는 시험으로 시식용만 만들었지만, 오늘은 바다에 갈 전원의 몫을 만들고 있다. 하루에 하나라고 계산했지만 한 명당 가능하면 3개까지는 만들고 싶은 심정이었다.

그렇게 생각하는 것만으로도 수가 꽤 된다.

“피나, 어떤 느낌이야?”

“그게, 이런 느낌이에요.”

피나가 대답을 하며 내 쪽을 돌아보는데 코에 크림을 묻힌 모습이 보였다. 자매가 똑같이 빼닮았다.

“딱 좋을지도.”

나는 휘젓고 있는 크림을 확인하고 피나의 코 위에 묻은 크림을 손수건으로 닦은 뒤 칭찬해줬다.

그리고 만든 아이스크림은 집안 구석의 대형 냉장고에 넣었다.

“유나, 이렇게 커다란 냉동고를 준비한 거니?”

아무래도 항상 사용하는 냉동고로는 너무 작아서 이걸 위해 준비했다.

“그런데, 어째서 곰 모양인 거야?”

나는 그 질문에 대답하지 않았다.

361 곰 씨, 스콜피온의 해체를 부탁하다

아이스크림은 티루미나 씨와 피나와 슈리 덕분에 대량으로 만들 수 있었다.

"피나, 슈리, 티루미나 씨, 고마워요."

"저만큼의 양을 만드니까 아무래도 피곤하네."

"얼른 먹고 싶다."

슈리는 아이스크림이 든 냉동고를 봤다.

"바다에 갈 때까지 안 돼."

본격적으로 아이스크림 만들기를 하기 전에 엄청나게 먹었던 것 같은데…….

"그럼, 나는 저녁 장을 보러 갈게."

"나도 갈래!"

슈리가 손을 들었다.

피나도 가려고 했지만 내가 막았다.

"피나에게는 묻고 싶은 게 있으니까 남아줄래? 티루미나 씨, 피나를 조금 더 빌려도 돼요?"

"그래, 괜찮아. 하지만 저녁때까지는 돌려보내야 해."

티루미나 씨는 웃으면서 슈리를 데리고 곰 하우스를 나섰다.

"저기, 그래서 묻고 싶은 게 뭐예요?"

"피나는 스콜피온이라는 마물을 알고 있니?"

"스콜피온이요? 모험가 길드에 있는 마물 도감에서 본 적은 있지만 자세히는 몰라요."

뭐, 이 부근에는 스콜피온 같은 게 없으니까 그렇겠지.

"왜 그런 걸 물으세요?"

"며칠 전까지 국왕의 의뢰로 일을 했던 건 알고 있지?"

"네."

"그때 스콜피온을 토벌해서, 피나에게 해체를 부탁할까 싶은데 말이야."

"죄송해요. 해체한 적이 없어서 못 할지도 몰라요."

피나가 죄송스러운 표정을 지었다.

"딱히 나무라는 게 아니야."

"그렇지만, 유나 언니가 토벌한 마물은 제가 해체하겠다고 약속을……."

아아, 그랬지. 피나와 막 만났을 무렵, 겐츠 씨에게 토벌한 마물을 피나에게 의뢰해주길 바란다고 부탁을 받았었다.

그리고 나는 그 부탁을 받아들여 해체는 피나에게 부탁하게 되었다.

"그럼, 실패해도 되니까 연습해볼래?"

"연습이요?"

"많이 토벌했으니까 딱히 실패해도 문제없어."

“안 돼요. 소재가 아깝잖아요.”

“신경 쓰지 않는데.”

곰 박스 속에는 많은 스콜피온이 들어 있어서 조금 낭비하더라도 신경 쓰지 않는다. 하지만 피나는 신경이 쓰이는 모양이다.

“으으, 안 돼요. 마물을 토벌하는 건 위험한 일이잖아요. 목숨을 거는 일이라고요. 그런 큰일을 겪으며 무찌른 마물을 해체하는데 실패할 수는 없어요.”

확실히 그렇긴 하지만……. 고생해서 무찌른 한 마리가 해체 실수로 너덜너덜해진다면 슬플 수 있다.

“그래도 누구나 처음 보는 마물의 해체는 실패할 수 있다고 생각해. 모두, 실수하면서 배우는 거지.”

“그렇지만…….”

피나는 받아들이기 힘든 것 같다.

“저기, 아버지께 부탁하면 안 돼요?”

“겐츠 씨?”

“네, 아버지는 예전엔 모험가여서 여러 곳을 다녔다고 하셨거든요. 분명, 스콜피온의 해체 방법도 알고 계실 거예요.”

겐츠 씨는 피나의 해체 스승이다.

확실히 겐츠 씨라면 알고 있을 가능성이 높다. 블랙 바이퍼의 해체도 했으니까.

일을 크게 벌이고 싶지 않았지만, 겐츠 씨가 스콜피온의 해체를 할 수 있다면 피나는 스콜피온의 올바른 해체 기술을 배울 수 있다.

스승이 있고 없고는 차이가 크다.

"그렇겠네. 물어볼까?"

"네."

나와 피나는 겐츠 씨를 만나러 모험가 길드로 갔다. 그리고 곧장 토벌된 마물을 관리하는 장소로 향했다.

겐츠 씨를 찾아보니 벽 쪽에서 길드 마스터와 이야기를 나누는 모습이 보였다.

"바쁜 모양이네. 조금 기다릴까."

"네."

우리가 가만히 대화가 끝나는 것을 바라보고 있는데 두 사람이 우리를 발견하고 다가왔다.

"피나랑, 유나도 어쩐 일이냐?"

"겐츠 씨에게 묻고 싶은 게 있어서요."

"내게 말이니?"

나는 흘깃, 길드 마스터 쪽을 바라봤다. 되도록 스콜피온의 존재는 알리고 싶지 않았다.

"뭐야. 내가 있으면 민폐인 모양이군."

「네, 민폐입니다」라고 말하고 싶었지만 본인을 앞에 두고 말할 수는 없다.

"그런 건 아니지만. 일하러 돌아가셔야 하지 않아요?"

"나의 직감이 성가신 물건을 가지고 왔다고 말하고 있군."

길드 마스터가 씩 웃으며 나를 봤다.

그런 직감은 발동시키지 않아도 돼.

"딱히 성가신 물건 따위 갖고 오지 않았어요. 겐츠 씨에게 물어볼 게 있는 것뿐이에요."

"그렇다면, 지금 이야기해도 되잖아."

그렇게 말하고 이 근육 오뚝이는 움직이지 않았다.

"…………"

침묵이 흐른다.

"뭐야, 할 이야기가 없으면 나는 일하러 돌아갈까 하는데?"

겐츠 씨는 나와 길드 마스터 사이에 끼어 더 이상 견디지 못하겠는지, 이 자리에서 벗어나려고 했다.

나는 겐츠 씨의 행동을 보고 기회를 포착했다.

"그렇네요. 일이 끝난 뒤에 이야기할까요. 피나도 그게 좋겠지?"

"저는 어느 쪽이든……."

피나가 나와 길드 마스터를 보면서 대답했다.

"안 돼. 내가 들어도 상관없다면 지금 이야기하라고."

나는 도망치려 했지만 막혔다.

뭐, 우두머리 스콜피온에 관해서 이야기하지 않으면 큰일은 나지 않을 거다.

"알았어요. 이야기하면 되잖아요. 하지만, 소란피우면 안 돼요."

"그건, 이야기를 들은 뒤에 판단하지."

근육도 고집 있어 보이는데 머리도 고집 있어 보인다.

나는 숨을 내쉬고 포기했다.

"겐츠 씨, 스콜피온을 해체할 수 있어요?"

"스콜피온? 뭐, 한 적은 있으니 할 수 있는데, 설마 가지고 있는 거야?"

"네, 뭐. 그래서 피나에게 해체를 부탁하려고 했는데 해본 적이 없다 해서 겐츠 씨에게 물어보기로 했거든요."

"그래, 이 근처에는 없는 마물이니까. 피나가 해체를 한 적이 없는 건 당연하겠지."

주로 사막에 있는 마물이라 이 근처에는 없다.

"무슨 일인가 했는데 스콜피온의 해체였군. 나는 더 큰일인 줄 알았잖아."

우리의 이야기를 듣고 있던 길드 마스터가 그런 말을 꺼냈다. 그건 길드 마스터가 멋대로 생각했던 것뿐이다. 나는 잘못한 거 없다.

"이 부근에는 없는 마물이잖아요. 그걸 가지고 있다고 하면 이상하게 여길 것 같았거든요."

"확실히 그렇겠군. 뭐, 너와 너의 아이템 봉투는 규격 외니까 말이야."

뭐, 이해가 빨라서 도움이 된다.

“그래서 겐츠에게 스콜피온의 해체를 부탁하러 온 거냐?”

“피나는 해체를 배우고 있잖아요. 그러니까 피나에게 알려주면서 해체를 해주시면 좋겠어서요.”

“그런 거라면 길드에서 맡도록 하지. 다른 직원 중에도 해체한 적이 없는 사람이 있거든. 좋은 공부가 될 거야.”

“그렇지만, 이 마을에서 스콜피온 같은 걸 내놓으면 놀라지 않나요?”

“뭐, 다소 놀랄지도 모르지만, 길드 내에서 처리하면 괜찮겠지. 겐츠도 그걸로 괜찮나?”

“딸과 함께해도 된다면요.”

“이미 그러고 있잖아. 그래서 유나는 몇 마리 가지고 있지? 그 곰 아이템 봉투에 들어 있는 건가?”

사실을 말해도 되나?

몇 마리 정도까지면 놀라지 않지?

참고로 스콜피온은 100마리 정도 있다. 울프 100마리라고 생각하면 큰일도 아니겠지.

“네가 한 일이잖아. 10마리는 가지고 있겠지. 전부 맡겠어.”

그 10배입니다. 심지어 그 우두머리도 가지고 있죠.

뭐, 길드 마스터가 그렇게 생각하고 있는 거라면 이야기를 맞추기로 했다.

"길드 마스터가 말한 대로 10마리 정도 있어요."

"역시. 이쪽이라면 손에 넣기 어렵기도 하고, 가공하기 나름이지만 껍질은 꽤 좋은 방어구가 되니까 상업 길드도 기뻐할 거야."

우두머리의 껍질은 딱딱했지만 일반적인 스콜피온은 단단하게 느껴지지 않았다. 하지만 잘 가공하면 강도가 늘어나나?

물에 삶는다던가?

게나 새우가 들어간 전골이 머릿속에 떠올랐다. 맛있을 것 같다.

추워지면 전골도 좋겠네. 엘프 마을에 가면 버섯이 있으니까 버섯 전골을 만드는 것도 좋겠지.

뭐, 이 계절에 먹는 여름 전골도 맛있을 것 같지만 말이다.

"고기는 맛있나요?"

"그래, 고기도 맛있지."

"그럼, 고기는 제가 조금 받고 싶은데요."

"어느 정도지?"

"우선 먹어보고 싶은 것뿐이니까, 조금이면 돼요."

또 필요해지면 피나에게 해체를 부탁해야지.

"거래 성립이군. 그러면 건네주는 건 언제로 할까? 나에게 알리고 싶지 않다는 건 자기가 가지고 왔다는 걸 알리고 싶지 않은 거겠지."

"그렇긴 한데, 길드에서 비밀로 해주는 거라면 좋아요."

"으~음, 입이 가벼워 보이는 녀석도 있거든. 뭣하면 내일 아침 일찍은 어떤가? 이른 아침이라면 사람도 적을 거야."

길드는 24시간 운영하고 있다. 그렇다고 해서 길드 직원이 몇 명이나 대기하고 있는 건 아니다. 긴급 상황을 대비해서 밤에 몇 명 있는 정도이다. 그러니 일이 본격적으로 시작하기 전인 이른 아침이라면 길드 직원도 적다.

문제는 내가 아침 일찍 일어나야 한다는 점 정도다.

이건 곰돌이와 곰순이에게 깨워달라고 할 수밖에 없겠군.

나는 승낙하고 내일 아침 일찍 오기로 약속했다.

362 곰 씨, 모험가 길드에 스콜피온을 건네러 가다

다음 날 아침, 곰돌이 알람과 곰순이 알람에 의해 일어났다.

오늘은 알람이 격해지기 전에 일어나서 다행이다.

곰돌이 알람과 곰순이 알람은 내가 일어나지 않으면 깨우는 방식이 격해진다.

처음엔 부드럽게 톡톡 치는 정도인데 그걸로 일어나지 않으면 톡톡 치는 게 점점 강해진다. 그런데도 일어나지 않으면 곰돌이와 곰순이가 배 위에 올라타기도 했다. 마지막에는 얼굴을 뒤덮는다. 그건 정말로 괴로워서 안 했으면 좋겠다.

오늘은 양옆에서 톡톡, 하고 얼굴을 두들기는 중에 일어날 수 있었다.

"곰돌아, 곰순아, 좋은 아침이야."

눈을 비비면서 몸을 일으켰다.

으으, 아직 졸려. 밖은 아직 어둑어둑하다. 이렇게 빨리 일어나는 건 오랜만이다.

하지만 오늘은 모험가 길드에 직원이 모이기 전에 스콜피온을 건네기로 약속을 해서 일어나야 했다.

아침 식사는 어떻게 할까?

하지만 아침을 먹기에도 좀 이른 것 같다. 나는 배와 상담을 하고 모험가 길드에서 돌아온 뒤에 먹기로 했다. 나는 흰 곰에서 검은 곰으로 갈아입고 곰돌이와 곰순이를 불렀다.

"그럼, 가자."

""크~응.""

곰 하우스를 나와 꼬맹이화 한 곰돌이와 곰순이가 뒤뚱뒤뚱 내 뒤를 따라왔다. 가끔 일찍 일어났을 때는 꼬맹이 곰돌이와 곰순이를 데리고 산책을 한 적이 있다. 아침에는 사람이 없으니 놀랄 일도 없고 다가오는 사람도 없었다.

그런 산책을 겸해서 모험가 길드로 향하고 있는데 얼굴은 알고 있지만 이름도 모르는 할머니에게 인사를 받았다. 나도「안녕하세요」하고 대답했다. 곰돌이와 곰순이에게도 인사를 하는 할머니. 곰돌이와 곰순이는「크~응」하고 울며 대답을 했다.

집 주변에는 나와 곰돌이와 곰순이에 관해 아는 사람이 많다. 그러니 근처를 꼬맹이 곰돌이와 곰순이와 걷는 것 정도라면 놀라지 않게 됐다.

나는 작게 하품을 했다. 아침 공기는 기분 좋지만 졸려서 어쩔 줄 모르겠다. 곰돌이를 크게 만들어서 등에 올라타고 싶어진다. 그런 생각을 하고 있는데 모험가 길드가 보였다. 모험가 길드 앞에는 겐츠 씨와 피나의 모습이 있었다.

"두 사람 모두 좋은 아침이에요."

"좋은 아침이에요."

"지각하지 않고 잘 왔네."

"저에게는 깨워주는 이 아이들이 있으니까요."

나는 쭈그려 앉아 옆에 있는 곰돌이와 곰순이의 머리를 쓰다듬었다. 최강의 알람이다.

"곰돌아, 곰순아, 좋은 아침."

피나도 같이 와서 곰돌이와 곰순이의 머리를 쓰다듬었다.

"평화로운데 미안하지만 이동할 거야. 네가 알리고 싶지 않아 해서 이런 시간에 만난 거잖아."

그랬다. 누군가에게 보이기라도 한다면 곤란하다.

우리는 길드 뒤로 돌아가 뒷문을 사용해 해체를 하는 창고에 들어갔다.

"그럼, 적당한 곳에 꺼내 봐."

나는 어제 약속한 대로 곰 박스에서 10마리 정도의 스콜피온을 꺼냈다.

"오랜만이군."

"그래요?"

"그래, 모험가일 때는 몇 번인가 해체한 적이 있는데, 길드에서 일하게 된 뒤로는 그다지 없었어."

"그다지 없었다는 건 있다는 거예요?"

"가끔? 어딘가의 모험가가 가지고 올 때가 있어. 그래서 이번에도 조금은 소란스러워질 수 있지만, 아가씨가 생각한 정도의 일은 일어나지 않을 거야."

뭐, 소란스러워져도 내가 가져온 거라고 알려지지 않는다면 상관없다.

"그러면 껍질은 이쪽에서 유통해도 되는 거지?"

"괜찮아요. 고기는 조금 나눠주면 좋겠지만요."

살짝 맛만은 보고 싶다. 어쩌면 새우나 게처럼 맛있을지도 모른다. 안즈와 모린 씨에게 무언가 요리로 만들 수 없는지 물어보는 것도 좋을지 모른다.

"알았어. 일이 끝나면 너의 집으로 가져가지."

"제가 가지러 와도 되는데요?"

"그럼, 숨어서 주고받는 의미가 없잖아. 너는 소문이 안 나길 바라는 거야? 아니면 알려져도 된다는 거야, 어느 쪽이야?"

그건 그렇다. 내가 받으러 오면 수상하게 여겨질 거다.

"그럼, 부탁해도 돼요?"

"그래, 상관없어."

의논한 결과, 스콜피온의 고기를 집으로 가져다주는 걸로 결정되었다.

"그럼, 피나, 다른 직원이 올 때까지 기본적인 것을 알려줄 테니 봐두렴."

겐츠 씨는 해체용 나이프를 꺼내 들고 스콜피온에게 다가갔다.

"네, 아버지."

피나는 이제 평범하게 겐츠 씨를 아버지라고 부른다. 겐츠 아저씨라고 했던 적이 옛날 일 같다.

피나는 해체용 나이프를 꺼냈다.

내가 준 미스릴 나이프가 아니다.

"미스릴 나이프는 안 쓰는 거야?"

"미스릴 나이프는 내가 말렸어. 그거에 익숙해지면 아무래도 편하게 해체할 수 있게 돼서 기초가 무너지거든. 그러니 일반적인 나이프로 할 수 있는 건 일반 나이프로 하라고 가르쳤지."

일반 나이프를 쓰는 이유는 이해했다.

하지만 모처럼 미스릴 나이프를 만들었는데 사용해주지 않는 것은 쓸쓸하다.

"그럼 다음엔 미스릴 나이프를 쓸법한 마물을 가지고 올게."

"너는 내 딸에게, 도대체 뭘 해체시키려는 거야?"

겐츠 씨가 어이없다는 듯 나를 봤다.

"그렇지만 피나, 이번엔 미스릴 나이프를 준비하렴. 피나의 힘으로는 해체할 수 없는 부분도 있단다. 하지만 미스릴 나이프를 사용하면 할 수 있을 거야."

"네."

"그래도 다른 직원이 오면 곧바로 넣어야 해. 미스릴 나이프 같은 걸 가지고 있다고 알려지면 시기를 살 테니까."

확실히 미스릴 나이프를 가지고 있다는 게 알려지는 건 좋지 않다. 미스릴 나이프는 고급품이다.

도둑맞을 가능성도 있으니까 겐츠 씨가 하는 말은 옳다.

피나는 겐츠 씨의 말에 고개를 끄덕였다.

그리고 겐츠 씨의 스콜피온 해체가 시작됐다.

때마침 내 배도 울렸다. 두 사람은 그 소리에 반응하지 않고 해체에 집중했다.

들리지 않는 것 같아서 다행이다.

"그럼, 저는 돌아갈게요."

"또 스콜피온 같은 희귀한 마물을 토벌하면 가지고 와줘."

그런 거라면 스콜피온의 우두머리와 샌드 웜의 우두머리, 게다가 와이번도 있다. 곰 박스에서 꺼내서 겐츠 씨의 놀라는 얼굴을 보고 싶지만 소란이 나면 곤란하므로 자숙했다.

겐츠 씨와 피나와 헤어진 나는 아침 식사를 하기 위해 곰 하우스로 돌아왔다.

363 곰 씨, 수영복을 확인하다

아침 식사를 마치자 하품이 나왔다. 오늘은 아침 일찍 일어난 것도 있어서 졸리다.

오늘의 예정은 특별한 건 없다. 크리모니아로 돌아오고 최근에는 바빴다. 늦잠을 자도 혼날 일은 없었다.

곰돌이와 곰순이를 데리고 내 침실로 향한 뒤 검은 곰 옷차림인 채로 침대에 쓰러졌다.

"잠깐 잘 테니까 깨우지 말아줘."

곰돌이와 곰순이에게 부탁을 하자 꼬맹이화 한 곰돌이와 곰순이도 침대 위에 올라타 내 옆에서 똬리를 틀었다.

아무래도 같이 잘 모양이다.

곰돌이를 끌어안자 곧바로 잠이 몰려왔다.

"……니."

어쩐지 몸이 흔들리는 느낌이 든다.

"……일어나."

더욱 몸이 흔들린다.

"유나 언니, 일어나."

"곰돌이?"

"아니야~."

"곰순이?"

"아니~ 슈리야."

슈리? 내가 눈을 뜨자 내 위로 슈리가 말에 올라타듯 올라와 있었다.

"드디어 일어났다~."

내가 몸을 일으키자 슈리는 내 위에서 내려왔다.

"어째서 슈리가 이곳에 있는 거야?"

"어머니 일을 돕는 게 끝나서 모험가 길드에 언니를 만나러 갔었어. 그랬더니 아버지랑 언니가 『스콜피온』이라는 마물을 해체하고 있었어. 나도 돕겠다고 했는데. 나한테는 『스콜피온』 해체는 이르다고 아버지가 시켜주지 않는 거야. 그래서 유나 언니에게 부탁하려고 왔는데 자고 있었어."

아니, 슈리에게는 스콜피온의 해체는 이르지.

"나도 슈리에게는 이르다고 생각해."

"유나 언니도 그러는 거야? 나도 할 수 있어."

슈리는 작은 입을 삐죽인다.

"할 수 있을지도 모르지만, 피나도 오늘 처음 해체를 하는 거야. 그러니까 슈리가 10살이 됐을 때 해도 늦지 않아."

그 이전에 해체라니 10살도 빠르다. 나도 15살이고 모험가인데 해체 같은 거 못한다. 그렇게 생각하니 나보다 슈리 쪽이 대단하다.

"얼른, 어른이 되고 싶어."

"그렇게 서두르지 않아도 될 수 있으니까, 괜찮아."

나는 슈리의 머리 위에 손을 올려 쓰다듬었다.

"그런데, 어떻게 집 안으로 들어왔어?"

"곰돌이가 들여 보내줬어."

"곰돌이가?"

"크~응."

곰돌이가 소리를 낸다.

아무래도 슈리가 왔다는 걸 알고 문을 열어준 모양이다. 재주 좋은 곰이다.

그 이전에 멋대로 남을 들이면 안 되잖아.

뭐, 슈리니까 들인 거겠지만…….

"그건 그렇고, 지금 몇 시야?"

"점심이 조금 지났어."

지금 뭐라고 하셨죠, 슈리 씨?

"점심이라고 들렸는데, 잘못 들은 거지?"

"점심 지났어."

잘못 들은 게 아니었다.

아무래도 나는 돌아온 뒤로 점심이 지날 때까지 자버린 모양이다.

아무런 예정이 없으니 괜찮지만, 설마 오후 지나서까지 자버릴 줄은 몰랐다.

“곰돌아, 곰순아, 어째서 깨워주지 않은 거야?”

곰돌이와 곰순이를 보자 침대 위에서 놀고 있었다. 분명히 깨우지 말아 달라고 부탁했지만 점심이 넘어가기 전에는 깨워줘도 괜찮지 않았니? 나는 가볍게 곰돌이와 곰순이를 원망하듯 바라봤다.

그런 나의 마음을 모르는지 곰돌이와 곰순이는 「크~응」 하고 울었다.

나는 슈리를 데리고 1층으로 내려갔다.

“슈리, 땀 흘렸네.”

“응, 달려왔거든.”

“아이스크림은 줄 수 없지만, 빙수라도 만들어 줄까?”

“정말? 먹을래!”

“그래도 배가 아프면 안 되니까 한 개만이야.”

나는 접시를 준비한 뒤 얼음을 바람 마법으로 갈고 꿀을 얹어서 의자에 앉은 슈리 앞에 놓았다.

“고마워.”

나도 의자에 앉아 차가운 차를 마시면서 여유를 즐겼다.

슈리와 수다를 떨며 시간을 보내고 있는데 밖에서 나를 부르는 목소리가 들렸다.

누구지?

문을 열자 셰리가 있었다.

"셰리, 어서 와. 어쩐 일이야?"

"유나 언니가 돌아왔다고 들어서 만든 수영복을 보여주려고요."

아아, 얼마 전에 고아원에 다녀왔었지.

"그래서 와줬구나."

나는 집 안으로 셰리를 들어오게 했다.

"셰리 언니?"

"슈리?"

서로를 바라봤다.

"슈리도 놀러 와줬어."

"아니야, 부탁하러 왔던 거야."

그랬지.

"우선, 밖이 더웠지? 차가운 음료를 줄 테니까 의자에 앉아서 쉬어."

"아, 네."

셰리는 의자에 앉더니 테이블 위에 올려진 것으로 눈을 돌렸다.

그 시선의 끝에는 슈리가 먹던 빙수가 있다.

"셰리도 빙수 먹을래?"

"빙수, 맛있어."

슈리가 빙수를 먹으면서 말했다.

"아뇨, 그 저만 먹기는……."

아무래도 고아원의 다른 아이들이 마음에 걸리는 모양이다.

"음, 모두에게는 비밀인 걸로."

나는 빙수를 만들어 셰리에게 건네줬다.

"고맙습니다."

셰리는 스푼을 손에 들고 빙수를 입에 넣었다.

"차갑고, 맛있어요."

그건 다행이다.

"그런데, 수영복을 보여주고 싶다니, 다 만든 거야?"

"네, 전부 만들었어요."

셰리는 미소로 대답했다.

"모두의 수영복을 만드는 거 힘들었지? 고마워."

"아뇨, 그다지 힘들지 않았어요. 일반 옷이랑 달라서 장식도 없잖아요. 천을 연결하기만 하면 되니까요."

"그것만으로도 아주 대단해."

그래도 인원수만큼 만드는 건 힘들었을 거다. 옷을 만든 적이 없는 나는 그 부분의 고생은 알지 못하지만 힘들었을 거라는 것 정도는 안다.

내 수영복도 만들었다는 것 같지만 수영복을 고른 기억이 없다.

내가 그린 일러스트 중에서 만들어 줬다면 기본적으로 괜찮겠지만 학교 수영복만큼은 아니길 바란다.

"그래서, 나는 수영복을 보면 되는 거야?"

"네, 문제가 없는지 봐주세요."

셰리는 빙수를 다 먹고 아이템 봉투에서 천 봉투를 꺼냈다.

그리고 천 봉투에 손을 넣더니 안에서 수영복을 꺼냈다.

손에 든 것은 검은 것과 하얀 수영복이다. 셰리는 그것을 테이블 위에 올렸다.

"고아원 모두가 입을 수영복이에요."

테이블 위에 올라간 것은…… 학교 수영복?

심지어 가슴 쪽에 고아원 아이들의 이름이 적혀 있다. 왜 이름이 적혀있지?

"유나 언니가 여러 수영복을 그려줬는데 고아원 모두의 수영복은 이걸로 정했어요."

"저기, 어째서인지 물어봐도 될까?"

"그게…… 한 명씩 물어보면 좋았겠지만, 모두가 모이는 식사시간에 어떤 수영복이 좋은지 물었거든요. 그랬더니 식사 중인데 모두 수영복을 고르느라 소란스러워지고 유나 언니가 그려준 수영복 종이로 쟁탈전을 벌이게 되어 진땀을 뺐어요. 그래서 원장선생님도 화내셨고……. 모두 다른 종류의 수영복을 원하면 제가 수영복을 만드는 게 힘들어지니까 이걸로 하라고 선생님이 정하셨어요. 그리고 이 수영복은 이름을 붙일 수 있으니까 누구의 것인지 알 수 있다고 해서, 그래서 저도 아무런 말도 못 했어요."

하지만 고아원 아이들의 수영복을 통일하는 건 좋은 아이디어

일지도 모른다. 이 학교 수영복이라면 가슴팍에 이름이 있어서 틀릴 일도 없다.

"유나 언니가 여러 가지로 수영복 일러스트를 그려줬는데 죄송해요."

"신경 쓰지 않아도 돼. 원장 선생님의 마음도 아니까. 그렇지만 왜 검은 거랑 흰 거야?"

검은 건 알겠다. 내가 그림을 검게 그렸다. 하지만 어째서 흰색? 나는 흰색 학교 수영복 같은 건 그리지 않았다. 이 세계에 흰색 학교 수영복이 있을 것 같지는 않다.

"곰돌이 색이랑 곰순이 색이에요. 적어도 그 정도는 허락해주셨어요."

셰리의 대답을 들어보니 특별한 이유가 없었다. 곰돌이와 곰순이를 참고했을 뿐이었다.

검은 건 아무런 문제는 없다. 원래의 세계에서도 남색과 검은색으로 보이는 수영복이었다. 하지만 흰색 학교 수영복은 복잡한 기분이 들었다. 학교에 흰색 수영복 같은 건 존재하지 않았다.

흰색 학교 수영복을 봤을 때 창피하고 이상한 기분이 드는 건, 내 마음이 더럽혀져 있기 때문일지도 모른다.

아이들에게는 평범하게 곰순이 색이라는 의미였다.

"그래서 남자아이들 쪽은?"

최소한 여자의 흰색 학교 수영복은 허락하자. 흰색 수영복은 일반적으로 존재했다. 하지만 남자의 흰색 수영복은 본 적도 들은 적도 없으니 관둬줬으면 좋겠다.

셰리는 조금 전, 수영복을 꺼냈던 봉투에서 다른 수영복을 꺼냈다. 그곳에는 검은색 수영복만 있었다.

나는 다행스럽게 가슴을 쓸어내렸다. 여기서 하얀색 수영복이 나왔더라면 내동댕이쳤을지도 모른다.

"검은색이네."

"네, 남자아이는 모두 검은색으로 골랐어요."

정말로 다행이다. 흰색이 아니라서.

그리고 남자의 이름은 그림에서 오른쪽 끝에 달았는데 똑같이 그렇게 되어 있었다.

"셰리 언니, 내 거는?"

"슈리 것도 잘 가지고 왔지."

셰리는 아이템 봉투에서 다른 천 봉투를 꺼낸 뒤 수영복을 꺼냈다.

"입어도 돼?"

"입을 거야? 바다에 가서 입어도 되지 않아?"

"안 돼?"

어린아이에게는 창피함 같은 건 없는 걸까.

뭐, 사이즈를 쟀다고 해도 입어보는 건 중요하다.

내가 허락을 하자 슈리는 이곳에서 옷을 벗으려고 했다. 그런 슈리를 나는 서둘러 말렸다. 슈리는 갸웃거린다. 여자끼리니까 기본적으로 문제는 없다. 보통의 수영장이나 해수욕에서도 같은 공간에서 갈아입는다. 하지만 슈리에게는 제대로 옷 갈아입는 장소를 알려주지 않으면 미래가 걱정된다.

"슈리, 옷을 갈아입으려면 저쪽 방을 사용해."

나는 욕실의 탈의실을 가리켰다.

슈리는 순순히 내가 하는 말을 따라 수영복을 들고 탈의실로 향했다. 어쩐지 조금 지쳤다. 나는 슈리가 들어간 방의 문을 바라보며 기다렸다. 어떤 수영복을 가지고 간 건지 몰라서 궁금하다.

"그리고 이게 유나 언니의 수영복이에요."

아이템 봉투에서 한 번 더 천 봉투가 나왔다. 셰리는 그 천 봉투에서 수영복을 꺼냈다. 그것도 하나가 아니다. 2, 3개 정도를 테이블 위에 올려뒀다.

여러 수영복이 내 앞에 나열되었다.

"저기, 전부 내 거야?"

"네."

셰리는 만면의 미소로 끄덕였다.

악의는 없는 거지.

"유나 언니에게 어떤 수영복이 좋을지 묻는 걸 잊어서요."

내가 말 안 했지.

"그런데, 유나 언니가 일 때문에 멀리 갔다고 해서……."

국왕에게 호출당해 일을 받아 데젤트 마을까지 갔었으니까.

"그래서 유나 언니에게 어울릴 듯한 수영복을 많이 만들었어요."

"……."

잘못 들은 거라고 여기고 싶었다.

하지만 눈앞에는 많은 수영복이 나열되어 있었다. 심지어 전부 내가 입을 수영복이라고 했다.

"모두 유나 언니에게 잘 어울릴 것 같아서 많이 만들었어요."

셰리는 걱정 없는 미소를 짓고 말했다. 악의가 없다지만 곤란하다. 정말로 나를 위해 만들어 줬겠지.

"저기, 고마워."

얼굴이 경련을 일으키고 있다는 걸 스스로도 알 수 있었다. 하지만 내 말을 들은 셰리는 기뻐했다. 이건 사고방식을 바꾸면 기회일 수도 있다. 많은 수영복 중에서 고를 수 있다는 게 된다. 만약 흰색 학교 수영복이나 초미니 비키니였는데 선택지가 없었다면 울었을 것이다.

다시 한 번 테이블 위에 놓여 있는 수영복을 봤다.

검은색을 기본으로 해서 흰색이 섞인 원피스 수영복인데 프릴이 달려있는 거라든가, 투피스도 있었다.

비키니인데 상하의 색이 흰색과 검은색으로 나뉘어 있는 게 있고, 좌우로 흰색과 검은색이 나뉜 타입도 있었다. 하지만 비키니라는 건 가슴이 없으면 괴롭다. 마법의 패드를 넣으면 괜찮을까?

내 가슴 사이즈를 아는 사람은 적다. 사이즈를 잰 셰리는 어쩔 수 없다고 치고 나머지는 같이 목욕한 피나와 슈리, 티루미나 씨와 노아 정도다. 다른 사람은 곰 인형 옷 덕분에 내 가슴 사이즈를 모를 거다. 거유라고 생각하는 사람이 있을지도 모른다.

겉보기에 내가 그린 일러스트 중에서 내게 어울릴 법한 수영복을 전부 만들어 준 모양이다.

미니 비키니는 없었지만 검은색과 흰색의 학교 수영복이 있었다. 위험했다. 이게 메인이었으면 눈물을 흘리고 있었을 거다.

다른 수영복이 있어서 정말 다행이다.

"그렇지만, 어째서 모두 검은색이랑 흰색인 거야?"

모든 수영복이 검은색과 흰색을 기본으로 하고 있다. 다른 색은 전혀 쓰지 않았다.

"유나 언니는 검은색이랑 흰색을 좋아할 거라고 생각했어요. 곰돌이랑 곰순이도 검은색이랑 흰색이니까요."

그렇게 말하면 아무런 말도 할 수 없다. 핑크나 화려한 빨간색보다는 좋다.

하지만 이렇게 많이 만드는 건 힘들었을 거다.

"설마, 내가 고르지 않아서 셰리에게 폐를 끼친 거니?"

"그렇지 않아요. 유나 언니에게 어울리는 수영복을 생각하면서 만드는 건 즐거웠는걸요."

"그래도 전부 입을 수는 없잖아."

"네, 하지만 그중에서 무언가를 유나 언니가 마음에 들어 한다면 기쁠 거예요."

그 표정은 「열심히 했습니다」라며 칭찬해 달라는 얼굴을 하고 있다.

"혹시, 전부 별로였나요?"

내가 아무 말도 안하니 셰리의 미소가 한순간에 불안하게 변했다.

"그럴 리가. 많이 있어서, 모두 좋아서, 고민하는 것뿐이야."

내 말에 불안해 보이는 표정이 사라졌다.

위험했다. 모처럼 셰리가 만들어 줬는데……. 실제로 모두 귀여운 수영복이다. 입는 인물이 문제였다.

"곧바로 정하기 어려우니까 나중에 천천히 생각해도 될까?"

"그러시면, 하나만 입는 게 아니라 다양하게 입어주시는 게 저도 기뻐요."

"그렇네. 몇 개 정도 골라볼게."

이것으로 하나만 입는 건 어려워졌다.

우선 절대로 입지 않을 것 같은 수영복부터 귀여운 수영복까지 모든 수영복을 천 봉투에 담고 그 천 봉투를 곰 박스 안에 넣었다.

일단은 학교 수영복은 피할 수 있어서 안심했다.

수영복을 곰 박스에 넣자 안쪽에서 문이 열리고 슈리가 나왔다.

슈리가 입은 건 프릴이 달린 하얀 원피스 수영복이었다.

"유나 언니, 어때?"

"응, 잘 어울리네. 귀여워."

"정말로?"

슈리는 기뻐하며 그 자리에서 빙그르르 돌았다.

…………?

지금 뭐가 보였던 것 같은데. 아마도 기분 탓이겠지?

"저기, 슈리, 한 번 더 천천히 돌아볼래?"

나는 확인을 하기 위해 슈리에게 부탁했다.

"응!"

슈리는 천천히 그 자리에서 돌았다.

"스톱!"

나는 슈리가 뒤를 향한 순간, 외쳤다.

"왜 그래?"

스톱이라고 말했는데 슈리가 움직여버렸다. 하지만 잘못 본 게 아니었다. 나는 슈리에게 다가가서 뒤로 돌아 등 뒤를…… 엉덩이를 봤다.

"저기, 이건 뭐지?"

슈리의 엉덩이에는 동그란 하얀 물체가 달려있었다.

"곰순이의 꼬리지."

"어째서 그런 게……."

"아, 맞다. 셰리 언니, 모자가 없었어."

"아, 미안, 잊고 있었네."

셰리는 천 봉투에 손을 넣더니 무언가를 꺼내 슈리에게 건넸다.

뭐를 건넨 거지?

무언가를 받아든 슈리는 그걸 펼치더니 머리에 썼다.

"…………"

벌어진 입이 닫히지 않는다는 건 이런 상황이겠지. 정말로 입이 벌어진 채로 슈리를 봐버렸다. 슈리가 뒤집어쓴 모자는 곰 얼굴이 달린 수영모였다.

"유나 언니랑 똑같지?"

슈리가 곰 꼬리와 곰 얼굴이 달린 수영모를 썼다. 하얀 곰 옷차림 그 자체다.

"……셰리, 이건?"

"그건……."

셰리는 조금 말하기 어려운 얼굴을 하고 아이템 봉투에서 내가 그린 수영복 일러스트 종이를 꺼냈다.

그리고 그중에서 한 장을 내게 보여줬다.

그건 수영복이 그려져 있지만 꾸깃꾸깃 구겨진 종이.

나는 이 일러스트를 보고 떠올렸다.

피나와 아이들이 수영복 고르기를 하고 있을 때 노아가 곰 수영복은 없냐는 질문을 듣고 즉흥적으로 그렸던 것이었다.

"구겨서 쓰레기통에 버렸던 기억이 있는데……."

"그게, 슈리가 주워서 건네줬어요."

"슈리?!"

"그렇지만, 귀여웠는걸."

확실히 귀엽지만, 곰 수영복이잖아.

"유나 언니, 만들면 안 됐던 건가요?"

"안 되는 건 아니지만, 창피하잖아."

"그…… 고아원 어린아이들도 곰 수영복이에요."

셰리는 그렇게 말하더니 조금 전에 보여줬던 학교 수영복의 뒤를 보여줬다.

그곳에는 슈리의 엉덩이에 있는 것과 똑같이 동그란 꼬리가 있었다.

고아원의 수영복이 학교 수영복으로 정해지고 수영복의 색은 곰돌이 색과 곰순이 색으로 정해졌다.

그때 어린 아이들에게서 「꼬리는 없어?」라는 질문을 받았다고 했다.

"아무래도 가게의 곰을 상상했던 모양이에요."

분명 가게의 유니폼에는 꼬리와 곰 모자가 있다.

"그래서 슈리가 주워준 종이가 떠올라서 꼬리랑 모자를 만들어 줬어요."

즉, 내가 그린 곰 수영복을 토대로 만들어졌다는 것이다.

그때 노아의 말을 듣고 곰 수영복을 그려버린 나를 때리고 싶었다.

이대로 바다에 가면 아이들 몇 명은 슈리처럼 곰 수영복 차림을 할 것이다.

어쩐지 갑자기 바다에 가고 싶지 않아졌다. 하지만 모두가 기대하고 있는데 중지할 수도 없고 수영복을 다시 만들 수도 없다.

이런 일이 생기는 걸 대비해서 국왕의 일을 받지 않고 크리모니아에서 감시를 해야 했다.

하지만 그랬으면 카리나가 어떻게 되었을지 모르고 나는 냉혈한이 되었겠지.

그리고 슈리도 돌아갈 무렵에는 스콜피온에 관해선 완전히 잊고 좋은 기분으로 돌아갔다.

364 곰 하우스에 미사가 찾아오다

셰리와 슈리는 돌아갔다.

나는 침대에 쓰러졌다.

"피곤해~."

정신적으로 지쳤다. 하얀 학교 수영복에도 놀랐고 곰 꼬리에도 놀랐다. 그래도 다행인 것은 곰 수영복을 입는 건 유년반 아이들이라는 것 정도다.

본심을 말하자면 안 입었으면 좋겠다. 그렇지만 기뻐하는 슈리의 얼굴을 보고 그런 말을 할 수는 없다. 나는 꼬맹이 곰돌이와 곰순이를 끌어안고 정신적 데미지를 회복시켰다. 폭신폭신하고 부드럽다.

잠시 곰돌이와 곰순이를 안은 것으로 정신적 데미지가 회복된 나는, 다시 한 번 침대 위에 셰리가 만들어 준 수영복을 나열했다. 우선 학교 수영복을 슬며시 구석으로 치웠다. 어른인 내가 입을 수영복이 아니다. 나는 나머지 수영복을 봤다. 비키니와 원피스가 놓여 있었다.

으음~ 뭐가 좋은지 모르겠네.

"곰돌아, 곰순아, 어느 게 좋은 것 같아?"

침대 위에 있는 곰돌이와 곰순이에게 물었다. 하지만 곰돌이와 곰순이는 수영복을 흥미 없다는 눈으로 봤다. 그리고 「「크~응」」 하고 울더니 몸을 둥글게 말아버렸다.

내 수영복에는 관심이 없다니……. 뭐, 있으면 그것도 곤란하지만 무관심도 슬프다.

아무튼 곰돌이와 곰순이는 믿을 수 없다. 스스로 결정해야 한다.

나는 수영복을 보고 검은색과 흰색의 비키니를 손에 들었다. 그리고 곰 옷을 벗은 뒤 비키니 수영복으로 갈아입었다.

뭐지, 사이즈가 딱 맞는 이 느낌은? 나는 잘 사용하지 않는 전신 거울 앞에 섰다. 잘 어울리나? 한 부분이 신경 쓰이지만 무시하기로 했다. 포즈를 취해 봤는데 잘 어울리는지 모르겠다.

나는 말없이 다음 수영복을 들었다. 투피스 수영복과 원피스 수영복을 입어봤지만 어느 수영복이든 다리 부분이 어색했다. 허리에 스카프 같은 걸 둘러봤다. 조금 나아 보인다. 이번엔 어깨가 추운 느낌이다. 덮을 게 필요해. 커다란 수건을 어깨에 걸쳤다. 편안. 한 단계 더 큰 수건으로 몸을 덮으니 안심이 된다.

더는 무리다. 은둔형 외톨이라 학교 수영장 이외에서 수영해본 적 없는 내가 수영복을 입고 바다에 가다니, 레벨이 너무 높은 이벤트다.

그렇다고 지금 중지를 할 수는 없다.

역시 어떠한 부분이 부족하니까 안 되는 것일지도 모른다.

곰돌이와 곰순이도 자고 있다. 나는 나 홀로 패션쇼를 관두고

곰 인형 옷 모습으로 돌아갔다. 곰 인형 옷을 입은 순간, 안도하는 자신이 있었다. 수영복 하나 고르지 못하고 곰 인형 옷을 입고 안심하다니, 이제 여자로서 끝난 걸지도 모른다.

나는 말없이 수영복을 천 봉투에 담고 그걸 곰 박스에 넣었다. 그리고 곰돌이와 곰순이의 옆에 쓰러졌다. 바다에 가기 전까지 아직 시간이 남았으니까 천천히 생각하면 된다.

인생에서 싫어하는 일을 뒤로 미루는 것도 하나의 방법이다. 시간이 해결해주는 것도 있다.

해결되나? 되면 좋겠는데~. 며칠 후 미래의 나에게 맡기기로 했다.

그날 밤, 피나와 겐츠 씨가 스콜피온의 고기를 가지고 와줬다.

응, 까맣게 잊고 있었어. 오늘은 정신적인 데미지를 너무 입어서 스콜피온의 존재를 완전히 잊고 있었다. 우선, 감사 인사를 하고 받았다. 겉으로 봤을 땐 새우에 가까운 것 같은데?

오늘 저녁으로 일단은 삶아서 먹어봤는데 맛있었다. 간장을 뿌렸더니 더 맛있었다.

다음 날, 수영복에 관해서는 잊고(생각하지 않기로 하고) 집 안에서 뒹굴뒹굴하고 있었다.

미릴러에 가기 위해 필요한 것은 또 뭐가 있을까?

가지고 가는 것을 잊어도 곰 이동문이 있고 미릴러 마을에서 사도 된다. 물건 대부분은 티루미나 씨가 챙겨주고 있으니 내가 할 일은 없다.

아이스크림도 만들었고 수영복도 있다. 식자재는 티루미나 씨가 수배하고 있다. 이동 수단인 곰 버스도 만들었다. 그러고 보니 루리나 씨와 길은 어떻게 됐을까?

헬렌 씨는 루리나 씨 일행이 돌아오면 알려주겠다고 했는데 아직 연락이 없다. 어쩌면 시간이 맞지 않을지도 모른다. 그렇게 되면 아이들을 돌볼 사람이 부족해진다.

한 번 더 모험가 길드에 가서 확인해 볼까.

그런 생각을 하면서 집에 머물고 있는데 나를 부르면서 문을 두드리는 소리가 들렸다.

"유나 님~~~ 계신가요~~~."

목소리로 누가 왔는지 알 수 있었다. 내가 현관문을 열자 예상대로 노아가 서 있었다. 하지만 그 뒤에 있는 인물은 예상하지 못했다.

"유나 언니, 오랜만이에요."

"미사, 왔구나."

노아 뒤에는 미사가 있었다.

"이번에는 초대해 주셔서 고마워요."

"그렇게 정중한 인사는 하지 않아도 돼. 즐겨주면 그걸로 만족

하니까.”

나에게 그렇게 정중한 인사는 필요 없어서 미사의 인사를 막았다.

“네, 즐길게요.”

미사는 미소로 대답했다.

그리고 미사는 위를 올려다봤다.

“그건 그렇고, 노아 언니와 피나에게 이야기를 듣긴 했지만, 정말로 곰 집에 살고 계시네요.”

미사는 곰 하우스를 보면서 진지하게 말했다.

“무척 귀여운 집이에요. 저기, 유나 언니, 안으로 들어가도 될까요?”

미사가 눈을 반짝이며 다가왔다. 얼굴이 안으로 들어가고 싶다고 이야기하고 있었다.

“상관없는데, 안은 평범해.”

“괜찮아요.”

기뻐하는 미사와 노아가 곰 하우스 안으로 들어왔다. 집 안으로 들어오니 소파 위에서 몸을 둥글게 말고 있던 곰돌이와 곰순이가 고개를 들어 올렸다.

“곰돌이랑 곰순이네요.”

미사는 소파에 앉아 있던 곰돌이와 곰순이를 끌어안았다.

“우와, 역시 귀여워요. 곰돌이, 곰순이, 잘 지냈어요?”

““크~응.””

"항상 만날 수 있는 노아 언니가 부러워요."

"항상 만날 수 있는 건 아니야. 시간이 있을 때만이지."

"그래도, 부러운걸요."

노아는 공부하다 중간에 시간이 났을 때 가끔 보러 왔다. 그리고 라라 씨가 데리러 오는 경우가 많았다.

"우선 밖이 더웠지? 차가운 음료라도 줄 테니까 편하게 앉아서 기다리고 있어."

노아는 곰돌이를 안고 미사는 곰순이를 안은 채 소파에 앉았다.

나는 다과를 준비해서 테이블 위에 뒀다.

"고맙습니다."

"정말 집 안은 평범하네요."

곰 하우스 내부는 평범한 집과 크게 다르지 않다.

약간의 곰 장식과 가구가 있고, 소환수인 곰이 있으며, 내 방에 곰 인형이 장식되어 있고, 욕조가 곰인 정도이다. 이 방에 곰이 없을 뿐인 것 같긴 하지만…….

집을 둘러보던 미사가 한 곳에서 멈췄다.

"이 그림은……."

미사는 멈춰 서서 벽에 걸린 한 그림에 다가갔다.

"그건, 학원제에서 그렸던 그림이네."

"유나 언니에, 노아 언니, 피나, 슈리, 그리고 티리아 님?"

"학원제 첫째 날에 티리아가 옷을 사줬는데, 그때 그렸던 거야."

나 말고 모두의 옷을 사줘서 귀여운 복장을 하고 있다. 나만이 평소와 같은 곰 옷차림이다. 심지어 창피해하고 있었다.

"으으, 저도 첫째 날에 함께 다녔으면 좋았을텐데."

미사와 함께 학원제를 구경했던 건 둘째 날이었다.

"그럼, 내년에 같이 가서 그때는 미사도 같이 그려달라고 하자."

부러워하는 미사에게 노아가 제안했다.

"정말요?"

"그럼, 유나 님도 괜찮죠?"

내년이라……. 1년이 지나면 나의 존재는 잊힐까?

학원제 때 시아를 지키기 위해 기사와 시합을 해서 이목을 끌어버렸다. 일단 변장(교복)해서 들키지 않을 것 같은데…….

하지만 내년에도 변장(교복)이라면 발각될 가능성이 있다.

"유나 언니, 안 되나요?"

내가 말없이 생각하고 있으니 미사가 물었다.

"그럴 리 없지. 내년엔 같이 가서 그려달라고 하자."

"네."

내년이다. 내년의 일은 내년에 생각하면 된다. 내년의 나에게 맡기자.

어쩐지 같은 말을 어제도 한 것 같은데 기분 탓으로 둔다.

"그건 그렇고 유나 언니는 덥지 않으세요?"

미사가 차가운 차를 마시면서 물었다.

“특수한 천으로 만들어서 덥지 않아.”

“그렇군요. 그런 특수한 천이 있다면 저도 갖고 싶네요.”

“어떻게, 얻을 수 없나…….”

어쨌든 신님에게 받은 거라 평범하게 얻을 수 있는 물건은 아니다.

신님도 여름용 곰 옷 같은 걸 준비해주면 좋았을 텐데. 애초에 치트 능력을 곰 장비에 붙인 게 틀렸다. 그 부분은 백 보 양보해서 곰 모양의 펜던트나 곰 모양의 반지나 곰 모양의 액세서리로 해두면 좋았을 텐데.

“그래도 급하게 보냈는데 부모님이 허락해주셨네?”

“네, 유나 언니와 함께라면 안심할 수 있다며 허락해주셨어요.”

신용 받는 건 기쁘지만 책임이 늘어났다.

“그리고 할아버님이 크리모니아까지 같이 와주셔서 그 덕분인 것도 있죠.”

“그란 할아버지도 오셨어?”

“네, 그래서 할아버님에게도 감사드려요.”

역시 그란 할아버지가 따라왔구나. 영주의 일을 미사의 아버지에게 맡긴 그란 할아버지는 여유로우니 따라올 거라고 생각했다.

그란 할아버지가 왔다면 인사를 하러 가는 게 나을까? 일단 손녀를 맡았으니까.

“혹시, 호위로는 마리나 씨 일행이 왔니?”

“네, 이번에도 호위를 부탁했어요.”

"그럼, 그란 할아버지와 마리나 씨 일행도 같이 바다에 가는 거야?"

"아뇨, 할아버님은 일이 있으셔서 크리모니아에 남는다고 하셨어요. 그래서 마리나와 엘은 저의 호위, 마스리카와 이티아는 할아버님 곁에 남을 거예요. 2명이 더 늘어나는데, 괜찮나요?"

"물론 괜찮지."

마리나와 엘은 같이 오는군. 그렇게 되면 둘의 수영복도 준비해야겠네. 아무리 그래도 찌는 듯한 더위 속에서 평소의 복장으로 있게 할 수는 없다.

"그런데, 고아원 아이들과 피나 자매랑 같이 가는 거죠. 제가 같이 가도 돼요?"

"노아는 물론이고, 피나와 슈리도 기뻐했어. 고아원 아이들도 신경 쓰지 않을 거야. 다만, 노아처럼 떼를 쓰면 안 된다."

"유나 님, 너무하세요. 저는 떼 같은 거 안 써요."

"후후, 농담이야. 노아도 미사도 떼를 쓰지 않을 거라고 생각하지만, 귀족이라는 입장을 이용하면 돌려보낼 거야."

이번엔 노아와 미사 쪽이 덤이다. 그런 노아와 미사가 떼를 써서 고아원 아이들을 불쾌하게 만들면 마음을 독하게 먹고 돌려보낼 생각이다.

"안 할 거예요."

"네, 그러지 않겠다고 약속할게요."

노아와 미사는 약속했다.

"그렇다면 문제없어. 같이 재미있게 놀자."

"네!"

미사는 힘차게 대답했다.

"하지만 그 전에 바다에 갈 거니까 수영복을 만들어야겠네."

"네, 그래서 유나 님에게 부탁하러 왔어요. 지금부터 만들면 늦지 않을까요?"

"이미 다른 사람들의 몫은 다 만들었으니까 지금부터 만들어도 괜찮을 거야."

이것저것 세세한 주문을 하지 않는다면 괜찮을 거다.

노아와 미사를 셰리가 일하는 가게로 데려가면 아무래도 나루 씨와 테모카 씨에게 민폐를 끼칠 거다.

그렇게 되면 저번과 똑같이 우리 집에서 수영복을 고르고 신체 사이즈를 재는 편이 나을까.

365 곰 씨, 미사를 데리고 『곰 씨 쉼터』로 가다

"그리고 유나 언니에게 묻고 싶은 게 있는데, 피나와 슈리는 집으로 가면 만날 수 있나요?"

기본적으로 슈리는 티루미나 씨나 피나와 함께 있는 일이 많다.

티루미나 씨는 고아원에서 일을 하거나 가게를 돌아본다.

피나는 고아원에서 일을 돕거나 집안일을 하거나 티루미나 씨에게 부탁을 받아 가게에 얼굴을 내비추고 있다.

게다가 우리 집에서 해체를 하는 경우도 있다.

어제의 스콜피온의 해체가 끝나지 않았다면 오늘도 모험가 길드에 있을 가능성이 있었다.

정말로 피나는 이곳저곳 일하며 돌아다닌다. 내가 10살이었을 때와 비교하면 창피해질 정도다.

그렇지만 나는 그렇게 돌아다니는 피나를 찾는 것이 가능하다.

나는 잠시 자리를 피해 2층의 내 방으로 이동했다. 그리고 혼자인 것을 확인한 뒤 곰 폰을 꺼내 마력을 담았다.

피나에게 연결되라~ 피나에게 연결되라~, 라고 곰 폰에 마음을 보냈다. 잠시 기다리자 곰 폰에서 피나의 목소리가 들렸다.

「유나 언니?」

"피나, 지금, 어디에 있어?"

「고아원이요. 그게…….」

이것으로 피나가 있는 장소가 판명됐다. 곰 폰은 편리하다. 사실은 GPS 기능이 있다면 이렇게 하지 않아도 위치를 알 수 있지만 아무래도 그런 기능은 없다. 만일 있다고 해도 그다지 사용하고 싶지는 않다. 인간으로서 상대방의 행동을 감시하면 안 될 것 같다. 그러니 곰 폰으로 물어보는 정도가 딱 좋다.

"스콜피온의 해체는 끝났어?"

「네, 길드 사람들이 무척 의욕적이어서 어제 끝났어요.」

역시 길드 직원들이다. 과거에도 블랙 바이퍼를 하루 만에 해체했었다.

"피나, 지금부터 시간은 있니? 미사가 왔는데, 피나와 슈리가 보고 싶다는 모양이야."

「미사 님이 오셨어요? 그게, 네. 조금 더 있으면 일이 끝날 거예요.」

"점심 식사도 아직이지?"

「네.」

"그럼, 『곰 씨 쉼터』에서 같이 먹자."

「알겠어요. 그럼, 슈리를 데리고 같이 갈게요.」

나는 곰 폰을 넣고 모두가 있는 1층으로 돌아갔다. 그리고 피나와는 『곰 씨 쉼터』에서 점심 약속을 했었다고 거짓말했다.

거짓말도 하나의 방법이다. 곰 폰에 관해서는 비밀이니까.

"유나 언니의 가게군요. 곰 님 장식이 많이 나열되어 있겠죠."

신나서 곰 장식물을 많이 만든 건 옛날의 추억이다.

"그리고 제 생일 파티 때 주신, 곰돌이와 곰순이는 무섭지 않아 이벤트에서 입었던 곰 옷차림을 하고 있겠네요."

미사가 가게에 관한 이야기를 즐겁게 하기 시작했다.

"기대되네요."

그건 곰 가게를 방문하는 게 기대되는 거야? 아니면 피나를 만나는 게 기대되는 거야?

그런 의문은 뒤로하고 우리는 피나를 만나기 위해『곰 씨 쉼터』에 가기로 했다.

두 사람 모두 곰돌이와 곰순이를 끌어안은 채 곰 하우스를 나서려 해서 나는 서둘러 막았다.

"두 사람 다 곰돌이와 곰순이는 데리고 가지 않을 거야!"

"네에~?"

"안 되나요?"

곰돌이와 곰순이를 점심시간에 데리고 돌아다니면 마을의 아이들이 모여들어 일이 커져 버릴 거다. 내가 곰돌이와 곰순이를 송환하자 두 사람은 슬픈 표정을 지었지만 이것만큼은 어쩔 수 없다.

"자, 가자. 피나랑 슈리가 기다리잖아."

"네."

“알겠어요.”

우리는 피나와 슈리를 만나러 『곰 씨 쉼터』로 찾아갔다. 가게에 다다르자 빵을 안은 커다란 곰 석상이 보였다. 여전히 크고 이목을 끄는 곰이다.

“곰 님이에요.”

미사가 빵을 든 곰을 보고 기뻐했다.

그 곰 석상 앞에는 피나와 슈리의 모습이 보였다. 석상 앞에서 기다리는 모습을 보니 어딘가의 강아지 석상 같은 만남의 장소가 된 느낌이 들었다.

미사는 두 사람을 발견하더니 종종걸음으로 걸어갔다. 피나와 슈리도 우리를 발견하고 뛰어왔다.

“피나, 오랜만이야.”

미사는 피나의 손을 잡았다.

“네, 미사 님, 오랜만이에요.”

“슈리도 오랜만이네.”

“응, 미사 언니.”

세 사람이 재회를 기뻐하고 있는데 그곳에 노아도 난입했다. 기뻐하는 4명을 보니 나도 기뻐진다. 미사도 부르길 잘했다.

하지만 언제까지고 밖에서 소란스럽게 있을 수는 없으므로 기뻐하는 4명을 데리고 가게 안으로 들어갔다.

"가게 안도 곰 님이 가득하네요."

미사는 가게 안으로 들어선 뒤 만면의 미소를 지었다. 벽과 기둥, 테이블에는 여러 포즈를 취한 곰들이 장식되어 있었다. 벽을 타고 오르는 곰, 기둥에 들러붙은 곰, 테이블 위에는 달리는 곰, 가족 단위의 곰, 꿀을 핥고 있는 곰, 싸우는 곰, 자는 곰, 생선을 입에 문 곰 등 여러 곰이 있었다.

미사는 유원지에 온 어린아이처럼 이리저리 점내를 쳐다봤다. 그리고 미사의 시선은 어린 점원들에게서 멈췄다.

"정말로 곰 님 복장을 하고 있네요. 심지어 저보다 어린아이도 일하고 있어요."

그 말을 들으니 괴로운 느낌도 들었지만 모두 스스로 나서준 아이들이다. 결코 무리해서 일을 시키고 있는 게 아니다. 이것도 생활하기 위해 필요하다.

"그런데, 무척 귀여운 옷차림이네요. 정말 이 가게에는 곰 님이 가득 있어요."

미사는 흥분을 감추지 못한 채 이리저리 둘러봤다.

"통로에서 멈춰 있으면 다른 사람에게 방해가 되니까 빵을 사서 자리에 앉자."

"네."

"미사, 이쪽이야."

노아는 미사의 손을 끌어 빵을 파는 카운터로 데리고 갔다. 그 뒤를 나와 피나, 슈리가 따랐다.

"유나, 어서 와요."

빵을 판매하는 카운터에 있던 카린 씨가 말을 건넨다.

미사는 카린 씨를 보고 「곰 님 옷을 안 입고 있네요」라고 작은 목소리고 중얼거렸다. 그건 나에게 들렸고 카린 씨에게도 들렸는지 카린 씨가 어색하게 웃었다.

"오늘은 처음 보는 아이가 있네요."

카린 씨는 미사를 봤다.

"저는 미사나라고 합니다. 이번엔 유나 언니과 노아 언니에게 초대를 받아 미릴러 마을에 같이 가게 되었어요. 잘 부탁드릴게요."

"……유나 언니? 유나, 이 아이는?"

카린 씨가 작은 소리로 나에게 물었다. 무언가를 알아차린 모양이다.

"노아의 관계자라고 말하면 아시겠어요?"

나의 말을 듣고 카린 씨가 이해한 듯 얼굴이 굳었다.

"신경 쓰지 마세요. 피나와 슈리처럼 대해주셔도 괜찮아요."

그런 말을 들어도, 라는 느낌으로 곤란한 표정을 짓는 카린 씨.

"혹시, 노아 언니는 뭐라고 부르세요?"

"……느와르라고 부르고 있습니다."

"그렇다면 저도 미사나라고 불러주세요."

"그, 그럼, 미사나라고 부를게."

"네."

"그럼, 미사나. 어떤 빵으로 하겠니?"

"전부, 맛있어 보여서 고민되네요."

미사는 진열된 여러 가지 빵을 봤다.

"미사 언니, 이쪽에 곰 님 빵도 있어."

슈리가 미사에게 알려줬다.

"정말 곰 님 빵이 있네!"

미사는 눈을 크게 뜨고 곰빵을 봤다.

동그랗고 귀여운 곰 얼굴을 한 빵이다.

"내가 미사에게 알려주려고 했는데."

노아가 선수를 놓쳐 아쉬워했다.

"모두 귀여워요."

"엄청 맛있어."

"다른 빵도 맛있지만, 곰빵을 추천해."

슈리와 노아가 곰빵을 권했다.

"가게에서 인기 있는 빵이야. 그것도 방금 구워진 거라서 무척 맛있을 거란다."

"저, 이 곰 님 빵으로 할게요."

미사는 다른 빵에는 눈길도 주지 않고 곰빵으로 정했다.

카린 씨는 그릇 위에 빵을 올린다.

"다른 애들은 어떻게 할래?"

"물론, 곰빵이죠."

"나도~."

"모두가 곰빵이라면, 저도."

미사가 곰빵으로 정하자 노아, 슈리도 그걸로 정하고 피나까지 곰빵을 골랐다.

곰빵은 이 가게에서 일하는 밀과 내가 만든 빵이다.

처음엔 밀이 고아원의 어린아이들에게 부탁을 받은 게 계기가 되어 만들게 되었다. 하지만 밀은 곰빵을 만들지 못해서 곤란한 상황이었다. 그걸 본 나는 고아원 아이들을 위해 만드는 걸 도와줬다.

이걸 실수라고는 생각하지 않는다. 하지만 며칠 후 곰빵이 매대에 진열되어 있었던 슬픈 기억이 있다.

어떻게 이런 일이 일어났는지 밀에게 물으니 카린 씨가 「가게에서 팔죠」라고 말했다고 한다.

그래서 이야기는 모린 씨와 티루미나 씨에게 전해졌고 가게에서 곰빵을 판매하게 되었다고……. 왜 나에게 상담을 하지 않았지? 이 일에 악의를 느낀 건 나의 기분 탓인가.

하지만 이제 곰빵은 이 가게에서 인기 있는 빵 중 하나가 되었다.

나는 작은 저항으로 혼자서 다른 빵을 주문했다. 그걸 보고 카린 씨는 웃었다.

그런 뒤 다 같이 나눠 먹을 수 있는 감자튀김과 포테이토칩을 주문했다.

“네, 이거면 될까요?”

나는 카린 씨에게 돈을 건넸다.

“고맙습니다.”

카린 씨의 표정은 점원으로 돌아가 감사 인사를 하고 돈을 받았다.

“유나 언니의 가게인데 돈을 내시네요.”

“오늘은 어디까지나 손님으로 왔으니까.”

나의 존재를 알지 못하는 사람이 보고 돈을 내지 않는 사람이라고 여겨져도 곤란하다.

우리는 각자의 빵이 올라간 접시를 들고 빈자리에 앉았다.

“곰 님이 자고 있어요.”

미사는 테이블에 장식된 잠자는 곰을 즐겁게 만졌다. 그리고 잡은 뒤 들어올리려 했다.

“으으, 안 떼어져요.”

“그렇게 잡아당겨도 안 떼질 거야.”

“다들 한 번쯤 하지.”

“응, 나도 했어.”

미사의 행동에 노아와 슈리가 자신도 했다며 웃었지만 피나만은 다른 모양이다. 모두가 피나를 바라봤다.

“저는 안 했어요.”

"피나가 배신했습니다."

웃음이 터져 나왔다.

뭐, 노아가 말한 대로 처음 가게에 온 사람은 모두 곰을 떼어내려고 했다. 하지만 점내에 있는 곰은 떨어지지 않게 되어 있어서 떼어내는 건 불가능하다. 그래서 자연스럽게 포기하게 된다. 만일 떨어지는 장식이었다면 첫날부터 곰 장식물은 사라졌을 거다.

"그것보다 얼른 먹자."

모처럼 갓 구워진 빵이다. 따뜻할 때 먹는 편이 맛있다.

내 말에 피나와 노아는 곰빵의 귀를 찢어서 먹기 시작했다. 슈리는 그대로 곰빵을 와그작와그작 베어 물었다. 미사만은 손에 든 채 먹으려 하지 않고 모두가 먹는 모습을 보고 있었다.

"안 먹어?"

"어쩐지 아까워서요."

"미사의 마음도 이해되지. 나도 처음 곰빵을 먹었을 때, 가여운 마음이 들었어."

"노아 언니도요?"

"그렇지만, 몇 번 정도 먹었더니 아무렇지 않게 먹을 수 있게 됐지."

익숙함은 무서운 것이다.

"그러고 보니, 슈리도 곰의 귀를 찢었을 때 울 것 같은 얼굴이었어."

"안 그랬어~."

슈리는 볼을 부풀리며 와그작와그작 곰 님 빵의 얼굴 부분을 맛있게 먹는다.

아니, 그랬어.

"우선, 미사도 먹어. 곰의 얼굴을 하고 있지만, 맛있는 빵이니까."

"네."

미사는 곰빵의 귀를 찢어서 입에 넣었다.

"맛있어요."

한 입 먹더니 다른 부분도 먹기 시작했다.

참고로 내 얼굴이 먹히고 있다고는 생각하지 않는다. 내 얼굴은 딱히 곰이 아니니까.

366 곰 씨, 새로운 수영복을 부탁하다

곰빵을 다 먹고 나는 모두와 헤어진 뒤 셰리가 일하는 가게로 향했다.

가게 안으로 들어서자 나루 씨와 셰리가 정리하고 있던 참이었다.

"어서 오세요, 유나 언니?"

가게로 들어온 나를 손님이라고 생각했던 셰리가 말을 걸었다.

"정리 중에 미안해."

"아뇨, 괜찮아요."

"나루 씨, 잠시 셰리를 빌려도 될까요?"

"지금은 한가하니까, 괜찮아."

"혹시 어제 수영복이 별로였나요?"

셰리가 아쉬워하는 표정으로 물었다.

"아니, 다 좋았어. 오늘은 셰리에게 부탁이 있어서 온 거야."

"부탁이요?"

"미릴러 마을에 가는 사람이 늘어서 그 사람들이 입을 수영복을 만들어 줬으면 좋겠거든. 그래서 내일 집으로 와주면 좋겠는데, 괜찮겠니?"

"그게……."

셰리가 나루 씨 쪽을 확인하듯 바라봤다. 나루 씨는 싱긋 미소를 짓고 말했다.

"그래, 좋아."

"감사합니다."

나루 씨가 친절한 사람이라 다행이다.

무사히 셰리와 약속을 하고 곰 하우스를 향해 걷고 있는데 「유나 씨」라고 갑작스럽게 불린 뒤 사람이 안겨 왔다.

"뭐야?!"

안긴 인물을 확인하자 시아였다.

"시아? 어째서, 시아가?"

내 눈앞에는 시아가 있었다. 더욱이 그 옆에는 루리나 씨의 모습도 있다.

상황 파악이 안 된다. 어째서 두 사람이 이곳에 있지?

애초에 왜 내 뒤에 있는 거야?

"저기, 왜 시아가 크리모니아에 있는 거야? 게다가 루리나 씨까지, 그 이전에 어째서 내 뒤에 있는 거지?"

우선 의문스러운 점을 나열해 봤다.

"뒤에 있는 이유는 유나 씨가 걷고 있는 걸 발견했기 때문이죠."

"그럼, 어째서 크리모니아에 있는 거지?"

"왕도에서 왔으니까요."

"왜 왕도에서 온 건데?"

"유나 씨와 미릴러 마을에 가려고요."

"……"

내 질문에 시아는 담담하게 대답했다. 하지만 시아가 같이 미릴러 마을에 간다는 이야기는 클리프에게도 듣지 못했다.

"내가 약속했던가?"

"아뇨."

안 했지. 그런 기억은 없어.

얼마 전, 물의 마석을 전달했다는 보고를 한 뒤 엘레로라 씨에게 끌려갔다. 그때 노아와 바다에 갈 거라는 뉘앙스의 이야기를 한 기억은 있다. 하지만 부러워하던 시아의 기억은 있어도 같이 갈 거라는 이야기는 하지 않았다.

"학생이잖아? 학원은?"

"장기 방학에 들어갔거든요. 그래서 이렇게 겨우 온 거예요. 그런데 마차로는 시간을 맞출 수 없을 것 같아서 말을 타고 서둘러 왔어요. 그런데 유나 씨가 있다는 건 때 맞춰 온 것 같네요."

분명 때를 맞추긴 했지만…….

"얼마 전에 만났을 때는 아무 말도 안 했잖아."

"유나 씨가 돌아가고 머지않아 노아에게 편지가 도착했어요. 거기에 즐겁게 미릴러 마을에 바다를 보러 간다고 적혀 있었어요. 그래서 학원 장기 방학에 맞춰서 크리모니아로 돌아온 거예요."

"설마, 엘레로라 씨도?"

나는 이리저리 주위를 확인했다.

"어머님은 일 때문에 돌아오지 못했어요."

없군. 조금 안도했다.

엘레로라 씨가 있으면 일이 커져 버렸을지도 모른다.

뭐, 시아가 이곳에 있는 이유는 이해했다.

"그래서, 시아랑 루리나 씨가 어째서 같이 있는 거야?"

"그건, 우연히 우리가 왕도에 있었는데 시아 양의 호위 의뢰를 받았거든."

내 질문에 루리나 씨 본인이 대답했다.

루리나 씨의 이야기에 따르면 루리나 씨와 길 두 사람은 일 때문에 왕도에 갔었다고 한다. 그래서 일을 마친 루리나 씨와 길은 크리모니아로 가는 일을 찾고 있었는데 의뢰를 부탁하러 온 시아와 만났다는 것이다.

그래서 루리나 씨는 시아의 의뢰를 받아 크리모니아까지 호위를 했다고 한다.

그런데 루리나 씨와 길은 왕도에 있었구나. 그래서 좀처럼 돌아오지 않은 거야.

"그래서, 루리나 씨와 이야기를 나눴는데 유나 씨와 아는 사이라고 해서 놀랐어요."

"크리모니아의 모험가 중에서 유나와 사이좋게 지내는 사람은 적긴 하지."

그, 그렇지 않아. 그렇지?

나도 사이좋은 모험가 정도는, 많이 있다……분명.

제이드 씨 일행은 왕도 중심의 모험가. 블리츠는 정해진 거점이 없이 방랑하는 모험가. 마리나 일행은 시린 마을의 모험가. 이 지역 모험가 중에서 사이좋게 지내는 건 루리나 씨와 길 정도였다.

나머진 신입 모험가 네 명으로 구성된 파티 정도인가.

새삼 생각해보니 크리모니아에서는 같이 파티를 만들거나 의뢰를 맡지 않아서 아는 모험가가 없다.

루리나 씨와는 함께 의뢰를 받았던 적도 있고 가게의 호위를 부탁한 적도 있다. 모험가 중에서는 친한 편이다.

"크리모니아에 올 때까지 루리나 씨에게 유나 씨에 관한 이야기를 여러 가지 들어서 즐거웠어요."

나에 대한 이야기라는 건 어떤 거지? 개인 정보를 말하고 다니는 건 좋지 않은 행동이다. 하지만 루리나 씨가 나에 관해 알고 있는 거라면 클리프도 알고 있는 것인데. 그러면 엘레로라 씨도 알고 있는 게 된다.

"유나 씨, 루리나 씨의 예전 동료를 무지막지하게 때렸다면서요."

예전 동료.

아아, 그런 일도 있었지. 오래된 추억이다.

"그리고 모험가 길드의 이야기도 재미있었어요."

혹시, 블러디 베어를 말하는 건가? 어쩐지 내가 모르는 이야기도 들은 것 같다.

나중에 무슨 이야기를 했는지 루리나 씨를 추궁해서 밝혀야겠다. 하지만 지금은 다른 일을 부탁해야 하므로 뒤로 미뤘다.

"그런데 늦지 않아서 다행이네."

"네, 이것도 루리나 씨와 길 씨 덕분이죠. 감사해요."

"하지만 바다라, 좋네. 나도 갈까, 당분간 일을 쉴 생각이라서."

"그러면, 같이 갈래요?"

"어머, 같이 가도 돼?"

"이번 여행에 루리나 씨와 길도 초대할 생각이어서, 두 사람이 크리모니아로 돌아오면 모험가 길드에서 이야기를 전달하기로 했었거든요. 그런데 도무지 돌아오지 않아서 말이에요."

"미안."

딱히 사과할 일은 아니지만 한마디 하고 싶었다.

"그래도 유나의 지인들이 가는 여행인 거잖아?"

"고아원 아이들이랑 가게에서 일하는 사람들이에요. 루리나 씨와 길, 두 사람이라면 아이들과 가게에서 일하는 사람들도 알고 있으니 문제는 없을 거예요."

두 사람은『곰 씨 쉼터』의 개업일에 가게를 지켜줬다. 아이들의 신용도 두텁다.

"게다가 아이들도 두 사람이 오면 기뻐할걸요."

"후후, 그렇네. 나는 둘째치고, 길은 남자아이들에게 인기가 있지. 말수는 적지만 어쨌든 잘 돌봐주니까."

길은 항상 싫어하는 내색도 없이 무표정으로 아이들과 놀고 있다. 가끔 부탁도 하지 않았는데 고아원에 오는 일도 있었다.

"그런데, 길은 어디 있어?"

"실은 조금 전까지 같이 있었어. 도중에 유나를 발견하고 뒤를 따라가자고 했더니, 길이 「맞고 싶지 않으니까 나는 거절하지」라고 말한 뒤 헤어졌어."

안 때려. 사람을 뭐라고 생각하는 걸까.

하지만 커다란 덩치의 길이 나의 뒤를 쫓았다면 알아차렸을지도 모른다.

"아무튼 루리나 씨와 길도 같이 가지 않을래요? 의뢰비는 못 주지만, 머물 장소와 음식은 제공할게요."

"머물 장소라면, 그 커다란 곰 모양의 집을 말하는 거지?"

"알고 계세요?"

"미릴러에 가면 눈에 띄니까 누구나 알고 있어. 응, 좋아. 같이 가자. 길에게는 내가 말할게."

무사히 호위를 확보.

"그래도 타이밍이 좋았네. 내일 추가로 같이 가게 된 아이의 수영복을 만들거든요. 시아도 루리나 씨도 집으로 오세요."

"수영복은 가지고 있는데, 새로운 수영복이라고 하니 궁금해지네."

"있어요?"

"작년에 유파리아에 갔을 때 샀거든. 아마 체형도 바뀌지 않았을 테고."

루리나 씨는 자신의 몸을 가볍게 만졌다. 어른스러운 체형을 가지고 있다. 나도 루리나 씨 정도의 나이가 되면 저런 스타일이 될 수 있을 테니 조급해할 필요는 없다.

그리고 수영복도 신경 쓰였지만 들어보지 못한 지명이 나왔다.

"뭔가요, 그 유파리아라는 건."

"유나, 모르니?"

네, 이세계에서 와서 몰라요.

"유파리아는 물의 도시로도 불려. 커다란 호수가 있는 마을이지."

"무척, 아름다운 마을이에요. 부자나 귀족이 더운 계절에 가기도 하죠."

루리나 씨와 시아의 이야기를 정리해보면, 호수를 중심으로 마을이 만들어져 있는 모양이다.

"우연히 작년에 일 때문에 가게 됐거든. 그때 수영복을 샀어."

그런 마을이 있구나. 한 번은 가보고 싶네.

그렇지만 루리나 씨는 새로운 수영복이 갖고 싶다고 해서, 내일 집으로 오게 되었다.

367 곰 씨, 미사와 시아의 수영복을 고르다

곰 하우스 안은 혼잡한 상태였다.

미사를 시작으로 함께 따라온 노아. 게다가 미사의 호위로 미릴러 마을에 가게 된 마리나와 엘. 그리고 왕도에서 시아가 찾아왔고, 루리나 씨도 있다. 마지막으로 모두의 수영복을 만들어 줄 셰리. 오랜만에 곰 하우스에 사람들이 모였다.

참고로 길은 유파리아 마을에서 산 수영복을 가지고 있으니 새로운 수영복이 필요 없다고 했다.

"어째서, 이런 일이……."

"마리나, 이것도 호위의 일환이라고 생각해."

"호위라면 수영복은 필요 없잖아."

"유나에게도 들었잖아. 아이들이 노는 바닷가에서 이런 복장을 한 우리가 있으면 아이들도 마음이 놓이지 않을 거야."

"그렇긴 하지만……."

"게다가 미사나 님이 말씀하셨으니, 포기해."

"알았어. 입으면 되잖아."

마리나와 엘의 수영복도 만들거라 미사에게 와 달라고 부탁해 두었다.

아무래도 마리나는 나처럼 수영복을 입는 게 싫은 모양이다.

"후후, 모험가는 똑같이 고생하지."

루리나 씨가 마리나와 엘의 대화를 듣고 말을 건넸다.

"당신은, 분명……."

"나는 루리나. 일단 모험가이고 유나의 지인이라고 해야 하나? 이번에 아이들의 호위를 위해 따라가게 됐어."

일단 루리나 씨 일행에게 와주길 바라는 이유는 전해두었다.

"그렇군, 나는 마리나. 이쪽은 엘."

"잘 부탁해."

모험가끼리 교류하는 것은 좋은 일이다.

노아와 미사, 시아 쪽을 바라보니 세 사람은 내가 종이에 그린 수영복 그림을 보고 만들어 달라고 할 수영복을 고르고 있었다.

"다 귀엽네."

"언니는 학원에서 사용하는 수영복이 있으니, 필요 없는 거 아닌가요?"

"학원 거는 디자인이 단순해서 이렇게 귀엽지 않잖아. 모두 셰리가 만들어줬다며. 그러면 나도 만들고 싶어."

"미사는 어떤 걸로 할래? 나는 이걸로 정했는데."

"피나는 어떤 걸로 했어요?"

"피나는, 이거였을 거야."

"그것도 귀엽네요. 고민돼요."

노아와 아이들은 즐거워 보인다. 그런 와중에 혼자만 서성이는 인물이 있다. 셰리였다.

미사와 시아가 귀족이라는 걸 알더니 긴장하기 시작했다.

"노아는 괜찮잖아."

"느와르 님과는 몇 번인가 이야기를 나눠 봐서……."

우선, 사이즈를 재지 않고는 만들 수 없으므로 한 명씩 몸의 사이즈를 재기로 했다.

"미사, 그쪽 방에서 셰리에게 몸 사이즈를 재어달라고 해."

"네, 알겠어요. 셰리, 잘 부탁할게."

"아, 네. 저야말로, 잘 부탁드릴게요."

미사가 귀족이라는 걸 안 셰리는 긴장했다.

"걱정하지 마. 미사는 착한 아이니까."

"유나 언니, 같이 가주실래요?"

셰리는 미사를 본 후 마리나와 루리나 씨를 바라봤다.

귀족과 모험가, 혼자서 있으면 불안하겠지. 그래서 허락했다.

나는 미사와 셰리를 데리고 옆방으로 이동했다. 방이라고 해도 욕실에 딸린 탈의실이다. 옷을 담을 바구니도 있어서 치수를 잴 장소로는 최적이다.

"그럼, 미사나 님, 옷을 벗고 몸 사이즈를 재도 될까요?"

"우리 집이 아닌 곳에서 옷을 벗는 건 조금 창피하네요."

"어서, 다음은 마리나 씨랑 다른 사람 사이즈를 재야 하니까."

"네."

미사는 쑥스러워했지만 옷을 벗고 바구니 안에 옷을 담았다. 그리고 속옷 차림이 됐다.

"그럼, 재도록 할게요."

셰리는 줄자를 꺼내더니 전에 내 신체 사이즈를 쟀던 것과 똑같이 미사의 치수를 쟀다.

미사는 얼마 전에 10살이 됐다고는 하지만 피나와 노아와 비교하면 왜소한 체형이다. 그래도 성장기니까 금방 자랄 거다.

"네, 끝났습니다."

"고마워."

미사는 고맙단 말을 하고 옷을 입었다.

"방을 나가면 시아를 불러줘."

"알겠어요."

미사는 방을 나갔고 뒤이어 시아가 들어왔다.

"탈의실이라 미안."

"괜찮아요. 옷을 벗으면 되는 거죠?"

시아는 옷을 벗었다. 같은 나이로는 생각되지 않는다. 가슴이 있다. 허리도 잘록하다. 나는 곰 인형 장갑을 벗어 시아의 허리와 팔을 만졌다.

"유나 씨, 뭐 하시는 거예요?!"

"아니, 부러운 체형을 가지고 있다고 생각해서."

내 몸은 뭐랄까, 부드럽다.

"일단 어머님의 말씀대로, 식사에는 신경을 쓰고 있고, 학원에서는 몸을 움직이니까요."

"엘레로라 씨는 미인이니까, 장래가 유망하겠네."

부러울 따름이다.

그런 뒤 시아의 신체 사이즈도 무사히 다 측정했다.

시아 다음으로 마리나, 엘의 사이즈를 재게 됐다. 마리나는 평범한 사이즈였지만 엘은 컸다. 사람이라고 생각되지 않는 사이즈였다. 그건 없는 사람들에게 나눠줘야 한다.

빨아들이는 스킬이 필요하다고 생각했을 정도다.

"유나, 너무 보지 말아 줄래?"

엘은 창피한 듯 숨겼지만 팔에서 넘치려고 했다.

"조금 떼가도 돼요?"

곰 인형 장갑을 뻐끔거렸다. 곰 인형 장갑이라면 떼어낼 수 있을 것 같다.

"될 리가 있겠니."

엘의 수영복은 마이크로 비키니가 좋을 것 같다. 그 거유는 나의 적이다. 놀다가 벗겨져버리면 좋을 텐데.

마지막으로 루리나 씨의 순서가 됐다.

루리나 씨는 균형 좋은 스타일이다. 가슴은 평범하지만 들어갈 곳은 확실하게 들어갔다.

"루리나 씨, 예쁘네요."

"뭐야, 칭찬해도 아무것도 안 나와."

모험가라 몸을 움직여서 그런가?

마리나도 검을 휘두르는 덕분인지 보기 좋게 근육이 잡혀 있었다. 엘은 마법사라 움직임이 적어서 한 부분에 지방 덩어리가 붙어 있었다.

하지만 같은 마법사인 루리나 씨는 지방이 적다. 호감이 간다.

"유나, 정말로 돈은 괜찮은 거야?"

수영복 비용을 물었지만 나는 필요 없다고 했다.

"잘 만들어 준다면, 그 나름의 금액이 들 거야."

"신경 쓰지 않아도 돼요."

천은 곰 박스 안에 잠들어 있던 선물 받은 거였고 만드는 셰리에게는 돈을 주려고 했지만 나루 씨와 셰리에게서 「셰리의 연습이 될 테니까」, 「저도 데려가 주시잖아요」라며 거절당했다.

그래서 비용은 들지 않았다.

뭐, 비싼 천이라고 하지만 신경 쓰지 않는다.

"그래도, 그 대신에 아이들을 돌봐주면, 도움이 될 거예요."

"그래, 확실하게 돌볼게."

모두의 치수를 종이에 적은 후 셰리는 모두가 희망하는 수영복을 묻고 수영복을 만들 준비를 마쳤다.

"시간 안에 만들 수 있겠니?"

출발은 이틀 후다.

"네, 괜찮아요. 다 못 만들 것 같으면 테모카 씨에게 도움을 요청할게요."

셰리는 수영복을 만들기 위해 서둘러 가게로 돌아갔다.

이번엔 셰리에게 민폐만 끼치고 있네. 무언가 보답을 하고 싶은데 뭐가 좋을까.

우리는 시아의 희망도 있어서 이틀 연속으로 『곰 씨 쉼터』에 가게 되었다.

가게 앞의 곰 석상을 보고 시아는 물론, 마리나와 엘도 놀랐고 다 같이 곰빵을 먹게 되었다.

이번에도 나는 저항을 하듯 혼자 다른 빵을 먹었다.

368 곰 씨, 그란 할아버지를 만나러 가다

『곰 씨 쉼터』에서 다 같이 즐겁게 수다를 떨며 빵을 먹은 나는, 혼자서 그란 할아버지를 만나러 노아의 집으로 향했다.

집에 도착하고 라라 씨에게 그란 할아버지를 만나 뵙고 싶다고 전하자 안내를 해줬다.

방 안으로 들어서니 그란 할아버지와 클리프가 이야기를 나누고 있었다.

"혹시, 방해했나요?"

"괜찮아. 잠시 일 이야기를 나누고 있었을 뿐이야. 방해였다면 방으로 부르지도 않아."

클리프가 대답했다.

"그란 할아버지, 오랜만이에요."

"아가씨, 미안하네. 원래라면 내 쪽에서 인사를 하러 가야 했는데, 클리프가 가게 두질 않아서 말이야."

"제 탓으로 돌리지 마세요. 갑자기 일을 가지고 온 건 그란 할아버지잖아요."

들어보니 시린 마을에서도 본격적으로 미릴러 마을과의 교역을 하기 위해 클리프에게 상담하러 왔다고 했다.

사실 그건 구실이고 미사를 위해서 였다는 모양이다.

"미사는 확실하게 맡을 테니까 걱정하지 마세요."

"이야기는 들었겠지만, 마리나와 엘도 갈 테니 고용해주게."

"네, 다른 아이들도 봐달라고 하려고요."

일단 루리나 씨와 길이 가주기로 되어있지만, 아이들을 돌봐줄 어른이 많으면 수월하니까.

"그리고 내 쪽에서도 사과를 하지."

"사과요?"

"우리 바보 딸이 갑자기 와서 미안해."

클리프가 사과했다.

"혹시, 시아를 말하는 거예요?"

"그래. 나한테 연락도 없이 갑자기 온 거야. 그러더니 너희와 함께 바다에 갈 거라는 이야기를 꺼내지 뭐야. 너에게 폐를 끼쳤어."

"딱히 한 명 정도는 늘어나도 괜찮아요."

이제 와서 한 명 정도 늘어도 오차 범위다.

"노아처럼 떼라도 쓴다면 혼내도 되니까."

"그렇구나. 우리 미사도 떼를 쓰거든 같이 혼내주게. 아가씨가 하는 말이라면 들을 거야."

그란 할아버지까지 그런 말을 꺼낸다.

"저는 세 사람의 교육 담당이 아니에요."

"미릴러 마을에 가는 멤버 중에 세 명을 혼낼 수 있는 건 너밖에 없으니까 어쩔 수 없잖아. 만일 네가 하는 말도 듣지 않으면 크리모니아로 돌려보내도 돼. 그때는 내가 혼내도록 하지.”

“뭐, 세 사람이 제가 하는 말을 듣지 않을 정도로 떼를 쓰는 일은 없겠지만, 그때는 크리모니아로 돌려보낼게요.”

“그래, 그래도 상관없어.”

그런 뒤 이런저런 이야기를 나누고 방을 나와 루파 씨를 만나러 갔다.

알고 보니 루파 씨도 같이 왔다고 해서 가볍게 인사만 해두기로 했다.

미사와 함께 바다에 가는 건가 싶었는데 그란 할아버지의 시중으로 온 거라 그란 할아버지 곁을 떠날 수 없다고 했다.

그런 일이 있어서 힘이 들었겠지만 때때로 웃어서 조금은 안심이 됐다.

이것도 그란 할아버지 덕분일지도 모른다.

그리고 나는 그란 할아버지와 클리프에게 인사를 마친 뒤 혼자서 마을 밖으로 나왔다.

미릴러 마을에 가는 인원이 늘어나서 처음에 만들었던 곰 버스로는 비좁을 것이다. 비좁은 이동 수단으로 이동하는 것만큼 괴로운 일은 없다. 이동으로 피곤해지면 모처럼의 바다를 즐기지 못하게 된다. 그러니 곰 버스를 조금 손보기로 했다.

하지만 모처럼 내부에 쿠션도 두고 냉장고도 만들어서 되도록 이면 바꾸고 싶지 않았다. 그래서 생각해낸 것이 미니 곰 버스다.

골렘은 그다지 떨어져 있지 않다면 움직일 수 있다. 그건 스콜피온과 싸웠을 때 증명되었다.

게다가 티루미나 씨 가족에게는 가족 여행이라는 사정도 있다. 그래서 커다란 곰 버스와 별개로 가족끼리만 있을 수 있는 공간이 있어도 좋지 않을까 생각했다.

나머진 노아 일행이다. 마리나와 엘, 시아와 미사 등, 모르는 사람이 함께 있다면 아이들이 놀랄지도 모른다.

뭐, 만일을 위한 것과 인원수가 늘어도 상관없도록 곰돌이와 곰순이의 미니 버스를 만들었다. 이렇게 말해도 외관이 검은 미니 곰 버스와 흰 곰 버스인 것뿐이다. 크기는 9명 정도가 탈 수 있게 되어있다. 확실하게 냉장고도 달아서 마실 거리를 넣어둔다.

만들고 보니 의외로 귀여운 미니 곰 버스가 만들어졌다. 최근 곰에 관한 상상만 해서 그런지 만드는 것도 빨라졌다.

마법을 사용하는 사람으로서는 기쁜 일이지만 나의 마음속도 곰에게 잠식되어 가는 기분이 든다. 그 부분에 관해서는 깊게 생각하면 무서워지므로 생각하지 않도록 한다.

이제 인원이 갑자기 늘어나는 일이 생겨도 이것으로 여유가 생겼다. 나는 곰돌이 버스와 곰순이 버스를 곰 박스에 담았다.

다음 날, 내일 출발을 대비해서 한번 돌아보기로 했다.

가게는 오늘부터 휴점이라 남아 있는 식자재를 회수하러 갔다. 남은 식자재는 사용하지 않으면 상해버린다. 그러므로 미릴러 마을에서 사용하게 되었다.

『곰 씨 쉼터』에 가자 모린 씨는 내일 아침 식사와 점심 식사를 준비하고 있었다.

"모린 씨, 쉬는 날인데 죄송해요."

"항상 만드는 양에 비하면 적은걸."

그렇게 말해도 항상 도와주는 아이들은 없다. 모린 씨와 카린 씨 둘이서 만들고 있었다.

네린은 유일하게 『곰 씨 쉼터』 이외에서 케이크를 판매하는 엘레나 씨의 여관을 위해 케이크를 만들고 있었다.

내일이 출발일이라 넉넉하게 만들고 있다고 했다.

너무 무리는 하지 말라고 말한 뒤 남은 식자재를 받아들고 가게를 뒤로했다.

다음으로 안즈의 가게인 『곰 씨 식당』에 식자재를 가지러 가니 즐거워하는 세노 씨 일행의 모습이 있었다.

"유나, 어서 와."

"오늘은 무슨 일이야?"

"점심 먹으러?"

"아뇨. 식자재 회수하러요."

"유나, 남은 식자재는 이쪽에 정리해뒀으니까 부탁할게요."

이미 남은 식자재는 상자에 담겨 있었다. 그걸 곰 박스에 담았다.

"모두는 뭘 하고 계신 거예요?"

"내일 준비예요."

안즈가 대답해준다. 그러는 동안에도 방에서는 세노 씨 일행이 짐을 가방에 담고 있었다.

"기념품은 샀고, 잊은 물건은 없지?"

"없어."

"하지만, 잘못 넣는 걸 주의해야 해."

미릴러 마을로 돌아가도 정말 괜찮은 모양이다.

미릴러 마을에 돌아가면 가게를 관두고 미릴러 마을에 남고 싶다고 할지도 모른다. 이러니저러니 말해도 고향이 제일 좋다.

그때는 아쉽지만 막지는 않을 생각이다. 어디에서 지내느냐는 본인의 자유이고 타인인 내가 정할 수 있는 건 아니다.

하지만 가능하다면 크리모니아에 남아주면 좋겠다.

『곰 씨 식당』에서 남은 식자재를 회수한 내가 다음으로 고아원의 모습을 보러 갔더니, 상업 길드에서 새를 돌봐줄 사람이 이미 와 있었고 아이들과 함께 새를 돌보고 있었다. 확실하게 와준 모양이라 다행이다.

이것으로 안심하고 미릴러 마을에 갈 수가 있다.

상업 길드에 수배해준 티루미나 씨와 사람을 빌려준 밀레느 씨에게는 감사하다.

이야기에 따르면 그 밀레느 씨도 함께 미릴러 마을에 가고 싶어 했다는데, 며칠이나 상업 길드를 떠날 수는 없어서 같이 가는 건 불가능했다. 길드 마스터는 힘들다.

뭐, 가고 싶다고 하면 언제나 신세를 지고 있어서 데리고 가줄 생각이었지만 아쉽다. 정말로 아쉽다. 응, 아쉬워.

그런 뒤 원장 선생님과 리즈 씨, 니프 씨와 이야기를 나누고 모두가 준비를 마친 것을 확인했다.

처음엔 원장 선생님은 혼자서 고아원에 남겠다고 했다는데 티루미나 씨, 리즈 씨, 아이들의 설득 덕분에 함께 가게 되었다.

결정적인 한 방은 원장 선생님이 가지 않으면 자신도 가지 않겠다는 아이가 여러 명 있었다고 한다. 원장 선생님도 그런 말을 들으면 갈 수밖에 없을 거라고 생각한 모양이다.

여러 가지로 아이들에게는 원장 선생님이 없으면 안 된다고 생각했다.

그리고 다음은 수영복을 만들어 달라고 무리를 시킨 셰리에게 향했다.

재봉 가게 안으로 들어서자 셰리와 테모카 씨가 수영복을 만들고 있었다.

"셰리, 시간 안에 완성될 것 같아?"

"네, 괜찮아요. 오늘 중에 끝날 거예요."

"정말이지? 밤을 새면 안 돼."

이미 미사, 마리나, 엘의 수영복은 완성했고 나머진 시아와 루리나 씨의 몫만 남았다고 했다.

시아와 루리나 씨의 수영복도 이미 절반은 만들어져 있는 모양이라 셰리의 말도 거짓은 아니라고 생각했다.

"유나, 괜찮아. 나도 도와서 오늘 안에 만들고 셰리는 고아원으로 돌려보낼게."

테모카 씨가 약속했다.

일단 이곳에 있으면 방해가 될 테니 재봉 가게를 뒤로했다.

마지막으로 피나네 집에 얼굴을 비춰 겐츠 씨가 무사히 참가하게 되었다는 것을 확인했다.

쉬지 않고 일했다고 했으니 다행이다.

피로가 풀리도록 신성수의 차를 조금이지만 두고 왔다.

모두 기대하고 있는 모양이라 다행이다.

셰리에게는 가장 폐를 끼쳐버렸을지도 모른다.

다음에 보답해야겠다.

그리고 내일 아침은 일찍 일어나야 하니까 곰돌이 알람과 곰순이 알람을 맞추고 일찍 침대에 누웠다.

369 곰 씨, 집합 장소로 향하다 (1일차)

해가 뜨기 조금 전에 곰돌이와 곰순이가 나를 깨웠다.

"곰돌아, 곰순아, 좋은 아침이야."

나는 깨워준 곰돌이와 곰순이에게 고맙단 말을 하고 침대에서 내려왔다.

아직 졸리다. 어제는 일찍 잤지만 이 시간대는 졸음이 밀려온다.

하지만 오늘은 마침내 미릴러 마을로 출발하는 날이다.

나는 세수를 하고 잠을 쫓은 뒤 흰 곰 차림인 채로 밖으로 나섰다. 그 뒤를 꼬맹이 곰돌이와 곰순이가 뒤뚱뒤뚱 따라왔다.

딱히 옷 갈아입는 걸 잊은 건 아니다. 곰 버스는 내 마력을 사용해서 움직인다. 평범하게 천천히 움직이기만 하는 거라면 검은 곰 옷이라도 충분하지만, 장시간 운전에 속도를 올리면 마력은 크게 소모된다. 그러므로 만일의 일을 대비해서 흰 곰 옷차림을 했다.

도중에 옷을 갈아입는 건 피하고 싶어서 처음부터 흰 곰 옷인 그대로다. 그리고 곰돌이와 곰순이에게는 주위의 경계를 서 달라고 할 생각이다.

탐지 스킬로 하나하나 확인하는 건 귀찮으니 곰돌이와 곰순이에게 맡기기로 했다.

집합 장소인 문 입구에 다다르자 노아와 미사, 시아, 마리나, 엘의 귀족 그룹이 이미 도착해 있었다.

"유나 씨, 좋은 아침이에요. 그리고 곰돌이도 곰순이도 좋은 아침."

노아는 꼬맹이 곰돌이를 안았다. 같이 있던 미사도 인사를 하더니 곰순이를 안아 들었다.

"그런데, 유나 님, 그 옷차림은?"

"유나 언니, 흰옷도 귀엽네요."

"곰순이 옷이야?"

"………."

노아와 미사, 시아, 그리고 마리나와 엘이 내 옷차림에 놀랐다. 항상 검은 곰 옷차림을 하는 내가 흰 곰 옷차림이라면 놀랍겠지.

"뭐, 조금 이유가 있어서요. 신경 안 써주시면 좋겠는데요."

"평소의 곰돌이 옷도 귀엽지만, 곰순이 옷차림도 귀여워요."

"그…… 고마워."

역시 검은 곰이면 곰돌이, 흰 곰이면 곰순이라는 인식이 있구나.

우리가 이야기를 나누고 있는데 뒤에서 말을 걸어왔다.

"아아, 유나 언니, 하얗다."

"정말이네."

뒤를 돌아보자 슈리와 피나가 다가오고 있었다. 그리고 슈리는 내게 안긴다.

“슈리, 피나, 안녕.”

“안녕하세요.”

“유나 언니, 왜 하얘?”

“오늘은 곰순이 같은 기분이랄까.”

내가 그렇게 말하자 미사가 안은 곰순이가 기쁜 듯이 울었다. 뭐, 항상 외출할 땐 검은 곰 옷차림이라서 기뻐하는 걸지도 모른다.

“곰돌아, 곰순아, 좋은 아침.”

슈리는 노아와 미사가 안은 곰돌이와 곰순이에게 인사를 했다. 슈리는 아침부터 활기차다. 졸려 하지 않을까 싶었는데. 졸려 하는 건 피나의 뒤에 서 있는 티루미나 씨와 겐츠 씨였다.

“티루미나 씨와 겐츠 씨는 졸려 보이시네요.”

“아무래도 평소엔 자고 있을 시간이니까. 딸들이 이렇게 쌩쌩해 보이는 게 이상할 정도야.”

티루미나 씨의 말에 겐츠 씨가 하품하면서 끄덕였다. 그리고 내 옷차림을 보고 뭔가 말하고 싶어 했지만 입을 닫았다.

어른의 대응은 고맙네.

“아직 다 안 모인 거지?”

오지 않은 건 고아원 아이들과, 모린 씨의 『곰 씨 쉼터』 멤버와 미릴러 멤버, 호위인 루리나 씨와 길 두 사람이다.

우선 나는 방해가 되지 않는 곳으로 이동했다.

“이 부근이면 되려나?”

나는 곰 버스와 미니 곰 버스 2대를 곰 박스에서 꺼냈다.

그 순간 곰 버스를 알고 있는 피나와 슈리를 제외한 모두가 놀랐다.

"뭐, 뭐예요. 이건?!"

"곰 님이네요."

"곰?"

노아와 미사, 시아는 곰 버스에 달려들었다.

"잠이 확 달아났네."

"그러니까, 내 말이……."

마리나와 엘은 졸려 했었지만 한순간에 잠이 깬 모양이다. 그건 티루미나 씨와 겐츠 씨도 마찬가지인지 곰 버스를 어이없다는 듯 바라보고 있었다.

"유나 언니, 뒤의 작은 곰 님은 뭐예요?"

피나가 미니 곰 버스를 봤다.

어제 만들었으니 피나와 슈리도 미니 곰 버스에 관해선 알지 못했다.

"가는 사람이 늘어서 만든 거야."

"유나 님, 어떻게 움직이는 거예요? 설마, 곰돌이랑 곰순이가 끄는 거예요?"

노아가 궁금한 것을 물었다.

역시, 그렇게 생각하나?

노아와 미사가 안고 있던 곰돌이와 곰순이가 「「크~응」」 하고 울며 부정했다.

“아니야. 내 마력으로 움직이는 거야. 노아랑 너희도 알고 있지? 같이 왕도에 가서 도적을 잡았을 때 운반했던 방법을 말이야.”

“아아, 네. 우리에 넣어서 마법으로 만든 곰 님이 운반했어요.”

“그거랑 같은 거야.”

왕도에서 도적을 운반했던 걸 알고 있는 노아와 아이들은 곧바로 이해했다.

“정말로 마력으로 움직일 수 있는 거예요?”

시아는 보지 못해서 이해할 수 없는 모양이다.

“언니, 걱정하지 마세요. 유나 님이라면 몇십 명을 태워도 움직일 수 있어요.”

실제로 본 적이 있는 노아가 자신만만하게 대답했다.

“그러면 유나 님, 어느 곰에 타면 되는 거예요?”

노아는 커다란 곰 버스와 미니 곰 버스를 번갈아 봤다.

“마음에 드는 곳에 앉으면 되긴 하는데. 큰 쪽에는 고아원 아이들 위주로 타게 할 생각이야.”

“큰 곰에도 타고 싶지만, 작은 곰에도 타고 싶네요. 어느 쪽을 골라야 한다니 못하겠어요. 심지어 작은 쪽은 곰돌이 색과 곰순이 색이라서……”

미니 버스는 검은색과 흰색으로 이루어져 있었다.

"미사와 피나는 어떻게 할 거야?"
"노아 언니랑 함께라면 어디든 괜찮아요."
"슈리랑 함께라면 어디든지……."
슈리는 곰 버스 주변을 돌고 있었다.
"뭐, 중간에 교대하거나 돌아갈 수도 있으니까 타고 싶은 걸 타면 돼."
"그렇네요. 우선 모두가 오기 전에 확인해 봐야지."
노아는 미사와 나머지 일행을 데리고 곰 버스에 탔다가, 미니 버스에도 타보면서 만끽하고 있었다. 이른 아침인데 쌩쌩하다.
그런 모습을 보던 티루미나 씨가 말을 걸어온다.
"딸들에게 들었는데, 정말로 곰이네."
"피나랑 슈리에게 들었을 때는 마차의 형태가 곰일 줄 알았는데, 상상이랑 달랐어. 여전히 아가씨는 사람을 놀라게 한다니까."
겐츠 씨는 어처구니없는 표정으로 곰 버스를 봤다.
"그런데, 어떻게 작은 쪽의 곰을 움직이는 거지? 유나는 커다란 쪽의 곰을 탈 거잖아?"
큰 곰 버스와 미니 곰 버스는 이어져 있지 않다. 티루미나 씨의 의문은 지당하다.
"조금은 떨어져 있어도 제 마력으로 움직이니까 괜찮아요."
마력으로 움직일 수 있는 범위는 그다지 넓지 않다. 너무 멀어지면 마력이 닿지 않게 되어 움직이지 못하게 된다. 큰 곰 버스와 미니 곰 버스는 멀리 떨어지지 않을 거라서 괜찮다.

"유나는 매번 믿기지 않는 이야기를 아무렇지 않게 한다니까."

내가 피하고 있는 것도 있지만, 다른 모험가와 교류가 적기 때문에 어디까지가 평범한 것인지 아직도 판단하기가 어렵다.

"그래서, 우리는 어디에 타면 되니?"

"온 가족이 단란하게 피나와 슈리랑 작은 쪽에 타도 좋을 것 같아요."

그것 때문에 미니 곰 버스를 준비했다.

미니 버스는 최대 9명까지 탈 수 있다. 딱히 4명이 타도 상관없다.

"그러니까 피나와 슈리와 이야기해 보세요."

"알았어. 신경 써줘서 고마워, 유나."

티루미나 씨와 겐츠 씨는 곰 버스를 보고 있는 피나와 슈리가 있는 곳으로 이동했다.

조금 지나자 고아원 아이들과 리즈 씨, 원장 선생님, 니프 씨가 찾아왔다.

졸려 하는 아이와 무리와 떨어지지 않으려고 손을 잡은 아이도 있었다.

"어, 유나 언니, 하얗다."

"정말이네, 흰 곰이야."

역시 거기에 반응하는구나.

아이들이 다가온다.

“모두, 좋은 아침이야.”

“안녕.”

역시 흰 옷 차림으로 사람들 앞에 나서지 않았던 탓에 모두가 놀라는군.

처음 곰 인형 옷차림으로 마을을 걸었을 때의 감각이 되살아나서 조금 창피했다.

그렇게 생각하면 검은 곰 차림에는 익숙해졌다는 건데…….

익숙함이란, 무서워.

“언니, 이 곰은 뭐야?”

아이들이 곰 버스를 보고 있었다.

“마차 대신이야. 이걸 타고 미릴러 마을로 갈 거야.”

내가 그렇게 말하자 아이들의 흥미는 나에게서 곰 버스로 옮겨진다.

“우와, 커다란 곰이다.”

“크다.”

아이들이 곰 버스를 보고 놀란다.

곰 버스를 이리저리 만지는 아이들, 졸려 하던 아이도 곰 버스를 보고 잠이 깼다. 곰 버스의 주위를 도는 아이들.

“모두는 큰 곰에 탈 거야. 자리는 원하는 곳에 앉으면 돼. 하지만 가장 앞과 뒤는 안 된다. 그리고 소란피우지 않고 사이좋게 타는 거야.”

“네~.”

“작은 곰 님은 안 돼?”

“원장 선생님이랑 리즈 씨, 니프 씨도 같이 탈 거니까, 큰 쪽에 탔으면 좋겠는데…….”

고아원 아이들은 가능하면 같은 곰 버스에 타주길 바랐다. 작은 곰 버스라면 전원이 탈 수 없어서 커다란 곰 버스에 타게 되었다.

“저기, 유나 씨, 여기에 우리도 타는 건가요?”

리즈 씨가 곰 버스를 보면서 미묘한 표정을 지었다.

“겉보기엔 이렇지만, 마차보다도 빠르고 넓어요. 리즈 씨랑 다른 분들은 제일 뒷자리에 앉아 주세요.”

뒷좌석은 원장 선생님을 위해 여유롭게 앉을 수 있도록 조금 넓게 만들었다.

“알겠어요. 모두, 타자.”

“네~.”

“제일 앞은 내가 앉을 거니까, 그 뒤부터 앉아도 돼.”

아이들은 대답하면서 곰 버스에 올라탔다. 원장 선생님 일행도 잠이 다 깨지 않은 아이를 데리고 곰 버스에 탔다.

“나, 여기.”

“나는 여기.”

“앗, 거기 앉고 싶었는데.”

곰 버스 안에서는 자리 경쟁이 시작됐다.

"자, 유나 씨에게 폐를 끼치지 않기로 약속했지? 조용히 앉으렴."

원장 선생님이 주의를 시키자 아이들은 점잖아졌다.

과연.

역시 원장 선생님이 와줘서 정말로 다행이다.

370 곰 씨, 곰 버스를 운전하다 (1일차)

원장 선생님과 다른 사람들이 앉는 자리를 정하고 있는데 루리나 씨와 길이 찾아왔다.

"유나, 좋은 아침."

"두 분 모두 오늘은 잘 부탁드려요."

"그래, 그건 괜찮은데. 이건 뭐야?"

"곰 골렘 마차예요."

모험가인 두 사람에게는 그런 설명을 하는 편이 빠를 것 같아서 그렇게 대답했다.

"골렘 마차라니, 유나가 마력으로 움직이는 거니?"

"그런데요."

"간단하게 말하지만, 보통은 골렘을 만드는 것도 어려워. 그런데 이렇게 커다란 걸 움직일 거라니."

루리나 씨는 믿기지 않는다는 듯 나와 곰 버스를 바라봤다.

그러고 보니 마리나 일행은 내가 큰 곰 골렘을 만들었던 걸 알고 있지만, 루리나 씨는 모르지.

"그래도 블랙 바이퍼랑 고블린 킹을 무찌른 유나의 마력이라면 가능하려나?"

"괜찮아요."

도적을 우리에 넣고 운반한 경험이 있다. 속도의 차이가 있을 뿐이다.

"그래도, 유나가 만드는 건 여전히 곰이네."

그건 어쩔 수 없다. 곰은 상상하기 쉽기도 하고 같은 걸 만들 경우, 마력을 억제할 수 있다. 게다가 곰 하우스처럼 강도가 높아진다. 곰으로 만드는 이점이 너무 많아서 곰으로 만들지 않을 이유가 없다. 나만 참으면 아이들의 안전을 얻는 것도 가능하다.

"그래서, 우리는 어느 쪽에 타면 돼?"

"아이들을 봐주면 좋으니까, 큰 쪽에 타주면 좋겠어요."

곰 버스에 타고 있는 아이들에게서 두 사람을 부르는 목소리가 들려왔다.

"어서요, 부르잖아요."

루리나 씨와 길은 순순히 큰 곰 버스 쪽에 탔다.

두 사람이 곰 버스에 올라타자 아이들이 기뻐하는 목소리가 들렸다.

처음 가게를 만들었을 때 두 사람에게 호위를 부탁했었다. 그래서인지 가게에서 일하는 아이들에게는 인기가 있었다.

"그러면 노아는 탈 곳을 정했니?"

곰 버스에 타지 않은 노아 일행에게 물었다.

"안 정하면 아무 곳이나 타게 한다."

"괜찮아요. 정했어요. 피나 가족만 타는 것도 생각해서 교대로 탈 거예요."

일단은 노아 일행이 곰돌이 버스를 타고 피나 가족이 큰 곰 버스를 타기로 했다고.

그리고 도중에 교대한다고 했다.

"피나, 슈리, 곰 님은 일단 맡길게요. 하지만 나중에 교대할 거야."

척, 하고 손가락을 가리키는 노아.

조금 전까지 노아와 시아에게 안겨 있던 곰돌이와 곰순이는 피나와 슈리가 안고 있었다.

아무래도 곰돌이와 곰순이는 번갈아 가며 안기로 한 것 같다.

하지만 데자뷰를 느끼는 건 기분 탓인 걸까. 분명 전에도 같은 일이 있었잖아. 그래도 전엔 양보하지 않을 거라고 했으니 노아도 성장한 모양이다.

그게 아니라면 클리프에게 들었던 말을 확실하게 지키고 있는 걸까? 일단 곰돌이와 곰순이 쟁탈전이 벌어지지 않아서 안심이 된다.

노아 일행은 곰돌이 버스에 올라탔다.

첫째 줄에는 노아와 미사, 시아 세 사람이 앉았다.

"유나, 뒤에 아무도 안 앉으면 짐을 둬도 되니?"

"괜찮아요."

마리나와 엘은 약간의 짐을 가장 뒷줄에 두고 둘째 줄에 앉았다.

나머진 안즈와 모린 씨 일행만 남았다.

조금 늦나 싶었는데 안즈 일행이 다가오는 게 보였다.

“으으, 졸려.”

크게 하품을 하는 세노 씨.

“저도 졸려요.”

세노 씨의 말을 듣고 안즈도 고개를 끄덕였다.

“유나가 하얗네. 꿈이라도 꾸고 있나?”

잠이 깼나 했더니 잠에 취해 있던 것일 뿐이었다.

“오늘은 하애요. 그것에 관한 질문은 받지 않겠어요.”

더는 설명하기 귀찮다.

“그래서, 이건 뭐야? 마차는?”

곰 버스를 본 뒤, 이리저리 주변을 봤다.

안즈와 모린 씨 일행은 곰 버스를 보고 있었다.

그 설명도 몇 번이나 했다. 귀찮으니 간단하게 설명했다.

“이걸 타고 미릴러 마을로 갈 거예요. 안즈 일행은 거기 흰 곰에 타세요.”

나는 곰순이 버스를 가리켰다.

안즈, 세노 씨, 파르네, 베틀 씨는 미묘한 얼굴을 했다.

“유나, 이거 움직이는 거니?”

“제 마력으로 움직일 거예요.”

나는 설명은 적당히 하고 안즈네에게는 작은 곰 버스에 타도록 했다.

4명이 타자 마지막 3명이 다가왔다.

"늦어서 죄송해요. 빵을 굽다보니 늦어져서……."

아침을 준비한다고는 들었지만 이렇게 이른 시간부터 굽고 있었던 건가.

"고마워요."

"유나 씨, 저, 바다는 처음이라서 기대돼요."

"나도 가본 적 없어."

모린 씨의 옆에서 카린 씨와 네린이 기쁜 듯 말을 걸어온다. 두 사람은 나이도 비슷하고 친척이기도 해서 사이좋게 지내는 모습을 자주 봤다.

"그런데 유나, 이 귀여운 곰은 뭐야? 다들 타고 있는데."

"마차 같은 거예요."

"말이 없는 것 같은데?"

모두 그렇게 생각하지.

나는 귀찮지만 같은 설명을 하고 모린 씨 일행은 안즈 씨 일행과 같이 곰순이 버스를 타도록 했다.

"나눠어서 타는구나. 그럼, 아침 빵은 나누는 편이 좋겠네."

모린 씨는 곰돌이 버스와 곰순이 버스에 타 있는 인원수만큼의 빵을 상자에서 꺼내더니 나머지를 건네줬다.

"나머진 그쪽에서 먹어."

"고마워요."

나는 감사 인사를 한 뒤 받아들고 모두에게 곰 버스를 설명했다.

곰 버스에는 탑재된 냉장고가 있어서 음료수가 있으니 자유롭게 마셔도 된다는 점. 속력을 올릴 때도 있는데 당황하지 말 것. 아침 식사는 모린 씨가 만들어 준 빵을 이동 중인 곰 버스 안에서 먹을 것 등의 간단한 설명을 했다. 긴급하게 전할 말이 있을 때는 곰의 눈에 달린 빛의 마석을 점멸시키라고 알렸다.

일단 곰의 눈에는 빛의 마석을 붙여뒀다. 터널이 어두울 가능성도 있고 무언가 문제가 생기면 밤에 달리게 될 수도 있다.

사용하지 않더라도 보험으로 있는 편이 좋으니까.

내가 설명하자 갑자기 노아가 곰돌이 버스의 불을 켰다.

"노아, 장난치면 두고 간다."

"아, 아니에요. 정말로 빛이 나는지 확인했을 뿐이에요. 만약 빛이 나지 않으면 긴급 시에 곤란하잖아요."

노아는 변명했지만 틀린 말은 아니다.

"그래도 달릴 때는 아무 일도 없는데 켜면 혼낼 거야."

"알겠어요."

노아도 확실하게 말해두면 약속을 지키니까 괜찮을 거다.

"그럼, 출발할게."

커다란 곰 버스에는 고아원 아이들과 원장 선생님 일행, 루리나 씨와 길, 그리고 피나의 가족. 곰돌이 버스에는 노아, 시아, 미사와 호위 역할의 마리나와 엘까지 5명, 곰순이 버스에는 가게의 직원 7명이 탔다. 모두에게 말을 하고 나는 커다란 곰 버스에 올라타 운전석에 앉았다. 그 옆에는 피나와 슈리가 곰돌이와 곰순이를 끌어안은 채 앉아 있었다.

나는 핸들을 쥐고 마력을 보내 곰 버스를 움직였다.

곰 버스가 움직이기 시작하자 아이들이 떠들기 시작했다.

"자는 아이도 있으니까 너무 떠들지는 마."

나는 뒤를 향해 말했고 「네」, 「응」 하고 대답이 돌아오더니 조용해졌다. 정말로 착실한 아이들이다.

그러나 작은 목소리로 「빠르다」, 「움직이잖아」라고 기쁜 듯 말하는 소리가 들려와서 미소를 짓게 했다. 이 중에는 마차에 탄 적이 없는 아이도 있다. 그렇다면 웅성거리게 되는 것도 당연할지도 모른다.

곰돌이 버스와 곰순이 버스도 순조롭게 뒤에서 따라왔다.

이곳에서도 노아 일행의 떠드는 소리가 들렸다.

나는 곰 버스를 천천히 달렸다. 달린다고 해도 마차보다 조금 빠른 정도의 속도였다.

하지만 옆에 앉은 슈리는 마음에 들지 않는 모양이다.

"유나 언니, 느려. 저번처럼 빨리 달리진 않는 거야?"

"처음에는 천천히 갈 거야."

저번에는 실험이었다. 게다가 이번에는 타고 있는 인원수가 많아서 막무가내로 할 수도 없다. 하지만 시간과 아이들의 모습을 보고 속도를 올릴 생각이다.

곰 버스를 달리고 있는데 해가 서서히 떠올랐다. 나는 모린 씨가 만들어 준 빵을 꺼내 피나에게 건넸다.

"모린 씨가 아침 식사로 만들어 줬으니까 모두에게 나눠줄래?"

"알겠어요."

"나도 도울게~."

"그럼, 슈리는 거기 냉장고가 있으니까 모두에게 음료를 나눠줘."

운전석 뒤에 있는 냉장고를 가리켰다. 냉장고 안에는 오렌의 과즙과 우유, 물 등이 들어있다.

"두 사람 모두 움직이니까 조심해."

피나와 슈리는 곰돌이와 곰순이를 의자 위에 올리더니 빵과 음료를 나눠주러 갔다. 두 사람이 나눠주는 동안에는 안전 운전을 하기 위해 조심했다.

나도 빵을 하나 받아 입에 넣었다. 그건 그렇고 슈리의 말대로 나도 느리게 느껴진다. 아무래도 곰돌이와 곰순이가 기준이 되어버린 탓인지 이 속도는 뭔가 부족하다.

마력에도 여유가 있으니 모두가 아침 식사를 마치면 속도를 올려볼까.

그리고 아침 식사를 마친 아이들은 아침 일찍 일어난 탓인지 졸고 있었다.

옆에 앉은 슈리도 곰순이를 안은 채 꾸벅꾸벅 졸고 있다. 역시 아이들에게는 일렀던 모양이다. 자는 슈리를 보는데 무릎 위에 앉혀져 있는 곰순이의 머리에 침이 떨어지려고 했다.

그렇지만 곰순이도 눈을 감고 자고 있으니 머리 위로 침이 떨어지려 하는 걸 몰랐다.

곰순이의 위기다.

내가 슈리의 침을 닦아주려고 했는데—.

"유나 언니, 잠시 실례할게요."

슈리와 반대쪽에 앉아 있던 피나가 손을 뻗어 손수건으로 슈리의 입가를 닦았다. 곰순이는 침을 피할 수 있게 되었다.

그런데 피나는 동생을 잘 보고 있네. 슈리는 닦는 것도 모른 채 자고 있다.

다들 자고 있으니 나는 마력을 담아 바퀴의 회전 속도를 올렸다. 곰 버스의 속도가 올라갔다. 두 대의 미니 곰 버스도 제대로 따라오고 있어서 좋은 느낌이다. 흰 곰 옷 덕분에 마력이 줄어드는 느낌은 거의 없다.

곰 버스는 마차보다 빠른 속도로 달렸다. 터널이 통행금지가 되기 전에 여유롭게 도착할 것 같다.

문제가 있다면 졸음이다. 뒤에서도 옆에서도 색색 기분 좋게 잠자는 소리가 들려온다. 나도 자고 싶다. 평소라면 곰돌이나 곰순이 등 위에서 자는데, 자동 운전 기능이 달려 있지 않은 곰 버스는 자면서 운전할 수 없고 곰돌이와 곰순이에게 운전을 시킬 수도 없다. 장거리 운전사의 기분을 이 나이에 알게 될 줄은 몰랐다.

나는 졸음을 참으면서 곰 버스를 움직였다. 마물 탐지는 곰돌이와 곰순이에게 부탁했다. 곰돌이와 곰순이가 반응을 하지 않는다는 건 근처에 마물이 없다는 뜻이다.

졸음을 깨기 위해 마물이 나타나길 바라는 건 아니지만, 그 정도로 졸리다.

"피나, 졸려. 뭔가 이야기해 봐."

"뭔가, 라면 어떤 걸 말하는 거죠?"

"아무거나 상관없어."

대화를 나누면 졸리지 않을 거다.

"그러면, 아버지와 어머니가 유나 언니에게 고마워하고 있어요. 이런 기회는 좀처럼 없으니까 기쁘다고 말이에요."

피나는 고민한 끝에 부모님의 이야기를 하기 시작했다.

겐츠 씨가 얼마나 고생해서 휴일을 받았는지, 티루미나 씨가 나에 관해 「예상을 뛰어넘어서 난리도 아니야」라고 말했다는 등의 이야기를 해줬다.

그런 예상을 뛰어넘는 행동을 했던가? 그럴 생각은 없었는데.

"하지만 어머니는 유나 언니에게 부탁받은 일을 즐기면서 하셨어요.”

그런 뒤, 노아와 미사와 놀았던 일과 고아원 아이들이 얼마나 기뻐했는지에 관해 이야기해줬다. 실은 원장 선생님도 기대하고 있었다는 것을 들어서 기분 좋았다.

이건 모두의 기대에 부응하도록 즐겨야겠는걸.

피나와 수다를 떤 덕분에 졸음이 사라졌고 곰 버스도 순조롭게 나아갔다. 그리고 슬슬 휴식을 포함한 점심 식사를 하기로 했다.

“모두, 휴식이에요. 곰 버스에서 내려서 점심을 먹을 겁니다. 자는 아이는 깨워주세요.”

일어나 있는 아이가 자는 아이를 깨운다. 나는 곰 버스에서 내려 기지개를 켰다.

피나와 슈리에게는 곰돌이, 곰순이 버스에 탄 사람들에게 휴식이라는 걸 전해달라고 했다.

아이들은 곰 버스에서 내린 뒤 주위를 뛰어다니기도 했다. 그것을 리즈 씨가 말리기 위해 소리치는 모습이 보였다.

평화롭군.

내가 느긋하게 쉬고 있는데 엘과 루리나 씨가 다가왔다.

“유나, 괜찮아?”

“뭐가요?”

“마력 말이야. 이렇게 커다란 골렘을 마력으로 계속 움직인 거잖아. 보통이라면 눈 깜짝 할 사이에 마력이 떨어져도 이상하지 않아."

마법사인 엘과 루리나 씨가 걱정스러워했다.

"괜찮아요. 제 마력의 양은 보통 사람보다 많으니까요."

신님에게 받은 거니까.

원래 세계에서 지낼 때부터 마력이 있었다면 재미있었겠지만…….

"정말로 무리하고 있는 거 아니지?"

"안 해요."

"그렇다면 다행이고. 무리는 절대 하지 마."

두 사람은 마법사라서 마력을 너무 많이 사용하면 얼마나 큰일인지 아는 모양이다. 크라켄 때 나른해져서 움직이지 못했던 일이 떠올랐다.

이야기한 후에는 점심을 먹고 휴식을 마쳤다.

휴식도 끝냈고 나는 출발하기 전에 모두에게 전달했다.

"조금 더 속력을 올릴 테니까 놀라지 마세요."

운전석에 앉은 내 옆에는 피나와 슈리 두 사람이 아닌 노아와 미사, 시아 세 사람이 앉아 있었다. 티루미나 씨와 겐츠 씨가 앉아 있던 곳에는 마리나와 엘이 앉았다.

아무래도 교대를 하는 모양이다.

피나와 슈리, 그리고 티루미나 씨, 겐츠 씨는 곰돌이 버스 쪽에 타고 있다.

"후후, 제일 앞이네요."

"소란피우면 뒤로 돌려보낼 거야."

"안 그래요."

"네."

노아는 입을 삐죽이며 곰돌이를 끌어안았고 미사는 곰순이의 머리를 쓰다듬었다.

나는 핸들을 잡고 마력을 담아 곰 버스의 속력을 올렸다. 좋은 느낌이다. 뒤에 앉아 있던 아이들도 활기차게 떠들었다. 「빠르다, 빨라!」, 「빠르다!」라며 즐거워했다. 아무래도 무섭지 않은 모양이다.

옆에 앉은 노아와 미사도 크게 좋아했다.

가는 길도 클리프와 밀레느 씨의 노력으로 포장되어 있어서 흔들림이 적다.

곰 버스는 더욱 속력을 올려 미릴러 마을을 향해 달렸다.

속력을 너무 올려서 곰돌이 버스와 곰순이 버스에서 라이트를 깜빡거리며 빠르다고 항의한 것 이외에는, 마물과 맞닥뜨리지도 않고 비가 내리는 일도 없이 순조롭게 나아갔다.

371 곰 씨, 베어 터널에 도착하다 (1일차)

길을 달려서 슬슬 터널에 도착할 때가 됐다.

곰 버스가 좌우로 산림이 펼쳐진 길을 지나치자 벽이 보였다.

벽?

속도를 늦추고 천천히 나아가니 문이 있었다.

아무래도 터널 주변에 벽을 세운 모양이다. 몰랐다.

문에 도착하니 입구에 사람이 서 있었는데 곰 버스를 보고 놀란 표정을 짓고 있었다.

"저기, 안으로 들어가고 싶은데, 들어가도 되나요?"

곰 버스에서 얼굴을 내밀어 문지기에게 물었다.

"흰 곰? ……곰 아가씬가?"

나에 관해 알고 있는 모양인데……. 내 흰 곰 옷차림을 보고 고개를 갸웃거렸다.

혹시, 검은 곰이 아니라서 나라는 걸 인식하지 못하는 건 아니겠지?

"곰 아가씨 맞나?"

왜 확인하는 거지?

"어떤 곰 아가씨를 말하는 건지 모르겠네요."

"곰 옷차림을 한 인물은 한 명밖에 없을 것 같은데요."

옆에 있던 노아가 작은 소리로 말했으나 흘려듣기로 했다. 나와 노아가 알지 못할 뿐, 다른 곰이 있을지도 모른다.

"평소에는 검은 곰 옷차림을 하고 곰의 빵집과 음식점을 만들어서 아이들을 데리고 돌아다니는 곰 아가씨잖아."

문지기가 확인하듯 물어왔다.

아무래도 문지기가 말하는 곰이라는 건 나와는 다른 모양이다. 아이들을 데리고 돌아다닌 기억은 없다. 그러니 다른 곰인 것이다. 나는 그렇게 결론을 내렸다.

"옆에도 뒤에도 아이들이 있으니까 말이지."

내가 내린 결론을 한순간에 부숴버린 문지기. 머리가 잘 돌아가는 모양이다. 반론할 수 없다.

"평소엔 검은 곰 옷차림이라고 들었는데 깜짝 놀랐네. 흰 곰 옷차림도 하는구나."

"그건 그렇고 말도 없는데 이 마차를 어떻게 움직이고 있는 거야?"

문지기는 신기한 듯 곰 버스를 봤다. 모두 궁금한 부분은 같은 모양이네.

"마력이요."

"마력? 그러면 아가씨는 정말로 블랙 바이퍼를 무찌를 정도의 모험가였군."

블랙 바이퍼에 관해 알고 있다면 이 사람은 크리모니아 사람이구나.

여기서 크라켄의 이야기를 들었다면 곤란할 뻔했다. 크라켄 토벌에 관해선 모두가 모르고 있을 것이다. 안즈 일행은 말하지 않았을 거고 클리프가 노아에게 말했을 가능성이 있는 정도였다.

밀레느 씨가 티루미나 씨에게 이야기했을지도 모르지만 모르는 사람 쪽이 많을 거다.

"벽을 만들었네요?"

"터널은 중요한 곳이라서 클리프 님의 지시로 만들었어."

3미터 정도 높이의 벽은 터널을 둘러싸듯 세워져 있었다. 이러면 마물이 터널에 들어가지 못할 거고 도적도 들어갈 수 없다. 무단으로 터널을 지나갈 수도 없게 된다.

"통행료를 낸다고 하던데."

"그건 터널 입구 쪽에서 내는 거고 이곳에선 길드 카드로 신분만 확인하게 되어있어."

이야기에 따르면 벽 안에서는 약간의 장사가 이루어지고 있다고 했다. 그래서 터널을 사용하지 않고 해산물을 살 수도 있다는 것 같다.

"그래서, 곰 아가씨의 이야기는 들었지만 일단 아가씨의 길드 카드를 확인해도 될까?"

문지기는 곰 버스에 타고 있는 아이들을 보면서 물었다.

"저만 해도 돼요?"

"문제없어."

나는 길드 카드를 보여줬다.

"확인했어. 지나가도 좋아."

나는 핸들에 마력을 보내 곰 버스를 움직여서 벽 안으로 들어섰다.

벽 안으로 들어서자 생각했던 것보다도 사람이 많았다. 무엇보다 놀랐던 건 건물이 세워져 있는 것이었다.

"아저씨, 저 건물은 뭐죠?"

"해산물을 팔고 있는 가게랑 숙소야."

클리프는 숙소와 주둔지 같은 것을 만들 거라고 하긴 했었다. 가게와 숙소를 만들었구나.

터널 공사하는 사람의 임시 숙소를 가게와 숙박 업체로 만들었을지도 모른다.

잠시 오지 않았을 뿐인데 이렇게 많이 바뀌었을 줄이야.

나는 주위를 둘러보며 곰 버스를 움직였다. 눈에 띄는 탓인지 모두 곰 버스를 봤다.

잠시 쉴까 생각했지만 이대로 터널에 들어가는 편이 나으려나?

"유나 님, 이대로 터널 안으로 들어가는 건가요?"

"으음, 어떻게 할까?"

나는 원장 선생님을 포함하여 아이들과 곰 버스에 타고 있는 모두에게 확인했다. 그러자 휴식을 원한다고 해서 잠시 휴식을 취하기로 했다.

곰 버스를 방해가 되지 않는 곳에 세워두고 곰돌이 버스와 곰순이 버스에 타고 있던 사람들에게도 잠시 쉬겠다고 알렸다.

곰 버스를 세우자 아이들이 곰 버스에서 내렸다. 화장실을 가고 싶었던 아이도 있던 모양이다. 리즈 씨와 니프 씨가 아이들을 데리고 곰 버스에서 내렸다.

"유나 님, 잠시 주변을 구경하고 와도 되나요?"

노아가 들떠서 바깥을 바라봤다.

"괜찮지만, 다른 사람에게 폐를 끼치면 안 돼."

"네. 미사, 언니, 가요."

"그리고 곰돌이와 곰순이는 두고 갔다 와."

노아와 미사가 안고 있는 곰돌이와 곰순이를 두고 가도록 했다. 조금 아쉬워했지만 노아와 미사는 순순히 곰돌이와 곰순이를 내려두고 곰 버스에서 내렸다. 그 뒤를 마리나와 엘이 따라갔다.

버스 안에는 자는 아이들과 원장 선생님, 루리나 씨와 길만 남겨졌다.

나도 견학을 하러 다녀올까, 하고 고민을 하고 있는데―.

"유나 씨, 제가 남을 테니까 다녀와도 돼요."

어떻게 할까 생각하고 있는데 원장 선생님이 그렇게 말했다.

"여긴 내가 지키고 있을게."

길도 그렇게 말했다. 그렇다면 안심이 되네.

"그럼, 두 분 모두 부탁할게요."

곰 버스는 원장 선생님과 길에게 맡기고 나도 곰 버스에서 내렸다.

계속 운전을 했던 탓에 지쳤다.

이게 세간에서 말하는 운전하는 아버지의 마음이라는 걸지도 모른다.

아니, 아니지. 나는 15살 소녀니까.

곰 버스에서 내리고 곰돌이 버스와 곰순이 버스를 보니 슈리가 화장실에 가고 싶었는지 피나와 서둘러 내리는 모습이 보였다.

티루미나 씨와 안즈 일행도 각자 곰 버스에서 내렸고, 모린 씨도 카린 씨와 네린을 데리고 곰 버스에서 내렸다.

나는 몸을 풀면서 걸었다.

여러 사람이 나와 곰 버스를 보고 있었지만 신경 쓰지 않기로 했다.

주위를 보니 아이들이 주위를 뛰며 돌아다니고 있다. 계속 곰 버스에 타고 있었으니 몸을 움직이고 싶은 건지도 모른다.

터널 주변을 탐색하고 알아낸 것이 몇 가지 있다. 둘러싸인 벽 안에는 숙소, 주둔지 외에 마구간과 창고, 상점이 있었다. 이곳에서는 냉동된 생선을 팔고 있었다.

"이곳에서 생선을 팔면, 누가 사러 올까?"

"크리모니아에서 사러 오는 상인이나 요리사가 있다고 해."

내 혼잣말에 근처에 있던 티루미나 씨가 대답했다.

"그래요?"

상점 안에는 티루미나 씨뿐만 아니라 안즈 일행과 모린 씨 일행도 있었다.

요리사라서 궁금한 걸까.

"이곳에서 구매하면 터널 통행료를 내지 않아도 되잖아."

분명 이곳에서 산다면 터널을 이용해서 미릴러까지 가지 않아도 해결된다.

시간 단축도 되고 통행비를 내지 않아도 된다. 제대로 생각하고 만든 거구나.

나는 티루미나 씨와 헤어진 뒤 상점을 뒤로하고 터널로 향했다. 터널 입구에는 아이들이 모여있다. 노아네도 있다. 그 이유는 터널 입구 옆에 곰 석상이 세워져 있기 때문이었다.

"가게에 있는 곰 님이랑 똑같다~."

"하지만, 여기 곰 님은 빵이 아니라 검을 들고 있네."

크리모니아 가게에 장식된 곰과 똑같다. 크리모니아의 곰은 빵을 들고 있지만 이쪽의 곰은 검을 들고 있었다.

"저것도 유나 님이 만든 건가요?"

내가 곰 석상을 보고 있는데 어느새 다가온 노아가 물었다. 미사와 시아도 같이 있었다.

"클리프 씨가 만들게 했어."

"아버님이요?"

"나는 싫다고 했는데, 클리프 씨가 억지로……."

나는 슬픈 표정을 지었다.

거짓말은 하지 않았다. 억지로 만든 건 사실이다.

"아버님, 너무하네요."

"노아도 그렇게 생각하지?"

"네, 집 앞에 곰 님 석상을 만드는 건 안 된다고 하셨으면서, 자기는 이런 곳에 만들게 하다니, 너무해요."

너무한 건 그쪽이었어?

이상하다. 보통은 억지로 만들게 한 부분이 너무한 거 아냐?

"돌아가면 아버님께 한 번 더 부탁해 볼 거예요. 허락이 떨어지면 만들어 주셔야 해요."

"부탁하지 말아 줄래? 그리고 만들지 않을 거야."

영주의 집 앞에 곰 석상을 만들면 영주로서의 클리프의 위엄이 사라져버릴 거다. 뭐 클리프의 위엄은 어떻게 되든 상관없지만, 곰 석상이 있으면 내 집으로 착각할 가능성도 있다. 클리프가 거부하지 않아도 내 쪽에서 거부한다.

"그럼, 정원에 만드는 건 괜찮나요?"

"그건 우리 집에도 있으면 좋겠어요."

노아가 바보 같은 말을 하니 미사까지 그런 말을 꺼냈다.

사람은 곁에 있는 사람의 영향을 받기 쉽다고 하는데, 미사가 노아와 닮아가는 것 같아서 미래가 걱정된다.

"안 만들 거야."

"그럴 수가~ 유나 님, 만들어 주세요. 언니도 같이 아버님께 부탁해요."

"그렇네. 아버님께 거절당하면 왕도에 있는 집의 정원이어도 괜찮을 것 같아. 어머님이라면 허락을 해주실지도 몰라."

시아는 웃으면서 말했다.

이건 즐기고 있군.

"언니, 너무해요."

클리프라면 절대로 허락을 하지 않겠지만 엘레로라 씨는 장난삼아 허락할 가능성이 있다. 그러니 어설프게 고개를 저으면 안 된다. 여기선 확실하게 거절해야지.

"아니, 아무 데도 만들지 않을 거야."

372 곰 씨, 미릴러 마을에 도착하다 (1일차)

곰 석상 근처에는 작은 건물이 있었다. 아무래도 이곳에서 통행료를 지불하는 모양이다. 조금 전부터 우리를 보고 있는 남자가 있었다.

클리프에게 통행증을 받아둬서 이것이 있으면 무료로 지나갈 수 있다. 게다가 횟수 제한도, 인원수 제한도 없다.

나는 정말로 통행증을 사용할 수 있는지 확인하기 위해 남자가 있는 곳으로 향했다.

"확인하고 싶은데, 터널의 통행증이 있으니까 지나가도 되나요?"

"이야기는 들었지만, 확인은 해야 해."

나는 클리프에게 받은 통행증을 보여줬다.

"틀림없군. 괜찮아, 자유롭게 지나가도 좋아."

문지기는 통행증을 확인하더니 카드를 곧바로 돌려줬다.

"모두 괜찮은 거죠?"

일단 확인했다.

"그래, 아가씨의 관계자라면 몇 명이든 상관없어. 아가씨가 함께 있어야 한다는 조건이 붙지만 말이야."

"그럼, 저 3대의 마차? 로 지나갈 테니까, 부탁할게요."

나는 곰 버스로 시선을 보냈다.

남자는 미묘한 표정으로 「알았네」라고 말했다.

나는 모두에게 말을 건네 곰 버스로 돌아가라고 전달했다. 루리나 씨와 길 등, 어른 그룹에게 도움을 받아 아이들을 모았다.

한 명이라도 남기고 출발하면 큰일이 나니까 확실하게 확인한 후 출발했다.

"리즈 씨, 아이들은 다 있나요?"

"네, 괜찮아요."

체격이 큰 길과 루리나 씨를 확인하고 곰돌이 버스에 탄 안즈 일행 7명. 곰순이 버스에는 이유는 모르지만 티루미나 씨와 겐츠 씨 외에 마리나와 엘이 타고 있었다.

아무래도 피나와 마리나 일행이 교대한 모양이다.

모두를 확인한 나는 곰 버스에 올라탔다.

"그럼, 출발할게요."

인솔 선생님이 된 기분이다.

나는 곰 버스와 곰돌이 버스, 곰순이 버스를 터널을 향해 움직였다.

조금 전에 허락을 받아서 곰 버스는 곧장 터널 안으로 들어갔다.

터널 안은 빛의 마석이 비추고 있어 밝았다. 곰 버스 라이트도 나의 마법도 필요 없었다.

앞을 달리는 마차는 없고, 앞에서 오는 마차도 없으니 곰 버스는 순조롭게 나아간다.

"터널 안은 이렇게 되어있군요."

노아가 주위를 신기한 듯 봤다.

"안쪽으로 쭉 이어져 있네요. 조금 무서워요."

터널은 계속 이어진다. 출구는 보이지 않는다.

"전에 왔을 땐 아직 빛의 마석을 달고 있는 도중이라 더 무서웠어요."

피나가 노아의 말에 동의했다.

그러고 보니 아직 완벽하지 않을 때 죽순을 캐러 피나와 슈리와 지나갔던 적이 있다.

그때는 절반 정도만 빛의 마석이 설치되어 있었다.

"그렇지만 유나 언니의 마법이 밝아서 괜찮았어요."

"피나도 슈리도, 미릴러 마을에는 한 번 가본 적이 있지? 부러워."

곰 버스는 계속 달렸고, 터널에 들어섰을 때 즐거워하던 아이들도 길게 이어지는 터널에 질린 건지 얌전해졌다.

"유나 님, 터널은 긴가요?"

"음~ 어떠려나. 나도 곰돌이와 곰순이를 타고 지나가서 거리는 잘 몰라."

터널에 들어서고 속도를 올리니 벽에 달린 빛의 마석이 빠르게 뒤로 지나쳐 가는 게 아이들을 무섭게 만들었다. 원장 선생님에게도 속도를 늦춰달라는 말을 들어서 천천히 달렸다.

"그렇군요."

"두 사람 모두 자고 있어도 돼. 도착하면 깨워줄게."

슈리는 잠들어버렸다. 피나는 슈리가 의자에서 떨어지지 않도록 끌어안았다.

"아뇨, 유나 님과 이야기를 하니까 괜찮아요."

"저도 유나 언니와 이야기 나눌래요."

"그럼, 뭔가 이야기해줄래? 나도 같은 풍경이라 졸리니까."

터널은 처음에는 재밌을지 몰라도 질린다. 바깥과 달리 풍경이 바뀌는 일도 없고 담담하게 이어진다. 최면 효과가 높다. 그러니 이야기 상대가 있는 건 기쁘다.

노아와 미사는 예전 이야기부터 최근 이야기까지 해줬다.

두 사람이 어릴 적부터 사이가 좋았던 것을 알아서 즐거웠다.

터널 안을 곰 버스를 달리고 있는데 정면에 터널 출구가 보였다.

"모두들! 슬슬 터널을 빠져나갈 거야."

"정말?!"

"바다야?"

내가 뒤를 향해 말하자 졸고 있던 아이들의 반응이 커졌다.

뭐, 계속해서 이어지는 터널에 질린 아이들이라 당연하다.

"유나 언니, 바다야?"

"터널을 빠져나가면 보일 거야."

옆에 앉은 노아와 미사는 앞으로 몸을 구부렸고 아이들도 곰 버스 옆으로 얼굴을 내밀었다.

자고 있던 슈리도 피나가 깨워 앞을 봤다.

"얼굴을 너무 내밀면 위험해."

곰 버스가 터널을 빠져나가자 시야 앞에 바다가 펼쳐졌다.

눈앞에는 장애물이 없이 길이 이어져서 바다가 잘 보였다. 맑은 날씨 덕분인 것도 있다. 비가 내리지 않아서 다행이다.

전에 피나와 슈리와 왔을 때처럼 평소 행실이 바르니 신님이 맑게 해준 걸지도 모른다.

"바다예요."

"크네요."

"대단해."

"우와~."

아이들이 흥분했다. 원장 선생님과 리즈 씨, 니프 씨가 조용히 시켰지만 아이들은 흥분해서 이야기를 듣지 않았다.

"원장 선생님과 어른들이 하는 말을 듣지 않으면 돌아갈 거야."

"안 돼~~."

"바다에 갈 때의 약속을 잊진 않았지? 제멋대로 행동하지 않는다. 원장 선생님과 어른들이 하는 말씀은 잘 듣기로 했잖아. 바다는 도망가지 않으니까 괜찮아."

나는 아이들을 진정시켰다. 뒤에 있는 아이들에게 한 말이지만,

옆에 앉아 있던 노아와 미사가 들어 올렸던 허리를 천천히 내리고 있었다.

하지만 눈을 반짝이며 바다를 바라봤다.

뭐, 바다는 도망치진 않지만 날씨는 바뀔지도 모른다. 내일도 날씨가 좋을 거라고는 단정할 수 없다.

그럼, 이대로 곰 버스를 움직여도 되나?

터널 출구 주변에는 아무것도 없다.

앞은 좌우로 침입을 막는 벽이 길을 따라 만들어져 있었다.

참고로 뒤쪽에 곰 석상이 세워져 있지만 모두 앞을 보고 있어서 눈치채지 못했다.

앞을 보니 건물이 있어서 그쪽으로 곰 버스를 전진시켰다.

건물은 마을로 가기 위한 길과 터널로 향하는 길이 겹치는 장소에 만들어져 있었다.

마을을 이곳까지 넓힐 거라고 했으니 이곳이 미릴러 마을의 입구가 되는 모양이다.

건물에 다다르자 본 적 있는 사람이 서 있었다. 이름은 알지 못하지만 처음 미릴러에 왔을 때 봤던 문지기였다. 남자는 옆에서 오는 곰 버스에는 알아차리지 못하고 졸린 듯 하품을 했다. 그리고 아무렇지 않게 우리 쪽을 돌아본 순간, 놀란 표정을 지었다.

곰 버스가 근처에 올 때까지 알아차리지 못하다니 제대로 일을 하는 걸까.

나는 곰 버스를 세우고 얼굴을 내밀어 인사했다.

“오랜만이에요.”

“……흰 곰……. 곰 아가씨인가? 오랜만이네.”

그러니까, 어째서 의문형인 거야?

검은 게 하얗게 바뀌었을 뿐이잖아. 이렇게 알기 쉬운 복장을 하고 있는데 고민하는 이유를 모르겠네.

“마을 입구는 여기인 거죠?”

“그래, 여기라면 터널에서 나오는 사람, 마을 쪽에서 찾아오는 사람을 동시에 확인할 수 있거든.”

“그렇긴 해도 한산해 보이던데요.”

“딱 한산할 시간이라서. 바쁜 건 이른 아침에 출발하는 시간대와 터널이 닫히기 직전이지. 나머지 시간대는 한산해.”

“그래서 하품 같은 걸 하고 있던 거군요.”

“봤니?”

남자는 머리를 긁적이며 넘기려고 했다.

“그런데 왜 오늘은 흰 곰인 거야? 게다가 이 이상한 탈것은 뭐야? 말도 없는데 어떻게 움직이는 거지?”

“이상하지 않아요. 곰 버스에요.”

“맞아요. 이상하지 않아요.”

나 대신 노아와 미사가 부정했다. 게다가 뒤에 타고 있던 아이들도 「곰 님이에요」, 「이상하지 않아요」, 「귀여워요」라고 말했다.

옹호해주는 건 기쁘지만 곰 버스를 이상하다 생각하지 않고 상식이라고 여기는 것도 곤란하다. 올바른 상식을 알려줘야 할지, 이대로 둬야 할지 고민되는 부분이다.

"미안해. 딱히 나쁘다는 건 아니야. 곰 아가씨다운 탈것이라고 생각했을 뿐이지. 게다가 흰 곰 옷차림도 잘 어울려. 아가씨다운 복장이야."

남자는 아이들의 항의를 듣고 부정했지만 흰 곰 옷이 잘 어울린다는 말을 들어도 기쁘지 않다. 하지만 어울리지 않는다고 하면 기쁘지 않은 나 자신이 있다.

"그러면 이대로 곰 마차? 같은 걸로 마을에 가는 건가? 분명 소란스러워질 거야. 그렇지 않아도 아가씨는 유명인이잖아."

역시, 그렇겠지.

과거에 있었던 일이 떠오른다.

크라켄을 토벌한 다음 날의 축제 소동은 진땀을 뺐다. 여러 사람이 말을 걸어오며 마을 전체 사람들이 먹을거리를 가지고 왔다. 하지만 피나와 슈리와 죽순을 캐러 왔을 때는 그렇지 않았던 기분이 든다.

물론 감사 인사를 들었지만 소란으로 이어지지는 않았다.

"우선 아가씨에게 민폐를 끼치지 않기로 되어있는데, 모든 주민이 지키지는 않겠지."

그렇게 생각하면 곰 버스로 이동하지 않는 편이 낫나?

여기서부터 곰 하우스까지는 걸어서 가도 괜찮은 거리다. 게다가 아이들도 곰 버스에서 내리고 싶어 했다.

"모두들, 여기서부터 걸어갈래?"

"내려도 돼?"

"괜찮지만, 멋대로 어디론가 가면 안 된다. 원장 선생님이랑 어른들의 지시를 잘 따라줘야 해. 모두가 빨리 바다에 가고 싶은 건 알지만, 우선은 머물기로 한 우리 집으로 갈 거야."

"그럼, 제가 먼저 내릴게요."

노아가 제일 처음 내리자 아이들도 뒤따랐다.

"모두, 천천히 내려."

"앞에서부터 순서대로야."

"뛰면 위험해."

리즈 씨, 루리나 씨, 니프 씨가 주의를 줬다. 그리고 길이 「천천히 내려」라고 한마디하자 아이들은 순순히 따랐다.

"피나, 티루미나 씨 쪽에도 전해주고 와."

곰돌이 버스와 곰순이 버스에 탄 티루미나 씨와 다른 사람들에게도 여기서부터 집까지 걸어서 갈 거라고 전달을 부탁했다.

모두 곰 버스에서 내렸다.

"아가씨, 이 마차는 어떻게 할 거지?"

"아이템 봉투에 담을 거니까 걱정하지 마세요."

모두가 곰 버스에서 내리자 곰 박스에 곰 버스를 담았다.

"정말로 아가씨한테는 놀라기만 한다니까."

나는 아저씨에게 통행 허가를 받았다. 모두가 있는 곳으로 갔다.

"유나, 여기서부터 걸어가는 거지?"

티루미나 씨가 졸려 하는 겐츠 씨와 함께 다가왔다.

"그 탈것으로는 주목을 받으니까요."

"그렇지만 이 많은 아이들을 데리고 걸어가면 크게 다르지 않을 것 같은데……."

티루미나 씨가 주위를 둘러봤다.

분명 그 말을 들으니 그럴 것 같다. 하지만 곰 버스보다는 주목을 받지 않을 거라고 생각하고 싶다.

아이들 쪽을 바라보니 기뻐하며 바다를 바라보고 있었다. 「크다」, 「이게 전부 물이야?」, 「짜잖아」라며 여러 대화가 들렸다. 곰 버스로 순식간에 지나치는 것보다 천천히 바다를 바라보면서 걷는 것도 괜찮다.

이렇게 아이들과 함께 걷고 있는데 유치원 아이나 초등학생 아이들을 인솔하는 선생님이 된 기분이다. 아이를 태울 카트가 있다면 틀림없이 유아원이나 보육원이었겠지. 그런 말을 하면 초등학교 고학년에 해당하는 아이들에게 혼날 거다.

나이가 있는 그룹은 확실하게 어린아이의 손을 잡고 제멋대로 돌아다니지 않도록 하면서 제대로 연장자의 일을 맡고 있다. 자신들도 바다에 달려들고 싶을 텐데 말이다.

"유나 언니, 바다, 언제 가는 거야?"

"음~ 우선 우리 집으로 간 뒤에."

바다를 보러 가기에는 애매한 시간이다. 아직 해가 저물지 않았다고 해도 놀 시간은 아니라고 생각했다. 집에 도착하면 기본적인 설명을 할 생각이고 설명이 끝날 무렵에는 해가 저물고 있을지도 모른다.

"노는 건 내일이 되려나?"

"""에이~~~~."""

아이들이 응석을 부리듯 입을 삐죽였다.

"자, 유나 씨를 곤란하게 하면 안 돼."

"네."

"죄송해요."

원장 선생님이 주의를 시키자 순순히 사과하는 아이들.

나는 아이들을 돌보는 건 원장 선생님, 리즈 씨, 니프 씨, 루리나 씨 일행에게 맡기고 안즈 일행이 있는 곳으로 향했다.

"안즈 쪽은 어떻게 할래? 집으로 돌아갈래? 아니면 같이 갈래?"

"우리가 머물 곳은 있는 거죠?"

"1인실은 아니지만 있어. 일행이랑 같이 쓰게 되겠지만."

"그러면 같이 갈게요."

안즈는 망설임 없이 대답했다.

"괜찮아?"
"네, 모두의 저녁 식사도 만들어야 하고, 이 시간에 집으로 돌아가도 바쁠 테니까요. 그러니까 부모님은 내일 만나러 갈게요."
안즈의 말에 세노 씨 일행도 고개를 끄덕였다.
"게다가 유나 씨의 집이면, 그 곰 집이잖아요."
"안즈는 알고 있구나."
"뭐, 여러 가지로 화제가 되었으니까요."
"그렇지."
"미릴러 마을에 살면서 곰 집에 관해 모르는 사람은 없을걸."
"소문의 곰 집에 머물 수 있는 건 기대되네."
"지인에게 자랑할 수 있을 것 같은데."
정말로 즐겁게 이야기했다. 미릴러 마을에 오면 어떻게 될지 걱정이었는데 괜찮은 것 같다.

해안가를 걷다가 도중에 산으로 들어가는 길이 나왔다.
이 길 끝에 커다란 곰 하우스가 있다.
아이들은 바다를 보면서 걷고 있어서 산 쪽에 있는 곰 하우스를 알아차리지 못했다.
"다들 멈춰봐. 여기서 저쪽으로 꺾을 거야."
바다를 보는 모두를 멈춰 세우자 모두가 내 쪽을 바라봤다.
나는 갈림길 끝을 보고 놀랐다.

얼마 전, 스콜피온을 토벌하기 위해 왔을 때는 서두르고 있어서, 벽을 넘어 나무들 사이로 숨어 다니느라 알아차리지 못했는데…….

길을 보니 납작한 돌이 깔려 있고 예쁘게 포장되어 있었다. 그리고 길에 들어서는 곳에는 관계자 외 통행금지라는 표지판도 있었다. 물론 멋대로 곰 하우스에 오면 곤란하지만 이렇게 표지판이 있는 건 몰랐다.

내가 포장된 길을 보고 놀라고 있었는데 아이들과 어른들은 다른 걸 보고 놀랐다.

"곰 님?"

"곰 님의 얼굴이다."

"얼굴이 두 개네."

곰 하우스 앞에는 침입 방지의 벽이 있어서 여기서부터는 보이는 건 얼굴뿐이다.

"유나 언니, 저 곰 집으로 가는 거야?"

"맞아."

내가 그렇게 말하자 아이들은 흥분하기 시작했다.

"혹시 길을 잃게 되면 이곳으로 돌아오면 돼."

길을 잃었을 때 곰 집의 위치를 물으면 데리고 와줄 거다. 미릴러 마을 사람 중에 곰 집에 관해 모르는 사람은 없을 테니까 말이다.

그리고 내 말을 제대로 들은 건지 아닌 건지, 아이들은 곰 집을 향해 뛰기 시작했다. 바다보다도 곰 집에 흥미를 느낀 모양이다.

좋아해 주는 건 기쁘지만 바다를 이기는 곰 집이라니…… 좋은 건가.

이번엔 바다가 목적이라는 것을 잊지 말아 주면 좋겠다.

"뛰면 위험하니까 뛰면 안 돼."

그렇게 말하면서 리즈 씨가 뒤따랐고 루리나 씨와 길도 따라갔다.

니프 씨는 어린아이들과 손을 잡고 있어서 좇아가진 못했다.

앞을 뛰는 아이들을 보고 의욕을 내뿜는 자가 있었으니—.

"다들, 우리도 가자. 곰 님 팬클럽 회원으로서 질 수 없지."

"네, 노아 언니."

"응!"

노아와 미사와 슈리 3명이 달려갔고 뒤에 있던 마리나와 엘도 달려갔다.

어쩐지 노아의 입에서 이상한 말이 들린 것 같은데. 아마도 기분 탓이겠지. 신경 쓰지 말자.

그것보다도 엘의 가슴이 흔들리는 것이 신경 쓰인다.

"노아 님, 기뻐 보이네요."

피나가 옆으로 다가와 흐뭇하게 말했다.

"뭐, 즐겨주는 건 기쁘니까 상관없지만. 피나는 안 가니?"

"저는 전에 왔잖아요."

저 곰 하우스를 아는 건 피나와 슈리와 미릴러 일행 정도이다.

"시아는?"

시아도 이곳에 남아 천천히 걷고 있다.

"아무리 그래도 저 아이들과 섞여서 달리는 건……."

앞에 달려가는 아이들 속에 뒤섞여 달리는 건 확실히 저항이 있을지 모른다.

"게다가 나중에 근처에서 구경할 거니까요."

구경할 것은 아무것도 없는데.

곰 하우스에 다다르자 아이들이 벽 앞에서 나를 기다리고 있었다.

곰 하우스 주위에는 벽이 있고 앞쪽에는 문이 있었다. 멋대로 들어가지 못하도록 하기 위함이다.

"유나 언니, 얼른."

"유나 님, 얼른요."

"지금, 열게."

내가 문을 밀자 문이 열렸다. 그 너머에서는 두 개의 곰 하우스가 맞이해줬다.

373 곰 씨, 방 배정을 하다 (1일차)

문을 열어 안으로 들어서자 커다란 곰 하우스의 모습이 눈앞에 펼쳐졌다.

미릴러 마을의 곰 하우스는 크리모니아와 여행용 곰 하우스처럼 앉아 있는 곰과는 달리 작은 빌딩처럼 곰이 서 있고 전부 다 합쳐 4층 구성으로 되어있다.

"곰 님이 둘."

곰은 두 마리 있는데 그 2개의 곰 빌딩이 달라붙은 것처럼 지어져 있다. 2개의 곰 빌딩은 마주 바라본 상태에서 오른쪽 곰은 여자아이, 왼쪽 곰은 남자아이로 일단 나뉘어 있지만, 안쪽은 각각의 층이 연결되어 있어서 그다지 의미는 없다.

"딸들에게 이야기는 들었지만, 이 집도 곰이네."

티루미나 씨가 곰 하우스를 보면서 놀랐다는 듯 말했다.

곰 하우스는 보안도 완벽하다. 쉽게 부술 수 없고 침입을 당할 우려도 없다. 만능 곰 하우스다.

"유나는 곰 관련 물건 제작의 부탁을 받는 건 싫어하면서 본인 스스로는 아무렇지 않게 만든단 말이지."

"그건……."

티루미나 씨가 아픈 구석을 찔러온다.

분명히 곰 석상을 만드는 걸 싫어하거나 곰 유니폼 때도 떨떠름했다.

하지만 결국 스스로 곰과 관련된 것을 만든다.

변명일지는 모르겠지만 만드는 게 간편해서 어쩔 수 없다. 게다가 강도가 오르기도 하고 여러 가지로 가호가 부가된다. 가호는 없는 것보다는 있는 편이 좋은 게 당연하지 않은가.

그 사고방식은 내게 곰의 힘을 부여한 신님의 의도일지도 모르지만 어쩔 수 없다.

그런 곰 빌딩을 아이들은 계속해서 올려다봤다.

"유나 언니, 여기서 머무는 거야?"

"그래."

아이들은 기뻐 보이지만 어른들은 미묘한 얼굴을 하고 있었다.

"유나, 우리도 이곳에서 머무는 거야?"

"귀여워서 나에게는 안 어울릴지도."

네린, 카린 씨 쪽부터 조금씩 부정적인 말이 들려온다.

"그러면 카린 씨 일행은 정원에서 야영할래요?"

"유나, 농담이야. 우와, 이렇게 귀여운 곰 님 집에서 머물다니 기쁘네."

발연기야.

하지만 그 마음을 모르는 건 아니다. 만일 내가 곰 능력이 없는 평범한 여자아이였다면 똑같은 생각을 했을지도 모른다. 지금은 곰 능력이 떼려야 뗄 수 없는 나의 일부가 되어있다.

그리고 곰 빌딩을 갖고 싶은 듯 바라보는 인물도 있었다.

"으으, 유나 님, 뭔가요 이 귀여운 집은……. 저희 집도 곰 님으로 바꿔주면 좋겠어요. 만들어 주세요."

"유나 언니, 그때는 우리 집도 부탁드려요."

곰 빌딩을 보는 노아와 미사가 그런 말을 했다. 클리프의 저택을 곰 하우스로 바꾸면 내가 클리프에게 혼날 거다. 그란 할아버지는 충격으로 정신을 잃고 쓰러져버릴지도 모른다.

그래서 나는 두 사람에게 이렇게 말했다.

"클리프 씨와 그란 할아버지의 허락을 받는다면 만들어 줄게."

나는 힘들고 곤란한 조건을 두 사람에게 제시했다. 그 두 사람이 허락할 리가 없다. 여기서 엘레로라 씨를 조건으로 걸면 장난삼아 허락할 우려가 있다. 그렇지만 클리프라면 절대로 허락하지 않을 거다. 그란 할아버지도 클리프와 같이 허락하지 않을 거다.

그리고 나는 곰 빌딩을 보는 모두에게 말을 걸어 곰 빌딩 안으로 들어가기로 했다. 입구는 곰의 다리 사이였다. 좌우로 입구는 2개지만 나는 오른쪽 곰 빌딩 입구로 들어갔다. 안에서는 이어져 있으니 어디로 들어가든 똑같다.

곰 빌딩 1층은 부엌과 식당 등이 있었다. 안은 두 개의 곰이 연결되어 있어서 넓었다.

“여기가 식당이니까 식사를 할 때는 여기로 모이는 거야.”

1층을 간단하게 설명하고 2층으로 올라간다. 2층도 방은 나뉘어 있지만 복도로 건물이 연결되어 있다.

오른쪽 방이 여자, 왼쪽 방이 남자의 방으로 나뉘어 있다. 방은 각각 한 개의 층 전체로 되어있어서 학교의 교실보다 넓다. 20명이 자도 충분하게 여유가 있다.

“일단 그쪽이 남자아이의 방이고, 이쪽이 여자아이의 방이야. 원장 선생님과 리즈 씨는 아이들과 같이 쓰셔도 되나요?”

“네, 괜찮아요.”

니프 씨도 아이들과 같은 방이 좋다고 해서 원장 선생님과 함께 이 방에 머물기로 했다.

“길은 남자아이들과 같이 써도 되지?”

“상관없어.”

길의 말에 남자아이들이 기뻐했고 길은 그대로 남자아이들 방으로 끌려갔다.

“유나, 나는?”

루리나 씨가 그렇게 물었다.

“이쪽 여자아이들 방도 괜찮아요?”

“그래, 괜찮아.”

루리나 씨도 거절하지 않고 흔쾌히 허락했다. 여자아이들은 루리나 씨를 데리고 갔다. 그리고 이불이 들어 있는 장롱에 관해 설명했다.

“방에 있는 건 자유롭게 써도 돼요.”

“유나 님, 저희도 이곳에서 자요?”

“노아 일행은 3층이야.”

일단 노아와 미사, 시아는 귀족의 딸이다. 고아원 아이들은 둘째치고 선생님들 쪽이 신경을 써서 쉬지 못하면 곤란하니 다른 방을 준비했다.

“참고로 티루미나 씨 일행이랑 모린 씨 일행도 3층이에요.”

나는 귀족 그룹과 피나의 가족, 가게 직원 그룹을 데리고 3층으로 이동했다.

3층에는 개별 방이 있었다. 그중의 한 방에 피나 가족 4명에게 머물도록 했다.

“우리 가족끼리 방 하나를 써도 되는 거야?”

“이번엔 겐츠 씨도 계시니까 가족 여행 같은 느낌으로 즐기세요.”

“유나, 고마워.”

“아가씨, 고마워.”

티루미나 씨와 겐츠 씨는 피나와 슈리를 데리고 방 안으로 들어갔다.

“노아 일행은 옆방을 쓰면 돼.”

노아와 미사, 시아, 호위인 마리나와 엘 5명은 같은 방에 머물도록 했다.

그리고 마지막으로 『곰 씨 쉼터』의 모린 씨, 카린 씨, 네린 세 사람과 『곰 씨 식당』의 안즈와 세노 씨, 포르네 씨, 베틀 씨 7명에게 같은 방을 쓰도록 했다.

"유나, 짐을 두고 나서 식사 준비를 시작해도 될까? 부엌 상태도 봐둘 겸 말이야."

"괜찮아요."

"어머니, 제가 도울게요."

"저도요."

카린 씨와 네린이 그렇게 말하자—.

"물론 저희도 도울게요."

안즈 일행도 그렇게 말했다.

모린 씨 일행은 짐을 방에 두더니 곧바로 방을 나서 1층으로 내려갔다.

내가 식자재를 가지고 있으니까 함께 1층으로 내려갔다.

"훌륭한 화덕인데, 한 번도 사용하지 않았네?"

모린 씨가 화덕을 보고 확인했다.

평소에는 곰 박스가 있으면 충분하고 미릴러 마을에 잠깐 들리는 정도라 오래 머문 적이 없다.

요리도 그렇게 손이 많이 가는 건 만들지 않아서 화덕은 사용하지 않았다.

"유나, 그릇이 없는데."

“확실하게 챙겼죠.”

나는 크리모니아에서 사뒀던 조리 기구와 스푼과 포크, 그릇을 테이블 위에 나열했다. 그것을 안즈 일행이 선반과 서랍에 넣었다.

일단 인원수 이상으로 준비했으니 충분할 거다.

“그럼, 일을 분담해서 만들어볼까.”

모린 씨와 안즈가 중심이 되어 각자 식사를 만들기 시작했다.

두 사람에게 맡기면 문제는 없겠지.

내가 부엌에서 나오자 아이들이 다가온다.

“유나 언니, 바다를 보러 가도 돼?”

“지금부터?”

“응!”

저녁은 지금부터 준비할 참이다. 아직 저녁까지 시간이 있다.

그렇지만 슬슬 해가 저무는 건 변함이 없다.

“안 돼?”

아이들은 눈을 올려 뜨고 나를 바라봤다.

마을 안이라면 마물 같은 위험은 없어도 아이들끼리만 바다에 가게 하는 건 불안하다.

어쩌면 좋을지 생각하고 있는데 루리나 씨가 다가왔다.

“유나, 내가 같이 갈게.”

“괜찮아요?”

“그래, 길과 바다에 가고 싶은 아이들을 불러서 다녀올게. 모두 바다를 가까이서 보고 싶어서 진정이 안 되는 모양이야. 그러니까 한 번은 바다에 가게 하는 편이 좋을 거야."

확실히 제멋대로 집을 빠져나가면 곤란하다. 그러면 한 번 보여주는 편이 나을지도 모른다.

"그럼, 부탁할게요."

"응, 맡겨줘. 얘들아, 바다에 가고 싶은 애들한테 집 밖에 모이라고 말하고 와."

루리나 씨가 그렇게 말하자 아이들은 기뻐하며 달려갔다.

그리고 바다에 가는 아이는 루리나 씨와 길이, 곰 빌딩에 남는 아이는 원장 선생님과 리즈 씨, 니프 씨가 돌보기로 했다.

아이들이 바깥으로 나가자 노아와 아이들이 다가왔다. 그리고 이리저리 주변을 살펴봤다.

"뭘 하는 거야?"

"탐험이요."

"시아도 같이?"

"마릭스랑 애들에게 여행담을 들려줄까 싶어서요."

아니, 하지 않아도 돼.

게다가 탐험이라니 사는 곳이 아니라 희귀한 건 아무것도 두지 않았다. 텅 비었다고 해도 과언이 아니다.

"노아 쪽은 바다에 안 가는구나."

분명 고아원 아이들과 같이 갈 거라고 생각했는데.

“가고 싶었는데, 내일까지 참을 거예요. 오늘은 이 곰 님 집을 탐색하기로 했거든요. 미사, 언니, 우선은 정원부터 탐험하죠.”

노아는 미사와 시아에게 말을 하고 바깥으로 나갔다.

마리나와 엘은 없던데, 방에 있나?

나중에 알았지만 미사가 「마리나 씨는 방에 계셔주세요. 노아 언니와 시아 언니랑 셋이서 탐험을 할 거거든요」라고 말했다고 한다. 그때의 마리나의 얼굴이 보고 싶었는데…….

나는 노아 일행이 나가는 걸 보고 목욕 준비를 하기 위해 4층으로 이동했다. 저번에 피나와 슈리와 왔을 때는 준비가 늦어져서 욕조에 따뜻한 물을 담는 데 시간이 걸렸다. 그래서 이번에는 서둘러 준비를 했다.

4층에 있는 목욕탕으로 찾아왔다. 좌우 남자용과 여자용으로 일단 나뉘어 있다.

나는 여자용의 탈의실을 지나 목욕탕으로 향했는데 그곳에는 피나와 슈리의 모습이 있었다.

“언니, 물 틀게.”

“그래.”

“두 사람 모두 뭘 하는 거야?”

물어보지 않아도 안다. 피나는 청소 도구를 들었고 슈리가 물을 틀고 있었다. 두 사람은 목욕 준비를 하는 모양이다. 하지만 묻지 않을 수 없었다. 나는 두 사람에게 그런 걸 부탁하지 않았다.

“그게, 전에 왔을 때 욕조 물이 제시간에 준비되지 않아서 먼저 준비해두려고 생각했거든요. 유나 언니에게 허락을 받으려고 했는데, 모린 씨랑 이야기를 나누고 계셔서 방해하면 안 될 것 같아서……. 그래서 멋대로 준비를 하고 있었어요. 죄송해요.”

아무래도 피나는 나와 같은 생각을 했던 모양이다.

“딱히 사과하지 않아도 돼. 나도 그럴 생각으로 온 거니까, 고마워. 그러면 남자 욕실 쪽은 아직이니?”

“네, 이쪽이 끝나면 하려고 했어요.”

“그럼, 나도 도울 테니까 같이 할까?”

“네!”

“나도 도울래~.”

셋이서 목욕 준비를 했다.

“그러고 보니, 티루미나 씨랑 겐츠 씨는?”

“산책 겸 바깥 경치를 보고 계셨어요. 어머니도 아버지도 유나 언니에게 고마워했어요.”

풍경이 예쁘긴 하지. 티루미나 씨와 겐츠 씨의 신혼여행이 될 테니 마음껏 즐겨주면 좋겠다.

두 사람에게는 남자 목욕탕의 간단한 청소를 부탁하고 나는 각각의 탈의실에 있는 선반에 타월과 드라이기를 준비해뒀다.

그리고 피나와 슈리가 청소를 마친 후 곰 석상의 입에서 물이 나와 욕조에 따뜻한 물을 채웠다.

이것으로 따뜻한 물이 적은 상태로 목욕을 하는 일은 없어졌다.

목욕탕에서 나가려 할 때 누군가가 들어왔다.

"여긴 목욕탕이네요."

"노아?"

"유나 님?"

들어온 건 노아, 시아, 미사 세 사람이었다. 알고 보니 정원부터 1층의 구석구석을 탐험하고, 2층, 3층의 탐색도 마친 뒤, 4층의 목욕탕까지 찾아왔다고 했다.

"뭘 하고 계셨던 거죠?"

나는 피나, 슈리와 목욕 준비를 하고 있었다고 설명했다.

"말씀하셨으면 저도 도왔을 텐데……."

귀족 여자아이에게 욕실 청소라니, 어울리지 않는 것 같은데.

"데리고 와주셨으니 청소 정도는 도울게요."

"맞아요, 저도 도울게요."

노아의 말에 시아도 미사도 끄덕였다.

그런 거라면 손님 취급은 하지 않고 내일은 세 사람에게도 도움을 받도록 하자.

374 곰 씨, 목욕을 하다 (1일차)

목욕 준비를 마치고 저녁 식사 전에 나와 피나와 슈리, 그리고 노아에 미사, 시아 6명이 목욕을 하기로 했다. 남탕은 차치하고 여자아이의 비율이 높으니 나눠서 들어간다고 해도 시간이 걸릴 거다. 모린 씨와 안즈 일행은 요리 중이기도 하고 아이들은 바다를 보러 나갔다. 거기에 따라나선 루리나 씨도 길도 없다. 티루미나 씨와 겐츠 씨는 산책 중이다. 마리나와 엘은 잘 모르겠지만 분명 여유를 즐기고 있을 거다.

그런 이유로 딱히 할 일이 없는 우리가 먼저 목욕을 하기로 했다.

각자 일단 방으로 돌아가 갈아입을 옷을 준비했다. 나는 모든 짐이 곰 박스에 들어가 있어서 필요하지 않지만 곰돌이와 곰순이를 데리고 오기 위해 방으로 돌아갔다.

방에서는 곰돌이와 곰순이가 몸을 둥글게 만 채 자고 있었다.

“곰돌아, 곰순아, 목욕할래?”

자는 곰돌이와 곰순이에게 말을 걸자 움직이기 시작하더니 「「크~응」」 하고 울며 침대에서 내려와 내 다리 쪽으로 다가왔다.

아무래도 같이 목욕하고 싶은 모양이다.

욕실로 돌아오니 이미 피나와 다른 아이들은 준비를 마쳤다.

"곰돌이랑 곰순이도 같이 들어가나요?"

"이동 중에 마물이 없는지 계속 경계를 서줬거든. 그 보답으로 씻겨줄까 해서."

"그랬군요. 곰돌아, 곰순아, 고마워."

노아는 쭈그려 앉더니 곰돌이와 곰순이의 머리를 쓰다듬었다.

"유나 언니, 저도 씻겨줘도 될까요?"

미사가 묻는다.

"저도, 저번 일의 보답을 하고 싶으니 씻겨주고 싶어요."

시아까지 말했다. 저번 일이라면 호위 때를 말하나?

"저도, 곰돌이랑 곰순이를 씻기고 싶어요."

"아~, 나도~."

덧붙여 노아, 슈리까지 곰돌이와 곰순이 쟁탈전에 참여했다. 단 한 사람을 제외하고.

"피나는 어른이네."

"……그게, 저도 태워줬으니까 씻겨주고 싶어요."

"…………."

아무래도 피나도 마찬가지였던 것 같다.

곰돌이와 곰순이는 하나뿐이라 피나와 슈리가 곰돌이, 노아, 미사, 시아가 곰순이를 씻기기로 했다.

원래는 내가 씻겨주려고 했는데…….

모두 탈의실에서 옷을 벗고 욕실로 향했다.

오늘만큼은 곰돌이와 곰순이를 모두에게 맡긴 후 나는 자신의 몸을 씻고 욕조에 몸을 담갔다.

온종일 운전을 했던 탓에 피곤하단 말이지.

앉아서 운전대를 잡고 마력을 보냈을 뿐이지만 예상보다 피곤했다.

욕조에 몸을 담근 채 피나와 아이들을 보고 있는데 곰돌이와 곰순이가 거품투성이가 되어있었다.

“후후, 기분 좋지?”

“크~응.”

“납작해졌어요.”

“곰순아, 물 끼얹을게.”

다들 즐겁게 씻고 있다.

그리고 몸을 씻은 곰돌이와 곰순이는 나 다음으로 욕조에 들어왔다. 곰돌이와 곰순이는 얼굴만 내밀고 기분이 좋아보였다.

그리고 곰돌이와 곰순이를 다 씻긴 피나와 아이들은 자신의 몸을 씻고 욕조에 들어왔다.

“기분 좋네요.”

“네, 기분 좋아요.”

“마릭스랑 애들에게 자랑해도 되겠어요.”

무슨 자랑일까 생각하면서도 조용히 있었다.

"이 곰 집도 갖고 싶지만, 따뜻한 물이 나오는 곰 님도 집에 있었으면 좋겠어요."

노아가 물을 내뿜고 있는 곰 석상을 봤다.

"안 만들 거야."

"유나 님, 짓궂으시네요."

딱히 짓궂어서 한 말이 아니다. 그런 걸 만들면 클리프에게 무슨 말을 들을지 모른다. 성가신 일은 사양이다.

"그런데 여기서 보이는 경치는 예쁘네요."

창문을 통해 바다가 보였다. 슬슬, 해가 저물 시간이다.

우리는 느긋하게 물에 몸을 담그고 하루의 피로를 풀었다.

목욕을 마친 무렵에는 저녁 식사가 완성되어 바다에 갔던 아이들과 루리나 씨 일행이 돌아왔다.

저녁 식사 때는 넓었다, 짰다 등의 바다에서 봤던 걸 이야기하며 분위기가 고조되었다. 그걸 들은 바다에 가지 않았던 아이들은 바다에 가고 싶어 했다.

"내일은 다 같이 가자."

본격적으로 노는 건 내일부터다.

식사를 마친 후에는 목욕을 하기 위해 어른들에게 욕실을 설명했다.

남탕 쪽으로 겐츠 씨와 길, 여탕 쪽으로 티루미나 씨, 리즈 씨, 세노 씨, 카린, 루리나 씨, 마리나에게 가달라고 했다.

그리고 지금은 아무도 들어가 있지 않으므로 남탕 쪽의 설명은 피나에게 부탁했다.

여탕 쪽으로 길과 겐츠 씨를 불러들이는 건 조금 거북해서 따로 남탕 쪽에서 설명을 시킨 것이다.

나는 모두를 데리고 목욕탕 입구에 걸린 천을 통과한 뒤 탈의실로 이동했다.

"넓네."

세노 씨가 놀랐다.

"여기가 탈의실이에요. 옷은 바구니가 있으니까 벗으면 여기에 담은 뒤 안쪽으로 가세요."

목욕탕으로 향하자 모두의 눈이 한곳으로 쏠렸다.

"곰이네."

"곰이야."

"곰의 입에서 물이 나오고 있어."

크리모니아 곰 하우스의 욕실에 들어왔던 적이 있는 티루미나 씨와 고아원에도 똑같은 게 있다는 것을 아는 리즈 씨는 어처구니없어 하는 얼굴이었다.

"그런데, 크네."

4층은 전부가 목욕탕이다. 지금 생각하면 너무 큰 것 같지만 만들어 버려서 어쩔 수 없다. 게다가 대는 소를 겸한다는 말이 있으니 좁은 욕실보다는 넓은 욕실 쪽이 낫다.

"아무리 그래도 모두가 한 번에 들어가는 건 무리니까 적당히 나눠서 들어가세요."

들어가는 순서는 맡기기로 했다.

하지만 주위에 건물이 없다고는 해도 너무 떠들지는 말아 달라고 부탁했다. 욕실이 넓다고 뛰어다니거나 하면 큰일이다.

그 부분은 확실하게 알고 있는지 모두가 고개를 끄덕였다.

마지막으로 창문을 열어 바깥이 보이는 것을 설명했다.

목욕탕에서 바깥의 경치가 보이는 것을 알자 모두 놀라워했다. 곰 빌딩의 4층에서 보이는 바깥 경치는 더할 나위 없이 아름다웠다.

우리가 들어간 시간의 노을도 예뻤지만 별과 달이 비추는 밤바다도 예쁘다.

"이것만으로도 여기에 온 보람이 있네."

욕실 설명을 마친다.

"빛의 관리랑 문단속도 부탁할게요."

각 방 마석의 빛을 꺼달라고 부탁하고 나는 먼저 쉬기로 했다. 내가 「마력을 썼더니 피곤하네요」라고 말하자 모두 이해했다.

흰 곰 덕분에 피로하진 않지만 졸리다. 아침에 일찍 일어나기도 했고 혼자서 곰 버스를 운전했다. 그러니 당장에라도 졸음이 덮쳐와 쓰러질 것 같다.

나는 침대로 가서 몸을 둥글게 만 채 자고 있는 곰돌이와 곰순이 사이에 쓰러진 뒤, 곧장 잠이 들었다.

375 곰 씨, 바다에 가다 (2일차)

다음 날, 곰돌이와 곰순이가 깨워줬다. 바깥을 보니 날씨가 쾌청했다. 해수욕하기에는 아주 좋은 날씨다.

내가 일어나 식당으로 향하자 이미 아침 식사 준비를 하는 모린 씨와 안즈 일행이 있었다.

인사를 하고 의자에 앉아 아침 식사를 기다렸다.

아무것도 하지 않아도 식사가 나오는 건 기쁘네.

내가 의자에 앉아 기다리고 있는데 피나 가족, 고아원 아이들, 노아 일행이 차례차례 식당으로 모였다.

그리고 얼마 지나지 않아 테이블에 모린 씨 일행이 만든 아침 식사가 차려졌고 다 같이 먹었다.

그리고 아이들은 아침 식사를 마치더니 곧바로 바다에 갈 준비를 시작했다. 옷을 갈아입는 것은 각자의 방에서 이루어졌다. 모래사장은 곰 빌딩 앞의 길을 내려가면 바로 코앞이다. 게다가 바다까지 가는 길은 내 전용으로 되어 있는 모양이라 수영복을 입고 걸어도 문제는 없다.

하지만 그래도 모래사장까지는 커다란 타월을 가져가라고 말해 뒀다.

나도 준비를 하기 위해 내 방으로 이동했다.

그리고 내 방에서 바깥을 보고 있는데 달려 나가는 아이들이 보였다. 그걸 루리나 씨와 리즈 씨, 길 세 사람이 쫓아갔다.

그 뒤를 따라 노아, 미사, 시아도 바다를 향해 달려갔다. 그리고 마리나와 엘이 따라간다.

여기서도 엘의 가슴이 흔들리는 것을 알아차릴 수 있었다.

그리고 마지막에는 원장 선생님이 천천히 걸어갔다.

미릴러 출신인 안즈 일행은 가족과 지인을 만나러 이미 외출했다.

니프 씨는 아이들과 함께 바다에 갈 예정이었던 모양이지만—.

"당신을 걱정하는 사람도 있을 거예요. 이쪽은 괜찮으니 얼굴이라도 비춰줘요."

원장 선생님이 그렇게 말했다고 한다. 그리고 루리나 씨와 길이 애들을 보살피겠다고 말해서 니프 씨를 안심시켰다.

그래서 니프 씨는 호의를 받아들여 안즈 일행과 함께 미릴러에 있는 지인들을 만나러 갔다.

티루미나 씨는 안즈의 부모님에게 인사를 하러 가기 위해 겐츠 씨와 함께 나갔다.

일단은 안즈를 맡은 입장이라 인사를 해두고 싶다고 했다. 안즈의 부모님에게 인사를 한 후 겐츠 씨와 마을을 구경할 거라고 했다.

「나도 따라갈까요?」라고 말했더니, 피나와 슈리를 부탁받았다.

그런 이유로 지금 곰 빌딩에 남아 있는 건 나와 피나와 슈리 세 사람뿐이다.

"유나 언니, 아직이야~?"

"아, 아직이야."

방 밖에서 기다리고 있는 슈리를 향해 말했다. 나는 조금 전까지 현실 도피를 하듯 바깥을 보고 있었다.

그렇다. 나는 지금 수영복을 입고 있다. 어떤 수영복을 입었냐면, 흑과 백의 비키니다. 결국 수영복을 고를 수 없게 된 나를 위해, 학교 수영복을 제외한 수영복 중에서 피나와 슈리가 골라줬다.

하지만 수영복을 입는 게 익숙하지 않아서 너무 창피하다.

살찌는 체질이 아니라 배는 빵빵하지 않다. 하지만 쏙 들어가지도 않아서 복부와 팔뚝은 탱탱하고 부드러웠다.

거울을 보니 괜히 창피했다.

역시 은둔형 외톨이에게 수영복은 난이도가 너무 높다.

나는 수영복을 입은 채로 곰 인형 옷을 입었다. 수영복 차림으로 바깥을 나갈 용기가 없다. 내가 곰 인형 옷에 발을 끼우던 때에 결국 기다리지 못한 슈리가 방 안으로 들어왔다.

"유나 언니, 얼른~."

슈리와 내 눈이 마주쳤다.

"어째서 곰 님 옷을 입는 거야?"

"창피하니까?"

"유나 언니, 예뻐. 잘 어울려."

"네, 엄청나게 잘 어울려요. 몸도 가늘고 긴 머리도 예쁜데요?"

슈리에 이어 피나도 방으로 들어와서 내 수영복을 보고 감상을 말했다. 수영복 차림을 칭찬받는 것이 이렇게 창피한 일인 줄은 몰랐다.

"유나 언니, 가자. 다들 가버렸어."

"노아 님도 먼저 간다며 나갔어요."

위에서 봤으니까 알고 있어. 현실 도피를 하고 있었거든.

슈리와 피나는 내 쪽으로 다가오더니 내 팔을 붙잡고 곰 인형 옷을 입는 걸 방해했다.

"유나 언니, 괜찮으니까 얼른 가자."

뭐가 괜찮다는 건지 잘 모르겠는데 슈리가 내 팔을 잡아당긴다. 지금의 나는 곰 장비를 입지 않았다. 게다가 곰 신발을 안 신어서 버틸 수도 없다. 슈리의 힘에 끌려갔다.

"알았으니까 그렇게 당기지 말아 줄래?"

나는 곰 인형 옷을 입는 걸 포기했다. 슈리와 피나에게 손을 놓아달라고 부탁하고 곰 신발을 신은 뒤 곰 인형 장갑을 꼈다. 그리고 곰 박스에 곰 인형 옷을 담았다.

다시 말하자면 내 옷차림은 수영복 차림에 평소와 같은 곰 신발과 곰 인형 장갑을 낀 상태이다.

곰 인형 장갑은 아이템 박스를 겸해서 어쩔 수 없다. 그리고 모래사장까지는 신발을 신어야 했다. 그러니 아무것도 이상한 점은 없다.

애초에 신발은 가지고 있지 않으니까, 당연하다.

"피나는 창피하지 않아?"

"조금, 창피해요. 그래도 바다에서 노는 게 기대되는걸요."

프릴이 달린 비키니 수영복을 입었다. 색은 슈리와 같은 흰색으로 했다고 했다. 곰순이 색이 인기가 많네.

"평범한 옷은 안 되는 거죠?"

"수영하기 어렵고 피부에 옷이 달라붙으면 물에 빠질 수도 있거든."

"그래서 수영복을 입어야 하는 거네요."

"그렇지."

혹시 나, 설득당한 거야?

스스로 디자인했다고는 하지만 수영복은 창피하다. 이것도 집에 은둔하며 바다도 수영장도 간 적 없는 게 원인이다. 나에게 있어서 해수욕은 미지의 영역이다.

나는 조금이라도 수영복을 가리려고 커다란 타월을 어깨에 걸쳤다. 이것으로 조금은 진정했다. 피나와 슈리도 내 지시에 따라 타월을 들고 있다.

그리고 준비를 다 하자 피나와 슈리가 서두르듯 내 손을 잡아당겨서 방 밖으로 끌려 나갔다. 그 뒤를 꼬맹이 곰돌이와 곰순이가 말없이 따라왔다.

곰돌이와 곰순이는 만약을 위한 보험이다. 크라켄이 나타날 거라고는 생각하지 않지만 여기는 이세계다. 조심해서 나쁠 건 없다. 심지어 나는 이런 복장이니까.

"유나 언니, 얼른, 얼른."

당장에라도 달려가려는 슈리. 그걸 즐겁게 바라보는 피나. 두 사람을 피곤한 표정으로 보는 나의 구도가 만들어진다.

모래사장에 다다르자 슈리와 피나는 바다를 향해 달리기 시작했다.

"준비운동은 확실하게 해야 해~."

이쪽 세계에 준비운동이란 개념이 있는지 모르겠지만 그렇게 말해버렸다.

모래사장을 보니 크리모니아에서 온 우리 정도밖에 없었다. 사유 해변이라고 해도 과언이 아닐 정도다. 이 장소도 마을의 일부로 되어있지만 중심부에서는 조금 떨어져 있다. 그래서 이곳까지 오는 사람이 적은 모양이다.

나는 어떻게 할지 생각하며 주위를 봤다. 물가에서 노는 아이들의 모습이 보였다. 모두가 학교 수영복으로 여자아이들은 가슴 쪽에 이름이 적혀 있었다.

그리고 그중에는 곰 옷차림을 한 아이들이 있었다. 슈리와 똑같은 곰 수영모를 머리에 쓰고 있다. 뒷모습을 보니 동그란 꼬리로 보이는 것도 보인다. 정말로 곰 꼬리를 만들었네. 과반수까지는

아니지만 곰 수영복을 입은 아이가 여러 명 있었다.

아이들이 바다에서 노는 가운데, 그 모습을 바라보는 피나가 보였다.

"피나는 안 놀아?"

"그게, 유나 언니는 수영할 수 있어요?"

피나가 머뭇거리며 물어온다.

"나? 잘 모르겠네. 어릴 적엔 할 수 있었는데, 요 몇 년 동안은 수영을 하지 않았거든."

아무래도 수영을 했던 건 초등학생 시절이 마지막이다. 자전거는 한 번 탈 수 있게 되면 오랫동안 타지 않아도 탈 수 있다고 하던데. 수영은 어떠려나?

"그, 저는 헤엄을 못 치거든요. 가르쳐 주실래요?"

"유나 언니, 나도 알려줘."

역시 피나와 슈리는 헤엄을 못 치는구나. 크리모니아 근처에 작은 강이 있다고 해도 병을 앓는 엄마가 있어서 놀러 가지 못했을 거다.

"그래도 수영이라면 루리나 씨에게 배우는 편이……."

나는 루리나 씨를 봤지만 이미 몇 명의 아이들이 루리나 씨가 있는 곳으로 모여들어 수영을 배우고 있었다. 리즈 씨도 여유가 없다.

참고로 남자아이들은 길이 있는 곳에 모여 있었다.

이건 내가 가르쳐 줄 수밖에 없나?

"가르쳐 주는 건 괜찮지만, 내가 헤엄을 칠 수 있으면 할게."

우선은 스스로가 헤엄을 칠 수 있는지를 확인해야 했다. 수영을 할 수 없다면 본보기를 보여줄 수도 없다.

내 조건에 피나는 기뻐하며 「네」라고 대답했다.

정말로 이해한 건가? 알려주는 건 수영을 할 수 있는 경우만이다.

어깨에 걸치고 있던 타월을 걷자 내 부드러운 살갗이 천천히 타들어 가는 감각이 덮쳐왔다.

덥다.

하지만 헤엄을 칠 수 있는지 확인하기 위해서는 손과 발에 끼고 있는 곰 장비도 벗어야 했다.

내가 곰 신발과 곰 인형 장갑을 벗자 발 부근의 모래에서 열기가 전해졌다.

수영복 차림인데 곰 인형 옷을 입은 것보다도 덥다니, 어떻게 된 거야. 더위 같은 건 느끼지 않는 곰 인형 옷이 사랑스러워진다.

나는 바다에 들어가기 위해 곰 신발과 곰 인형 장갑을 곰돌이와 곰순이에게 맡겼다. 곰 장비는 양도 불가라서 모래사장에 방치해도 도둑을 맞을 일은 없다. 들고 가는 게 불가능하다. 단지, 곰돌이와 곰순이는 내 소환수라서 그런지 양도 불가인 곰 장비를 들고 돌아다닐 수 있다. 그래서 무슨 일이 생겼을 때 곰돌이와 곰순이가 곰 장비를 들고 와주면 도움이 된다.

정말로 곰돌이와 곰순이는 우수한 소환수다. 만약 원래 세계로 돌아가게 되더라도 곰돌이와 곰순이랑 함께 돌아가고 싶다.

곰돌이와 곰순이에게 곰 장비를 건넨 나는 맨발로 모래사장을 걸었다. 발바닥이 타들어 가듯 뜨겁다. 아이들을 보면 아무렇지 않아 보이는데 단련법이 다른 건가?

은둔형 외톨이인 나와 매일 움직이며 돌아다니는 아이들과는 많은 차이가 있겠지.

나는 바다에 들어가기 전에 가볍게 준비운동을 했다. 준비운동을 하지 않고 바다에 들어가면 다리에 쥐가 날 가능성이 높다. 곰 장비가 없으면 나의 신체 능력은 일반인보다 못하다.

확실하게 준비운동을 마친 나는 바다에 발을 집어넣었다.

약간의 물살이 내 다리를 적셨고 천천히 바다 안으로 들어갔다.

"앗, 차가워."

"유나 언니, 괜찮나요!"

생각보다 해수면이 차가웠을 뿐이다.

"괜찮아."

그렇게 대답한 뒤 배 정도 깊이인 곳까지 왔다.

뭐, 시험 삼아 헤엄치는 것뿐이다. 이 정도면 충분하다.

나는 몸을 옆으로 하고 개구리헤엄을 쳐봤다.

오오, 할 수 있네. 초등학교 시절 이래로 처음인데 몸은 기억하고 있었다.

그런 뒤 자유형과 배영도 할 수 있었다.

접영은 못 하지. 해본 적이 없으니까.

"유나 언니, 대단해."

슈리가 칭찬했지만 쑥스럽다. 아주 조금 헤엄칠 수 있는 정도다. 먼 거리 수영은 체력적으로 절대 무리다. 짧은 거리를 수영하는 것만 가능하다.

일단 헤엄 칠 수 있다는 건 확인해서 피나와 슈리를 가르쳐 주기로 했다.

나는 곰돌이와 곰순이가 있는 곳으로 이동한 뒤 곰 인형 장갑을 끼고 곰 박스에서 비트판을 꺼냈다. 비트판이라고는 해도 나무로 된 판이다. 아무래도 원래 세계와 같은 물건은 없어서 그 대신이 될 물건이다.

하지만 이 판은 다른 나무판과 달리 부력이 강하다.

며칠 전 티루미나 씨에게 상담했더니 이 목재를 알려줬다. 그것으로 만든 비트판을 아이들에게 건네주고 사용법을 알려줬다.

기본인 물장구다.

피나와 슈리는 비트판을 사용해서 수영 연습을 시작했다.

……그런 느낌으로 내 수영 수업이 시작됐지만 곧바로 종료하게 되었다. 내 체력에 한계가 와버렸다. 수영은 기억하고 있었는데 체력이 없었다.

"유나 언니, 괜찮아요?"

곰돌이 등에 쓰러져 있는 나에게 걱정스럽게 피나가 말을 걸어 준다.

"괜찮아."

하지만 이렇게 체력이 없을 줄은 몰랐다.

"응, 조금 쉬면 괜찮아. 그러니까 피나도 놀고 와."

피나는 익히는 것도 빨라 금방 헤엄칠 수 있게 되어서 놀러 갔다.

376 곰 씨, 울타리를 만들다 (2일차)

피나와 슈리에게 수영을 가르치고 지친 나는 쉴 곳을 찾았지만 전부 햇빛이 강해 쉴 수 있는 곳이 없었다.

모래사장을 보니 원장 선생님도 더워하고 있다.

까맣게 잊고 있었다. 더위 대책으로 준비한 게 있었다.

나는 아무도 없는 모래사장 한구석에 해수욕장 방갈로(곰 하우스 버전)을 곰 박스에서 꺼내 설치했다. 말은 그럴싸하지만, TV에서 볼 법한 해수욕장 방갈로가 곰처럼 만들어져 있는 것뿐이다.

나는 모래사장에서 쉬고 있는 원장 선생님을 불러 곰 방갈로에서 쉬라고 전했다.

"원장 선생님, 여기서 쉬세요."

조금 더 빨리 떠올렸으면 좋았다.

원장 선생님은 고맙다는 말을 하며 방갈로로 들어가 쉬었다.

"혹시 아이들이 오면 이 냉장고에 음료도 있으니까 수분 보충도 시키면서 쉬게 해주세요."

커다란 냉장고도 있고 쉴 공간도 있다. 나는 원장 선생님과 내 몫의 음료를 꺼내 원장 선생님에게 건넸다.

"고마워요. 마실 걸 잊어서 조금 걱정하던 참이었거든요."

"많이 있으니까 걱정하지 마시고 드세요."

원장 선생님과 이야기를 나누고 있는데 방갈로(곰 하우스 버전)이 궁금해진 아이들이 하나둘 모여들었다. 그리고 나를 보더니 고개를 갸웃거린다. 「누구야?」, 「몰라」, 「유나 언니인가?」, 「그래?」, 「그러고 보니까 유나 언니인 것 같은데?」라는 말소리가 들렸다.

아무래도 나라고 확신을 가지지 못하는 모양이다.

나는 곰 인형 장갑을 아이들 앞에서 뻐끔거려 보였다.

“유나 언니?”

“진짜, 유나 언니였네.”

아이들이 미소를 짓고 내가 있는 곳으로 다가왔다.

역시 아이들은 나를 곰으로 인식하는 모양이다.

그런 우리의 행동이 이상했는지 원장 선생님이 웃었다.

“미안해요. 웃겨서, 나도 모르게 그만.”

화낼 생각도, 불만을 토로할 생각도 없지만 지금 웃음 포인트가 있었나?

그런 뒤 아이들은 원장 선생님에게 이것저것을 보여줬다.

“예쁜 조개를 주웠어요.”

“내 쪽이 예뻐.”

“둘 다 예쁘네.”

“원장 선생님 줄게요.”

“저도요.”

“후후, 고마워. 소중히 간직할게.”

그런 뒤에도 아이들은 원장 선생님에게 여러 가지를 보여줬다.

작은 게와 소라게, 불가사리까지 주워왔다. 불가사리를 주워왔을 때는 서둘러 버리게 했다.

기분 나쁜 건 들고 오지 않았으면 한다.

우선, 곰 방갈로에 찾아온 아이들에게는 수분 보충을 하라며 물을 줬다. 그때마다 매번 뒷모습을 보게 되어 곰의 꼬리가 달린 아이를 보니 한숨이 절로 나왔다.

어째서 이런 일이 되어버린 걸까.

한동안 안에 있는데 루리나 씨가 아이를 데리고 찾아왔다.

“유나, 여전히 놀랄 일을 하는구나. 여기도 곰 형태로 되어있고.”

곰 하우스는 잘 망가지지 않으니 만일을 위해서다. 아이들의 안전을 생각하면 나의 수치심은 나중 문제였다.

“뭐, 루리나 씨도 지치면 쉬어요.”

“유나는 이미 지쳐있네.”

체력과 정신, 양쪽으로 지쳐있다.

“그건 그렇고 유나는 머리가 그렇게 길었구나. 게다가 몸도 가늘고 말랐어.”

루리나 씨가 지긋이 나의 몸을 봐서 타월로 몸을 감췄다.

“아이들이 당황할 만하네. 나도 아이들이랑 있는 걸 보지 않았더라면 이 미소녀는 누구지, 라고 생각했을 거야.”

"루리나 씨도 미인이에요."

"후후, 고마워."

주물럭주물럭, 주물럭주물럭.

나는 루리나 씨의 입에 발린 소리는 흘려듣고 루리나 씨를 칭찬했다.

실제로 루리나 씨는 미인이다. 이런 미인이 데보라네와 잘도 같이 있었다고 생각했다.

주물럭주물럭, 주물럭주물럭.

게다가 나와 달리 수영복이 어울린다.

루리나 씨의 수영복도 비키니였다. 심플한 하얀 천 재질로 만들어져 있다. 하지만 그 비키니에는 예쁜 꽃문양의 자수가 놓여 있다. 과연, 무늬가 아니라 자수로 개성을 살린 건가.

셰리가 보면 곰의 자수 수영복을 만들지 않을까 걱정이 된다.

뭐, 수영복을 만들 기회는 더 이상 없을 테니 괜찮을 거다.

주물럭주물럭, 주물럭주물럭.

"그런데 귀여운 여자아이라고는 생각했는데, 그 곰의 내용물이 이렇게 팔과 다리가 가느다란 여자아이일 줄은 몰랐네."

주물럭주물럭, 주물럭주물럭.

루리나 씨는 조금 전부터 나의 팔뚝을 잡고 있었다.

"이렇게 부드러운 팔로 데보라네를 때려눕혔다니. 믿기지 않는단 말이야."

주물럭주물럭, 주물럭주물럭.

"저기, 주물럭거리는 거 그만하면 좋겠는데요."

"부드러워서, 기분이 좋은걸."

"본인 가슴이라도 만지는 건 어때요?"

틀림없이 나보다 크다.

"내 건 만져도 즐겁지 않잖아."

내가 루리나 씨의 손을 뿌리치자 루리나 씨의 가슴이 조금 흔들렸다.

내 가슴? 안 흔들려.

"그건 그렇고 파도가 잔잔하긴 하지만, 아이들이 떠내려가지 않을지 조금 걱정이네."

루리나 씨가 바다를 바라보며 그런 말을 꺼냈다.

여기 모래사장의 파도는 비교적 잔잔하다. 놀기엔 적합하다.

하지만 어린아이들은 조금만 한눈을 팔면 물에 빠지거나 파도에 휩쓸리는 일도 있다. 지금은 물가에서 놀거나 리즈 씨가 같이 손을 잡아주지만 모든 아이를 돌보고 있을 수는 없다.

게다가 헤엄을 치지 못하는 아이도 있어서 안전하게 놀 수 있는 장소를 만드는 편이 좋을지도 모른다.

나는 지쳐있는 몸을 일으켜 햇볕이 내려쬐는 태양 아래로 나갔다.

"유나, 어디 가는 거야?"

내가 방갈로를 나서자 루리나 씨가 묻는다.

"아이들이 안심하고 놀 수 있는 장소를 만들까 해서요."

내가 모래사장을 걷자 곰돌이와 곰순이가 따라왔다. 덧붙여 곰돌이와 곰순이 뒤를 아이들이 따라왔고 아이들의 뒤에는 웃고 있는 루리나 씨가 따라왔다. 이상한 행렬이 만들어진다.

나는 주위를 보고 수영장을 만들기에 적합한 장소를 모색했다. 어디든 그다지 차이는 없을 것 같다. 좌우로 모래사장이 펼쳐졌고 도중에 암초가 있는 정도이다. 나는 아이들이 없는 모래사장으로 이동했다.

이 부근이면 될까?

나는 물가에 다가가서 곰 인형 장갑을 앞으로 뻗었다. 나는 문득 떠올랐다는 듯 뒤에 있는 아이들을 향해 주의를 줬다.

"앞으로 나오면 안 된다."

나는 재차 곰 인형 장갑을 뻗어 마법을 사용했다. 그러자 해면에서부터 봉이 무수하게 솟아올랐다. 대충 폭 25미터 정도의 울타리가 만들어졌다.

이것으로 파도에 휩쓸려도 울타리가 있으니 이 너머로는 떠내려가지 않을 거다. 안심하고 아이들을 물가에서 놀게 할 수 있다.

"루리나 씨, 아이들에겐 이곳에서 놀게 하세요. 만약 좁은 것 같으면 넓힐 테니까요."

"여전히 뚝딱 마법을 쓰는구나. 알았어. 리즈랑 길을 불러서 이쪽에서 놀게 할게."

루리나 씨는 서 있던 곳에서 큰 목소리로 리즈 씨 쪽 사람들을 불렀다. 그런 루리나 씨의 목소리에 다른 곳에서 놀고 있던 아이들도 모여들었다. 피나와 슈리의 모습도 있다.

리즈 씨는 다가와서 울타리가 있는 것을 보고 처음에는 놀라워했지만 곧바로 나에게 고맙다는 말을 한 뒤 아이들과 놀기 시작했다.

길도 아이들을 등에 두 명 태운 채로 다가온다. 무표정으로 걷고 있는데 안 무겁나? 그건 그렇고, 여전한 근육질 몸매다.

내가 길을 보고 있는데 길과 나의 시선이 마주쳤다.

"……?"

그렇지만 길은 나를 무시하고 모래사장에 앉아 아이들을 감시하기 시작했다.

지금 건 뭐였지?

"유나를 몰라서 생각하는 걸 관둔 것뿐이야."

루리나 씨가 길의 행동에 관해 설명했다.

다들 곰이 아니면 나라는 걸 알아차리지 못하나?

나는 신경 쓰지 않고 놀 도구들을 꺼냈다. 커다란 판이다. 조금 전 피나와 슈리가 헤엄칠 연습으로 사용했던 판의 큰 버전이다. 둥실둥실 뜨는 나무로 만들어진 곰. 쟁탈전이 일어나지 않도록 3개 정도 꺼냈다. 곰 탈것을 꺼내자 아이들은 기뻐하며 탔다.

이것으로 내 역할은 끝났다. 이번에야말로 쉬기 위해 곰 방갈로로 돌아갔다.

"목말라."

"여기요, 유나 언니."

어느샌가 곰 방갈로에 있던 피나가 물을 건넸다.

"고마워."

차가운 물이 목을 넘어간다.

맛있다.

바다를 보니 슈리는 고아원 아이들과 놀고 있었다.

"피나, 즐거워?"

"네, 즐거워요. 이렇게 많은 사람과 노는 건 처음이거든요. 유나 언니를 만난 뒤로 즐거운 일이 많이 생기네요."

피나는 웃는 얼굴로 나를 바라봤다.

그런 순수한 눈으로 말해주니 창피하다. 나는 창피함을 숨기기 위해 화제를 바꿨다.

"그러고 보니, 노아랑 다른 애들이 없던데, 피나는 어디 있는지 알고 있니?"

모래사장에 온 뒤로 한 번도 보지 못했다.

"노아 님이요? 저희가 왔을 때 저쪽 바위산으로 가는 걸 봤어요."

피나는 조금 떨어진 위치에 있는 바위산을 가리켰다.

"마리나 일행도 같이 간 거지?"

"네, 함께였어요."

그렇다면 걱정하지 않아도 되나.

곰 방갈로에서 바다에서 노는 아이들을 바라봤다.

바다 안에서는 아이들과 루리나 씨, 리즈 씨가 즐겁게 놀고 있었다.

길은 남자아이들에게 둘러싸여 있다. 다가오는 남자아이를 낚아채서 던졌다.

남자아이들은 몇 번이나 던져졌지만 즐거워했다. 던지는 길 쪽도 힘들 것 같다.

쉬고 있던 피나도 슈리가 부르러 와서 끌려 나갔다.

다들 즐겁게 놀고 있다. 정말로 바다에 와서 다행이다.

느긋하게 그런 아이들의 노는 광경을 보고 있는데 소란스러워졌다.

"이게 뭔가요?!"

목소리로 봤을 때 노아인 것 같다. 아무래도 돌아온 모양이다. 노아와 시아가 곰 방갈로 안으로 들어왔다.

"저기, 유나 님?"

"유나 씨?"

곰돌이를 쿠션 대용으로 쓰고 있는 나에게 물음표 마크가 2개 날아들었다.

"맞네, 두 사람은 곰 옷차림 이외에도 본 적이 있으니까 아는구나?"

"예쁜 사람이 나타나서 순간적으로 몰랐어요."

"유나 씨, 교복도 어울렸지만, 그 수영복도 잘 어울리네요."

"두 사람 모두 고마워."

속는 느낌이 들지만 고맙단 말은 해둔다.

게다가 노아와 시아는 둘 다 귀여워서 그런 두 사람에게 들어도 미묘한 느낌이다.

참고로 노아의 수영복은 피나와 같은 프릴이 달린 수영복이었다. 피나의 흰색과 달리 노아는 청색이다. 시아도 귀여운 수영복을 입고 있다. 나보다 크다.

그런 시아가 내 몸을 봤다.

"그건 그렇고, 유나 씨는 몸이 슬림하네요. 이렇게 가느다란 몸으로 싸우고, 루툼 님을 이겼다니 믿기지 않아요."

조금 전, 루리나 씨에게 들었던 말과 같은 이야기를 들었다.

"학원에 다닌다면 분명 인기 많을걸요."

입에 발린 소리라는 건 알고 있다.

"학원에 다닐 생각은 없으니까 인기 없어."

"아쉽네요."

단련되지 않은 몸이 거론되는 건 싫어서 주제를 바꾸기로 했다.

"노아는 지금까지 어디에 있었어? 근처에는 없었던 것 같은데."

"네, 저기 바위산 쪽에서 낚시하는 사람이 있어서 그걸 보고 언니에게 수영도 배웠어요. 바위산 반대쪽에 있어서 이런 집이 있다는 건 알아차리지 못했네요."

피나가 말한 대로였군.

"그런데 이 곰 집은 유나 씨가 만든 거예요?"

"다들 쉬게 하려고."

시아의 물음에 답했다. 뭐, 주로 나와 원장 선생님만 사용하고 있지만 다들 조금 쉰 뒤 금방 놀러 가버린다. 체력이 많은 건지, 바다가 즐거운 건지 알 수 없지만 아마도 양쪽 모두겠지.

"노아 쪽도 지쳤으면 쉬어도 돼. 햇볕이 강한 곳에서 너무 노는 건 좋지 않으니까. 그리고 냉장고에 마실 게 들어있으니까 수분 보충은 확실하게 하고."

"네, 목이 말라서 집까지 돌아가야 하나 생각하던 참이라 잘됐네요."

노아와 시아는 냉장고에서 물을 꺼내서 맛있게 마셨다.

"차가워서 맛있네요."

노아와 시아는 내 곁에 앉아 곰돌이와 곰순이에게 안겨 쉬기 시작했다.

"그런데 미사가 안 보이네?"

같이 곰 빌딩에서 나간 것은 봤다. 하지만 돌아온 건 두 사람뿐이다.

"미사는 마리나와 수영 특훈 중이에요. 제가 헤엄을 칠 수 있게 돼서, 자기도 열심히 해서 헤엄치고 싶다고 하더라고요."

“학원에 가서도 배우긴 하지만, 입학 전에 헤엄을 배워두면 수업도 편해지니까 연습하는 건 좋은 거지.”

수영은 못하는 것보다는 할 수 있는 편이 좋다. 물난리에 휘말리거나, 호수에서 보트에 타고 있을 때 물에 빠진다거나, 강물에 휩쓸렸을 때 헤엄을 칠 수 있는 것과 없는 것에 따라 구조될 확률이 달라진다. 뭐든 다 그렇지만 할 수 없는 것보다는 할 수 있는 편이 좋다. 공부든, 스포츠든, 컴퓨터를 다루는 것이든, 자전거나 자동차 운전을 못 하는 것보다는 할 수 있는 편이 좋다.

나는 나이 때문에 자동차 면허가 없지만, 있다면 편리할 거다. 이쪽 세계에서는 곰돌이와 곰순이가 차 대용이긴 하지. 굳이 따지자면, 오토바이일까?

377 곰 씨, 아무도 알아보지 못하다 (2일차)

잠시 후, 미사가 다가와 방갈로(곰 하우스 버전)를 보고 놀란 뒤 내 수영복 차림을 칭찬해줬다.

노아와 똑같은 말을 주고받고 지쳤으면 쉬라고 했다.

"미사도 힘들면 물이라도 마시면서 쉬어."

수분 보충은 중요하다.

"네, 목이 말랐는데, 잘됐네요."

미사는 냉장고에서 물을 꺼내 들더니 맛있게 마셨다.

"이제 헤엄을 칠 수 있게 됐어?"

"네, 장거리는 무리지만 마리나와 엘 덕분에 조금은 헤엄 칠 수 있게 됐어요."

"학원에 들어간 후에 배워도 괜찮지 않아?"

"노아 언니가 헤엄칠 수 있게 됐는데 저만 못하는 건 분한걸요."

"내가 한 살 위잖아. 가능하면 미사는 내년에 헤엄칠 수 있게 되면 좋겠는데."

노아는 노아대로 언니 행세를 하고 싶은 모양이다.

그리고 휴식을 취한 뒤 노아와 미사는 아이들이 가지고 노는 도구를 발견하고 놀러 갔다.

그것을 시아와 마리나와 엘이 따라갔다.

엘과 마리나 덕분에 노아 쪽을 돌보지 않아도 돼서 도움이 된다.

일단은 귀족의 딸이다. 다른 아이들과 차별을 할 생각은 없지만 클리프와 그란 할아버지에게서 맡은 거라 사고가 나는 것은 조심해야 했다.

한동안 아이들이 노는 모습을 원장 선생님과 보고 있는데 피나가 돌아왔다.

"유나 언니, 슈리랑 아이들이 배가 고프다고 하는데, 점심은 어떻게 할 거예요? 모린 씨랑 안즈 씨는 안 계시죠?"

벌써 그런 시간인가.

피나가 말한 대로 모린 씨와 안즈 일행, 요리하는 그룹이 없다.

모린 씨에게는 점심 식사는 신경 쓰지 말고 마을을 돌아봐도 된다고 말했고, 안즈 일행에게는 오랜만에 만난 사람들과 천천히 시간을 보내라고 했다.

그래서 점심 식사 준비는 내가 해야 한다.

"그렇네, 슬슬 점심 준비를 할까."

그렇게 말해봤자 곰 박스에서 꺼내기만 할 뿐이지만…….

내가 곰 박스에서 빵을 꺼내려고 하는데 모래사장이 소란스러워졌다.

"뭐지?"

"뭐죠?"

원장 선생님은 조금 불안해진 것 같았다.

"잠깐 보고 올게요."

위험할지도 모르니 나는 곰 신발과 곰 인형 장갑을 장비한 뒤 곰 방갈로를 나섰다.

그런 나의 뒤를 피나와 곰돌이와 곰순이가 따라온다.

곰 방갈로를 나오니 손에 짐을 든 남자와 여자 한 무리가 이쪽으로 다가왔다.

뭐지?

복장으로 봤을 때 어부인가? 항구에서 본 적이 있다.

"이봐~ 꼬맹이들, 지금부터 맛있는 음식을 만들어 줄 테니까 기대하라고~."

남자 중 한 명이 해변에 있는 아이들을 향해 소리쳤다. 놀고 있던 아이들은 소란을 눈치채고 모여들었다.

아아, 모르는 사람한테 가면 안 돼. 그렇지만 길과 루리나 씨도 같이 있으니 괜찮겠지. 가끔 천진한 어린아이의 행동을 보면 불안해진다. 그렇다고 해서 모든 사람을 믿지 못하게 되는 건 싫다. 친절한 사람도 많으니까 강하게 말할 수가 없다.

"뭐야, 밥이야?"

"생선이 가득하네~."

"그래, 지금부터 맛있는 걸 만들어 줄게."

남자는 아이들의 머리를 가볍게 쓰다듬더니 조리 준비를 시작했다.

그 모습을 아이들이 즐겁게 바라봤다.

도대체 이건 무슨 상황이지?

상황을 확인하기 위해 나는 근처에 있는 남자에게 묻기로 했다.

"저기, 이건 뭐죠?"

"아가씨 일행이 곰 복장을 한 아가씨의 지인이라며."

곰 아가씨라는 건 나를 말하는 거잖아. 본인이 눈앞에 있는데요. 그렇지만 하나하나 이름을 말하는 건 귀찮으니 고개를 끄덕여둔다.

"곰 아가씨가 많은 아이들과 바다에 왔다는 걸 들어서 요리를 대접하러 온 거야."

"누구에게 들었는데요?"

"안즈."

아무래도 정보를 유출한 건 안즈였던 모양이다.

"그런데 곰 아가씨는 없나? 일단은 허락을 받고 싶은데."

눈앞에 있는데요. 하지만 이름을 말하면 소란스러워질 거고 믿어주지 않았을 때의 데미지가 심할 것 같으니 입을 다물었다. 옆에서는 피나가 평소답지 않게 웃음을 참고 있었다.

"그런 거라면 제가 전달할게요."

"그러니? 그럼 부탁하마. 그래도 일단은 곰 아가씨에게 인사를 하고 싶다고 말해주겠니."

나는 남자에게 부탁을 받았다.

그리고 상황을 파악하기 위해 주위를 둘러보는데 이번 소란의 범인인 안즈와 세노 씨 일행이 다가오고 있었다. 안즈는 이리저리 주위를 둘러보면서 내 쪽으로 다가왔다.

나는 안즈에게 말을 걸려고 했지만 안즈는 나를 무시하고 옆에 있는 피나에게 말을 걸었다.

"피나, 유나 씨가 어디 있는지 알고 있니?"

"유나 언니요?"

그러니까 나는 피나 옆에 있잖아. 조금 전의 남자랑 똑같은 상황이다. 질문을 받은 피나는 곤란한 눈으로 흘깃 내 쪽을 봤다.

"어부들이 점심을 만들어 주겠다고 해서 그걸 유나 씨에게 말하려고 했는데……."

역시 어부들이었던 건가. 그렇지만 상황은 방금 들어서 파악했다.

"그게, 유나 씨는 눈에 띄는 복장을 입으면서 주목 받는 건 싫어하잖아. 어부 사람들도 유나 씨를 만나고 싶다고 하니까 어쩌면 좋을지 몰라서."

어쩌면 좋을지 모른다니……. 이미 거절할 수 없고 어부 사람들은 요리를 준비에 들어갔는데요.

"그래서 유나 씨에게 상담해볼까 했는데, 유나 씨는 어디에 있어?"

안즈는 재차 피나에게 물었다. 조금 전부터 내 쪽을 보고 있지만 알아차리지 못한 모양이다.

피나가 곤란한 듯 계속 나를 쳐다봐서 내가 직접 안즈에게 말을 걸기로 했다.

"안즈."

"……저기, 누구지?"

안즈는 고개를 갸웃거렸다. 역시 나라는 걸 모르는 것 같다. 나는 곰 인형 장갑을 보이고 아래에 있는 곰순이를 안아 들었다.

"설마, 유나 씨예요?"

드디어 안즈도 나라는 걸 알아차린 것 같다.

"곰 옷차림을 하지 않아서 순간 누군지 몰랐어요."

아뇨, 순간이 아니라 곰 인형 장갑과 곰순이를 보여주지 않았다면 알아차리지 못했잖아.

그런 변명은 나에게 통하지 않습니다.

"우선 상황은 알고 있지만, 들어봐도 돼?"

"그게, 집에 인사하고 시장에 식자재를 사러 갔어요. 그래서 유나 씨가 왔다는 걸 이야기했더니 돈은 필요 없다고 말을 해서, 그러면 죄송하니까 거절했거든요."

응, 그건 안즈의 반응이 옳다.

"그럼, 어째서 이런 상황이?"

"그러면 음식을 직접 대접하면 되지 않냐고 하셔서. 그래도 아이들도 많이 있으니까 거절하려고 했는데 다른 어부들도 거들겠다고 하고…… 이런 상황이 되어버렸어요."

안즈는 요리 준비를 하는 어부들을 봤다.

해변에는 10명 이상의 어부가 있다.

"그게, 미안해요."

기운이 없는 안즈.

어째서 이런 상황이 된 건지는 알았다. 안즈가 잘못한 것도 아니다. 그러니 안즈를 혼낼 생각은 없다.

게다가 내가 미릴러에 오면 언제든 같은 상황이 일어날 가능성이 있었다. 오늘은 바다에 오지 말고, 길드에 얼굴을 내비쳐 소란이 일어나지 않도록 부탁하는 게 나았을지도 모른다.

이미 어부들이 음식을 만들기 시작했고 아이들도 기뻐하고 있으니까 오늘은 호의를 받아들이기로 했다. 그렇지만 내가 올 적마다 소란이 일어나면 곤란하니 나중에 이런 일이 일어나지 않도록 부탁해야지.

준비 상황을 보고 있는데 새롭게 다른 사람이 짐을 들고 찾아왔다. 그중에 본 적 있는 인물이 있었다. 설산에서 구해줬던 다몬 씨다.

다몬 씨가 나를 알아차리고 이쪽으로 다가왔다.

"안즈, 곰 아가씨는 없나? 오랜만에 만나는 거라 인사를 하고 싶은데."

그러니까 눈앞에 있다고요.

아무래도 내가 아닌 안즈를 발견해서 이쪽으로 온 모양이다.

이 이야기를 오늘 몇 번째 주고받는 건지 모르겠다. 아무도 나라는 걸 알아차리지 못했다. 조금, 쓸쓸해지네.

평소엔 주목받는 게 싫다고 생각했는데, 알아차리지 못하니 쓸쓸하다고 생각하는 내가 있다. 나지만 제멋대로다.

이번엔 안즈가 조금 전의 피나와 같이 곤란한 표정을 짓고 나에게로 시선을 보냈다.

"저기, 눈앞에 있는 게 유나 씨예요."

안즈는 다몬 씨에게 나의 정체를 밝혔다.

"……곰 아가씨라고?"

다몬 씨는 놀란 표정으로 나를 바라봤다.

마치 믿기지 않는 것을 보는 것처럼…….

그렇게 수영복 차림이 어울리지 않나요?

"곰 옷차림을 하지 않아서 몰랐네. 그래도 그 곰 안에 이렇게 귀여운 아가씨가 들어 있었을 줄이야."

새삼 빤히 수영복 차림을 쳐다보니 창피하다. 나는 한발 물러섰다.

"그건 그렇고, 오랜만이네. 집을 만들었으니 이 마을에 조금 더 자주 와도 되지 않나? 유우라도 보고 싶어 했다고."

"뭐, 여러 가지로 바빠서요."

크라켄을 토벌한 뒤로 많은 일이 있었다. 시아의 학원에서 학생 호위 임무를 맡거나 안즈의 가게를 만들고, 골렘 토벌, 인형을 만들어 왕도에 가기도 했고, 케이크를 만들고, 미사의 생일 파티에 가기도 하고, 엘프 마을에 갔고, 학원 축제에 갔으며, 사막에 가는 등 정말로 짧은 시간에 여러 일을 했다. 나, 너무 많이 일하는 거 아냐?

"나중에 유우라도 올 거니까 만나줘."

"네, 저도 보고 싶네요."

"그럼, 점심을 준비할 테니까 많이 먹어."

다몬 씨는 가버렸다.

그 후 점심을 만들러 와 준 사람들은 흘깃흘깃 무언가를 찾으면서 준비를 하는 모습이 있다. 틀림없이 나를 찾는 거겠지.

처음에 말을 걸었던 남자부터 안즈, 다몬 씨, 그 전에는 아이들과 길 등, 아무도 나라고 알아차리지 못했다.

왕도에서는 국왕도 교복 차림의 나를 알아차리지 못했으니, 아무래도 나는 곰 인형 옷을 입지 않으면 존재감이 없는 모양이다.

나는 말없이 곰 방갈로로 돌아와 탈의실 안으로 들어가서 곰 인형 옷을 꺼내 입었다.

그리고 곰 인형 옷을 입은 나는 방갈로를 나왔다. 그러자 모두의 시선이 나에게로 집중된다.

"곰 아가씨, 거기에 있었나."

"찾았잖아."

"여전히 그 복장이구나."

"어디에 있었던 거야."

"아아, 유나 언니."

"곰 님이다~."

어부와 아이들의 반응이 순식간에 바뀌었다.

방금 전까지 눈앞에 있었고, 여전히 그 복장이라니, 조금 전까지 수영복이었다. 아무도 알아차리지 못해서 곰 인형 옷을 다시 입고 온 것이다.

게다가 아이들이 기뻐하는 건 기분 탓인가. 분명, 기분 탓일 거다.

"안즈에게 이야기는 들었어요. 고마워요."

"신경 쓰지 마. 맛있는 요리를 만들어 줄 테니까 먹어줘야 해."

남자의 말에 모두가 고개를 끄덕인다.

에워싸서 크라켄의 일에 대해 감사할 줄 알았는데 그런 일은 없었다. 멀리서 말을 건네는 정도로 다가오거나 하지는 않는다.

"아마 쿠로 할아버지가 유나 씨에게 폐를 끼치지 말라고 했을 거예요."

안즈가 애매하게 웃으며 알려줬다. 그 할아버지, 영향력이 클 거라고 생각했지만 정말로 크구나.

마을의 유력자 중 한 명이라고 했던가. 나중에 고맙다는 말을 해야 하나?

"유나 씨, 인기가 많으시네요. 이 마을에서 뭘 하신 거예요?"

시아가 노아를 데리고 다가왔다.

"크리모니아로 이어지는 터널을 발견하기만 했는데?"

시아와 노아가 클리프와 엘레로라 씨에게 어디까지 들었는지 알 수 없지만 그렇게 대답했다. 미사와 마리나 일행도 옆에 있으니 괜한 말은 할 수 없다.

"그래서 터널 앞에 곰이 있었군요."

시아는 뭔가를 안다는 듯한 얼굴을 했다. 설마 이미 들었나?

그렇지만 이렇게 많은 사람이 있는 곳에서 물을 수는 없다. 시아도 물어오지 않으니 나도 대답할 생각은 없다.

"그런데 유나 님, 평소의 곰 옷차림으로 돌아가셨네요. 수영복도 좋았지만, 역시 곰 옷차림이 유나 님 다워서 좋아요."

"저도 그렇게 생각해요."

노아에 이어서 미사까지 그런 말을 했다.

다들 머릿속에는 곰 = 나, 라는 공식이 세워져 있는 모양이다.

그런 말을 계속하면 이제 곰 옷을 안 벗을 거야.

378 곰 씨, 살이 타는 걸 피하다

우리는 점심 식사로 어부들이 만든 요리를 대접받았다. 철판과 석쇠 위에서 생선과 조개 등이 구워졌다. 엄청나게 좋은 냄새가 풍겼고 아이들은 이제나저제나 하며 기다렸다. 그리고 다 구워진 해산물이 아이들에게 전해졌다.

"뜨거우니까 데지 않게 조심해야 한다."

아저씨는 주의를 시키며 건네줬다.

"맛있겠네요."

"피나도 받으러 갈래? 슈리는 먹고 있네."

슈리는 이미 고아원 아이들과 함께 줄을 서서 음식을 받았다. 그 근처에는 노아 일행의 모습도 있었다.

"저는 마지막이어도……."

"그렇게 양보하다간 재료가 떨어질거야."

"괜찮아, 다 못 먹을 정도의 재료를 가져왔으니까."

유우라 씨가 다가왔다. 그 손에는 음식이 담긴 접시가 있었다.

"자, 유나랑 피나의 몫이야."

유우라 씨가 요리가 담긴 접시를 건네줬다. 아무래도 우리의 몫을 가지고 와준 모양이다. 나와 피나는 감사 인사를 하고 받았다.

받자마자 막 구운 생선을 입에 넣었다.

"맛은 어때?"

"맛있어요."

내 말을 들은 유우라 씨는 기뻐했다.

그런 뒤 조개와 문어, 오징어 등의 요리도 받았는데 전부 맛있었다.

그건 나만이 아니라 옆에 있던 피나와 주위에 있는 아이들, 그리고 노아 일행, 루리나 씨 일행도 마찬가지였다. 요리를 만들어 준 어부들에게 감사 인사를 해야 하는데 내일도 어부들에게 신세를 지게 되었다.

"유우라 씨, 내일, 정말로 괜찮겠어요?"

나는 새로운 요리를 들고 온 유우라 씨에게 물었다.

"배를 말하는 거니?"

내일 어부들의 배에 아이들을 태워주기로 했다.

어부 중 한 명이 옆에 있던 아이에게 「배에 타보고 싶니?」라고 물었던 게 발단이었다. 질문을 받은 아이는 조심스럽게 「타보고 싶어요」라고 대답했다. 그러자 어부가 「태워주마」라고 말해버렸다. 그러자 주위에 있던 아이들은 차례차례로 손을 들며 「저도요」, 「저도」, 「나도」라며 점점 늘어갔다. 그런 상황에 다른 어부도 대화에 끼기 시작하더니 일이 커졌다.

나는 폐를 끼치게 될 거라고 생각해서 말리려고 했지만 아이들이 슬픈 얼굴을 하자 어부들이 아이들 편을 들었고, 나아가 리즈 씨와 루리나 씨까지 타고 싶다고 말해서 나만 나쁜 사람이 될 뻔했다.

결국 거절하지 못하고 어부들의 말에 따라 배에 태워달라고 부탁하게 되었다.

하지만 부탁하면 뭐든 들어줄 거라고 생각하는 건 좋지 않다.

이번 일을 곰 빌딩에 돌아간 뒤에 원장 선생님과 티루미나 씨에게 이야기했더니 「유나 씨가 그런 말을 하셔도……」, 「유나, 자신이 했던 행동을 떠올려봐」라는 말을 들어버렸다.

나는 무르지 않은데. 어디까지나 기브 앤 테이크인걸. 아이들이 열심히 하니까 나도 도와주는 것뿐이다. 그렇지만 티루미나 씨와 원장 선생님의 눈에는 그렇게는 비치지 않는 모양이다.

이상하네.

그 증거로 나는 마음을 독하게 먹고 어른들의 말을 듣지 않으면 배를 타는 건 중지할 거라고 전했다.

아이들은 바다가 처음이라 배를 타는 것도 첫 경험이다. 어떤 행동을 하면 위험한지 잘 모른다. 사소한 행동 때문에 바다에 빠질 수도 있다. 그러니까 어른들이 하는 말을 반드시 들어라고 했다.

일단 길과 루리나 씨, 안즈 일행도 따라온다고 했지만 바다에서는 무슨 일이 일어날지 모른다.

바다에 빠졌을 때를 미리 대비하는 게 좋을지도 모른다.

구명조끼 대신 비트판이라도 몸에 휘감아 두는 편이 좋을까?

뭐, 그런 흐름으로 배에 타게 되었다.

"그렇게 신경 쓰지 않아도 돼. 다들 유나를 위해 뭔가를 하고 싶은 거야. 하지만 유나한테 접근해서 귀찮게 하면 쿠로 할아버지한테 혼나니까, 유나를 대신해서 아이들에게 뭔가를 해주려 한 거거든. 게다가 유나는 아이들을 즐겁게 바라보고 있잖니. 그러니까 다들 아이들을 기쁘게 하면 유나가 기뻐할 거라고 생각하고 있어."

남자들은 단순하잖아, 라며 유우라 씨는 작은 목소리로 말한 뒤 웃었다.

즉, 아이들은 내 대신이라는 모양이다. 하지만 나에게 접근하지 않는다는 건 얼마나 쿠로 할아버지를 무서워한다는 거지. 쿠로 할아버지에게는 정말 감사드려야겠다.

"그런데 유우라 씨는 저한테 다가와도 되는 거예요? 다른 사람한테 한소리 듣는 거 아닌가요?"

"그건 걱정하지 마. 어쨌든 유나를 데리고 온 건 우리니까. 특별한 거지."

설마, 유우라 씨와 다몬 씨는 나를 데리고 왔다는 이유로 감사를 받고 있는 건가?

"감사 같은 건 받지 않아. 유나와 만난 건 우연이잖아. 그렇지만 유나랑 친하게 지내도 불만을 듣지는 않아. 하지만 그것도 정도가 지나치면 한소리 듣겠지."

유우라 씨는 웃으면서 말했다.

"배에 태워주시면, 생선은 괜찮은 거예요?"

"아침에는 바쁘지만 고기를 잡고 돌아오면 나머진 생선을 팔기만 할 뿐이라 괜찮아. 너무 신경 쓰지 않아도 돼."

그렇다면 다행이지만…….

배에 타는 것도 귀중한 경험이다. 어쩌면 아이들 중에 어부가 되고 싶은 아이가 있을지도 모른다. 그런 아이가 있다면 일하는 모습을 보는 것도 좋겠지. 어부의 일은 힘들다고 하니까.

점심 식사를 마치고 어부들은 정리를 한 뒤에 돌아갔다.

어부들의 갑작스러운 등장에는 놀랐지만 아이들에게는 깜짝 이벤트가 된 것 같아서 다행이다.

오후에도 배가 빵빵한 아이들은 바다에서 헤엄치고, 모래사장에서 놀고, 곰돌이와 곰순이를 타며 놀았다. 곰돌이와 곰순이가 포함된 건 노아가 참지 못하고 놀고 싶다며 부탁을 했기 때문이다. 나는 고아원 아이들과 같이 놀면 괜찮다고 말한 뒤 곰돌이와 곰순이를 빌려줬다.

나는 한 번 더 헤엄치기 위해 수영복 차림이 되어 피나와 슈리와 수영했지만, 곧바로 체력의 한계가 와서 방갈로로 돌아가게 되었다. 정말로 곰 장비가 없으면 어린애 이하의 체력이다.

조금은 단련해야 하나?

그렇지만 단련한다고 해봤자 작심삼일로 끝날 게 뻔하다.

그 후에도 여러 일이 있었지만 아무도 다치지 않고 날이 저물었다. 해가 저물어 가는 광경은 아이들 눈에도 예쁘게 보이는 모양이다. 하염없이 노을을 바라보고 있었다.

그리고 우리는 곰 빌딩으로 돌아갔다.

내 체력은 한계에 다다랐고 먼저 목욕을 하기로 했다.

지금은 곰 신발을 신고 있어서 괜찮지만 곰 신발이 없으면 한 발자국도 내딛지 못할 정도로 지쳐있다. 내일은 근육통이 생길지도 모른다. 근육통을 마법으로 치료하는 건 가능할까?

마법으로 근육통을 낫게 한다. 그런 생각을 하는 이세계 전이자는 나밖에 없으리라.

우선 지금은 목욕으로 몸을 풀기 위해 피나 일행을 데리고 욕실로 향했다.

"모두, 고마워."

목욕 준비를 해준 건 피나와 슈리, 그리고 어제의 약속을 지킨 노아 일행이다.

나도 도우려 했지만 모두에게 「방에서 쉬고 계세요」라며 친절한 말을 들어 휴식을 취했다. 그리고 목욕을 할 수 있게 되어서 4층

탈의실로 갔다.

내가 천천히 곰 인형 옷을 벗는데 노아와 다른 아이들은 순식간에 옷을 벗더니 목욕탕으로 들어갔다.

내가 곰 인형 옷을 다 벗고 목욕탕으로 들어섰을 때 욕실 전체에 비명이 울려 퍼졌다.

"왜 그래?! 무슨 일이야?"

"아파요. 아파요. 몸이 따끔따끔 아파요."

"으으, 몸이 아파요."

목소리의 주인은 노아와 미사였다. 두 사람은 몸을 아파하며 비비고 있었다.

"유나 언니, 몸이 따가워."

"몸이 아파요."

슈리도 피나도 아픈 듯 몸을 문질렀다. 아무래도 햇볕에 피부가 타서 때문에 몸이 아픈 모양이다.

바다에 있을 때는 알아차리지 못했는데 노아와 아이들의 모습을 보니 살갗이 타서 수영복 자국이 남아 있었다. 검은 피부와 하얀 피부가 보기 좋게 나뉘어 있다. 온종일 햇볕 아래에서 놀면 피부가 타는 건 당연하다.

나는 자신의 가슴과 몸을 봤지만 훌륭하게 하얗다. 뭐, 방갈로에서 쓰러져 있었으니 타지 않겠지. 점심 식사 하는 동안에는 곰 인형 옷차림이었기에 햇볕 아래에 긴 시간 있지 않았다. 그 덕분에 피부가 타지 않았다.

"다들 예쁘게 타서 그래. 아픈 건 어쩔 수 없지."

"이게 피부가 탔다는 거군요."

노아는 자신의 탄 몸을 봤다.

"설마, 노아는 피부가 탄 게 처음이니?"

"이렇게 탄 건 처음이에요. 라라가 항상 피부가 타지 않도록 피부를 내놓지 못 하게 하고 모자를 씌웠던 이유를 알겠네요."

라라 씨가 노아에게 주의를 시키는 모습이 눈에 선하다. 미사도 공감하는 듯 고개를 끄덕였다.

귀족 영애의 피부가 타는 일은 없을 테니 당연한가?

여름엔 양산을 가지고 돌아다닌다거나?

약간 유럽풍의 귀족 모습을 상상해봤지만 노아에게는 아직 어울리지 않네. 조금 더 어른이 되면 하얀 장갑을 낀 모습이 어울릴지도 모른다.

"유나 님, 뭔가 실례되는 생각을 하고 있지 않아요?"

의심하는 눈초리로 나를 봤다.

"아 닌 데."

나는 노아에게서 시선을 피하고 피나 쪽을 바라봤다.

"피나랑 슈리는 괜찮아?"

"조금, 아파요."

"아파."

뭐, 피나도 슈리도 보기 좋게 탔다. 아프지 않을 리가 없지.

네 사람이 아파하는 와중에 아무렇지 않게 몸을 물에 담그고 있는 시아의 모습이 보였다. 심지어 몸을 보니 타지 않았다. 분명 노아와 다른 아이들과 함께 있었잖아. 어째서?

"언니는 아프지 않아요?"

"나는 괜찮아. 왕도에서 산 약을 발랐거든."

"약이라니, 뭐예요?!"

노아가 놀란 듯 묻는다.

"햇볕을 쐬어도 아프지 않은 약이야. 몸에 발라두면 아프지 않아."

시아가 자랑하듯 대답했다.

즉, 선크림을 말하는 거야? 그런 게 있어?

"그런 게 있으면서 어째서 알려주지 않았던 거예요?!"

노아가 내가 생각하고 있는 걸 말했다.

"그거야, 스스로 경험하지 않으면 모르잖아. 노아도 미사도 피부가 타는 것을 한 번쯤은 경험해봐야지. 하지만 예쁜 여성을 목표로 하면 발라야 해."

시아는 자신의 하얀 가슴을 노아에게 보였다.

"언니, 짓궂으시네요."

노아는 뽀로통한 얼굴을 했다.

"어릴 적에 여러 경험을 하는 편이 좋으니까 알려주지 않았던 것뿐이야."

시아는 목욕물이 든 통을 노아와 미사에게 끼얹었다. 두 사람은 비명을 질렀다. 노아와 미사는 물을 끼얹은 시아에게 「그만둬요」라며 달려들었다.

피곤하니까 목욕 정도는 조용히 하자.

다른 아이들도 타서 시끄러울 테니까 오늘 목욕물은 미지근한 온도로 설정했다. 뜨거운 물보다는 나을 거다.

나는 미지근한 물에 느긋하게 몸을 담궜다.

"혹시 유나 씨도 약을 발라서 하얀 거예요?"

시아가 나의 타지 않은 몸을 보며 물었다.

나는 체력 부족으로 곰 방갈로에서 쓰러져 있었을 뿐이다.

이번에는 체력이 없었던 걸 감사해야 하나?

그런데 피부가 탄 건 치료 마법으로 고칠 수 있나?

분명히 피부가 탄다는 건 화상의 한 종류다. 그렇게 생각하면 고칠 수 있을지 모른다.

그리고 예상대로 우리 뒤에 들어온 아이들과 어른들이 욕조에 들어가자 목욕탕 전체에 비명이 울렸다. 목욕을 마친 아이들의 몸에 미릴러 쪽 사람들이 약을 발라주는 모습이 보였다. 아프지 않게 해준다고 했다.

"분명히 이렇게 될 줄 알았다니까."

"우리도 겪었던 거니까."

안즈와 세노 씨 일행이 웃으면서 아이들의 몸에 약을 발랐다.

뭐, 바다 마을에서 자라면 피부가 타는 것 정도는 몇 번이고 경험했겠지.

치유 마법?

시아의 말대로 피부가 타는 것도 경험이다. 며칠만 지나면 개의치 않아 할 거다.

게다가 이번에 피부가 탄 것도 내일 탈 배도 분명 미릴러 마을의 추억이 되겠지.

실제로 아이들은 서로의 탄 피부를 만지면서 즐거워했다.

나는 그런 아이들을 보며 오길 잘했다고 생각했다.

내일도 즐거운 하루가 되면 좋겠네.

곰곰곰 베어 14

번외편

수영복을 만들다 셰리 편

저는 유나 언니에게 바다에서 수영할 옷, 수영복을 만들어 달라는 부탁을 받았어요. 유나 언니는 무수한 옷이 그려진 종이를 보여줬습니다. 속옷에 가까워 보이는 옷이었어요. 이 차림으로 밖을 걷는 건 창피할 것 같아요. 그렇지만 어디까지나 물속에서 헤엄치기 위한 옷이라고 하네요.

유나 언니가 살던 곳에서는 모두 이런 옷을 입고 수영한다고 해요.

우선 저는 함께 있던 피나와 슈리, 그리고 느와르 님의 몸 치수를 재기로 했습니다. 너무 크거나 너무 작으면 벗겨져서 큰일이 날 거라고 하더라고요.

확실하게 재야겠어요. 느와르 님이 있는 건 놀라웠지만 느와르 님은 멋대로 행동하지 않고 몸 치수를 재게 해주셨답니다.

오히려 유나 언니가 몸 치수를 재길 거부했어요. 하지만 느와르 님 덕분에 어떻게든 잴 수 있었습니다.

그리고 모두가 고른 수영복을 만들게 되었어요.

저는 수영복이 그려진 종이를 들고 일단 가게로 돌아가 테모카 씨에게 상담했습니다.

"이게 수영복이로구나. 이야기는 들었지만, 귀엽네."

알고 보니 바다나 강이 있는 마을에서는 물속에서 헤엄칠 때 입는 옷이 있다고 하네요. 유나 언니가 했던 말이 사실이었어요.

"물장난 정도는 문제가 없지만, 물속을 헤엄칠 때는 움직이기 쉬운 옷을 입지 않으면 휩쓸려 가서 위험하단다."

물속에서 헤엄친다, 라니 상상도 할 수 없어요.

바다는 많은 물이 있다고 들었어요. 강보다 크고 크리모니아 마을보다 크고, 가장 큰 왕도보다 크다고 해요.

물이 그렇게 많으면 평생 물에 곤란할 일은 없겠네요. 그렇게 생각했지만 전부 소금물이라 마실 수 없다고 합니다. 강보다 넓고 물이 모두 소금물이라니 믿기지 않아요.

바다가 있으면 소금을 사지 않아도 될 수도 있겠네요. 부러워요.

어째서 바다가 소금물인지 원장 선생님과 테모카 씨에게 물었지만 모르시는 것 같아요. 정말로 신기하네요.

정리하면 바다는 강보다 크고, 물은 소금물이고, 헤엄치려면 수영복이 필요해서 그걸 제가 만든다는 이야기예요.

이해가 안 되는 건 신경 쓰지 않기로 해요.

그날 저녁, 고아원으로 돌아온 저는 모두가 모였을 때 수영복 이야기를 꺼냈어요. 그러자 모두 흥분하기 시작했습니다.

아무래도 자신의 옷을 만들어 주는 게 기쁜 모양이에요. 모두는 제가 테이블 위에 내놓은 수영복이 그려진 종이를 보려고 제

주위로 몰려들었어요.

그리고 종이를 낚아채려고 하네요.

"찢어지니까 억지로 가져가지 마."

유나 언니가 그려준 소중한 그림입니다. 찢어지기라도 한다면 큰일이에요.

제가 소리치려던 때 원장 선생님이 소리쳤어요.

"여러분, 의자에 앉으세요!"

좀처럼 화내지 않는 원장 선생님이 화를 내셔서 모두가 조용해졌고 의자에 앉았습니다.

"셰리가 곤란해 하잖니."

모두가 저를 바라봅니다.

그리고 원장 선생님은 제가 있는 곳으로 다가와 수영복 그림이 그려진 종이를 봤습니다.

"셰리, 네가 모두의 헤엄칠 때 입는 옷을 만드는 거니?"

"네, 유나 언니에게 부탁받았거든요."

힘들면 테모카 씨에게 도움을 요청하기로 되어있지만 가능하면 혼자서 해보고 싶어요.

원장 선생님은 모두를 바라봅니다.

"여러 옷을 만드는 건 힘들지 않겠니? 모두, 이것으로 하렴."

원장 선생님은 한 장의 종이를 들었습니다. 그건 단순한 구조로 되어 있고 나풀거리는 게 달려 있지 않아서 제작 난이도가 낮은 것이었습니다.

어쩌면 원장 선생님은 그것을 알고 골라주신 걸지도 모르겠네요.

하지만 많은 반대의 목소리가 나옵니다.

"색깔 정도는 바꿔도 되겠지. 그러면 옷감 정도만 바꾸면 될 거야."

그리고 의논한 결과 곰돌이 색과 곰순이 색, 두 가지 색의 옷감으로 만들기로 했습니다.

하지만 곰돌이와 곰순이 색으로 만들기로 정하니 다른 문제가 생겼어요.

한 여자아이가 다른 수영복이 그려진 종이를 보고「곰 님 꼬리랑 모자도 있으면 좋겠어」라고 말을 꺼냈어요.

여자아이가 들고 있는 종이를 확인하자 곰 님 꼬리와 모자가 그려져 있었어요.

그 일러스트는 유나 언니가 쓰레기통에 버린 뒤 슈리가 주워서 저한테 전달한 거예요.

그러자 다른 어린아이들도 그림을 보더니「곰 님이 좋아」라고 말했습니다.

원장 선생님은 곤란한 표정을 짓고 저에게 확인했어요.

"셰리, 그 정도는 괜찮을까?"

"동그란 꼬리랑 곰 님 모자를 만드는 것뿐이라면……."

내가 간단하다고 말하자 원장 선생님은 허락해줬습니다.

그리고 마지막으로 원장 선생님이 수영복 그림에 그려진 가슴

부분을 가리키며 말씀하셨어요.

"그리고 여기에 이름을 넣도록 하자. 그렇게 하면 누구의 옷인지 알 수 있겠지."

같은 옷이면 빨래를 한 후 어느 것이 누구의 것인지 알지 못하게 될 겁니다. 지금도 가끔 일어나는 일이죠.

모두들 자신의 것이라고 알 수 있도록 이름을 적는 것에는 반대하지 않았어요.

식사가 끝나고 저는 모두의 몸 치수를 재면서 수영복 색상과 꼬리의 유무를 물었습니다.

여자아이는 많이 갈렸지만 남자아이는 곰돌이 색으로 치우쳐져 있었어요. 남자아이는 검은색이 좋은 모양이에요.

꼬리를 달고 싶어 하는 건 어린 쪽이 많았어요.

우선, 무사히 수영복을 정할 수 있어서 다행입니다.

그리고 저는 다음 날부터 수영복 만들기에 돌입했어요.

비슷한 사이즈가 많아서 같은 형태부터 만들 수 있으니 비교적 수월했어요.

평소에는 모두의 수영복을 만들고『곰 님 쉼터』와『곰 님 식당』이 쉬는 날에는 가게에 찾아갔어요. 우선은『곰 님 쉼터』예요.

"셰리, 어서 오렴."

모린 씨가 맞아줍니다.

"카린 언니랑 네린 언니는 있나요?"

"물론이지."

카린 언니와 네린 언니를 보러 가게 2층으로 갔어요.

"셰리, 무슨 일이야?"

"두 분의 몸 치수를 재게 해주세요."

"앗, 어째서?"

두 사람은 놀란 표정을 짓습니다.

설명도 없이 말해서 이해가 되지 않았던 모양이에요.

"바다에서 헤엄칠 때 입을 옷인 수영복을 만들려면 필요하거든요."

저는 유나 언니에게 모두의 수영복을 만들어달라 부탁받은 사실을 이야기했어요.

"그래서 두 분의 몸 치수를 알고 싶어요."

"아아, 물속에서 헤엄칠 때 입는 옷 말이구나. 이야기는 들은 적이 있는데……. 왕도에서는 그다지 헤엄칠 기회가 없어서 입어 본 적이 없어."

"두 분은 알고 계세요?"

"뭐, 왕도는 뭐든 파니까. 무더운 계절이 되면 몇몇 가게에서 파는 걸 본 적이 있는데 나와는 상관없는 물건이라 신경 쓰지 않았지."

"우선 카린 언니랑 네린 언니, 이 중에서 수영복 형태를 골라주세요."

저는 유나 언니가 그려준 수영복 그림을 테이블 앞에 나열했어요.

"아, 비슷한 걸 본 거 같아."

"이거 정말로 우리가 입는 거야?"

"네, 유나 언니가 그랬어요."

"이러면 내 배가 훤히 보이겠는데."

네린 언니가 자신의 배를 문지릅니다.

"요새 조금 살찐 것 같단 말이지."

"나도."

카린 언니도 자신의 배를 문지릅니다.

옷 위로는 잘 모르겠지만 그렇게 살찐 것 같지 않아요. 그렇지만 카린 언니와 네린 언니는 신경이 쓰이는 모양이네요.

가게에 오는 손님 중에도 살쪘다는 걸 신경 쓰는 사람이 많아서 대응책은 생각해 뒀어요.

배가 신경 쓰인다면 그 부분이 숨겨지도록 하면 되는 겁니다.

"그럼, 이 수영복으로 하는 건 어때요?."

저는 두 사람이 신경 쓰는 배가 감춰질 수 있는 수영복을 가리켰습니다.

"배를 숨길 수 있는 수영복이라니, 천 한 장이잖아. 빵빵한 배는 숨기지 못할 거야."

실패였습니다.

분명히 펑퍼짐하고 커다란 옷이라면 배를 숨길 수 있지만 수영복은 피부에 밀착되기에 체형은 숨길 수 없습니다.

"저기, 정말로 입어야 하는 거야?"

네린 언니가 묻네요.

"유나 언니에게 모두의 수영복을 만들어달라고 들어서, 만들어야……."

이대로라면 유나 언니와의 약속을 지키지 못할 거예요.

"으아, 울지마."

"그럼, 어머니는?"

"나는 필요 없어."

이야기를 듣고 있던 모린 씨가 거부합니다.

"어머니만 치사해요. 셰리도, 어머니의 수영복을 만들지 않으면 유나에게 혼나지?"

"그게, 모린 아주머니랑 티루미나 아주머니는 자유라고 하셨어요. 그렇지만 카린 언니와 네린 언니는 절대로 만들라고 하셨어요."

"유나, 뭘 좀 아네."

모린 아주머니는 기뻐하고 있습니다.

"그러니까 카린 언니랑 네린 언니의 수영복을 만들지 않으면 유나 언니에게……."

유나 언니에게 부탁을 받았으니 무조건 지키고 싶어요.

"알았어. 그렇지만 당분간은 케이크 시식을 피해야겠네."

"이것도 네린이 나에게 여러 시식을 부탁해서……."

"카린 언니도 나한테 빵 시식을 시키잖아."

서로 자신의 배를 문질러 보입니다.

"바다에 가는 날짜를 더 빨리 알았더라면 좋았을 텐데."

"바다에 갈 때까지 조금이라도 몸에 붙은 살을 빼야겠어."

카린 언니와 네린 언니는 한숨을 내쉽니다.

두 사람은 살찌지 않았다고 생각하지만 어른은 신경이 쓰이는 모양이네요. 가게에 오는 손님들도 신경 쓰는 사람이 많거든요.

체중이 조금 늘기만 해도 큰 소동입니다.

저로서는 이해가 안 돼요. 맛있는 걸 많이 먹을 수 있다는 건 행복한 건데 말이에요.

그런 뒤, 두 사람에게 수영복을 골라 달라고 하고 무사히 치수를 잴 수 있었습니다.

여러 가지로 피곤했지만 다음은 『곰 님 식당』으로 가서 안즈 언니 쪽의 몸 치수를 재야 합니다.

다이어트를 하다 네린 편

나는 처음에는 왕도의 모린 고모가 있는 곳에서 빵 만들기를 배울 생각이었지만 지금은 크리모니아 마을에서 케이크를 만들고 있다.

유나에게 배운 딸기 쇼트케이크는 맛있어서 인기가 많다. 최근에는 계절 과일을 사용한 케이크를 시험 삼아 만들고 있다.

유나가 말하길, 딸기는 많이 가지고 있어서 언제든지 만들 수 있다고 말했는데 정말 그럴까?

"카린 언니, 이건 어때?"

나는 카린 언니에게 새롭게 만든 케이크의 시식을 부탁했다. 모린 고모에게도 부탁했지만 거절하셨다.

나이가 있는 사람은 자기 전에 먹는 건 금물이라고 한다.

모린 고모, 아직 젊은 것 같은데…….

그리고 가게에서 일하는 아이들에게 시식을 부탁하려고 했지만, 저녁 식사를 못 먹게 되니 너무 먹이지 말아 달라고 고아원 원장 선생님께서 말씀하셨다.

그렇다보니 주로 카린 언니에게 시식을 부탁하고 있다. 그리고 이 가게 말고 케이크를 파는 여관이 있어서 그곳의 딸인 엘레나 양에게 부탁하기도 했다.

"이번에도 맛있네."

카린 언니는 맛있게 먹어준다.

"다행이다."

"그런데 이건 잘 모르겠어."

유나가 말하길, 술이 들어간 어른용 케이크도 있다고 했다. 하지만 나는 술을 마신 적이 없다. 시험 삼아 한입 마셔봤지만 맛이 없었다.

어른은 술을 정말로 맛있어서 마시는지 의문이다.

그건 카린 언니도 동감인 듯해서 술이 들어간 케이크는 단념했다. 게다가 아이들이 일하니까 악영향을 끼친다면 곤란하다.

오늘도 하루의 일과를 마치고 정리를 하고 있는데 티루미나 씨가 가게로 찾아왔다. 그리고 미릴러 마을에 놀러 간다는 이야기를 들었다. 들어보니 유나의 즉흥적인 생각으로 정해졌다고 한다. 심지어 놀랍게도 고아원 아이들과 가게에서 일하는 우리도 다 같이 간다고……. 티루미나 씨가 말하기를 직원 여행이란다.

직원 여행이란 게 뭐지?

티루미나 씨도 자세한 건 알지 못하지만 유나가 말하길, 일하는 모두의 노고를 격려하기 위한 여행이라고 했다.

그래서 돈은 전부 유나가 내고, 미릴러 마을로 갈 마차 비용과 미릴러 마을에서 머물 숙박비도 필요 없어서 우리는 한 푼도 내지 않아도 된다고 했다.

티루미나 씨의 말로는 미릴러 마을에도 유나의 집이 있다고 하니 그곳에서 모두가 머문다고…….

모두라니 몇 명인지 알고 있는 건가?

더욱 놀라운 건 쉬는 기간도 포함해서 임금을 지불한다고 했다.

이야기를 듣고 있던 모린 고모와 카린 언니도 당황한 모습이었다.

나도 당황했다. 가게를 며칠이나 쉰다는 게 믿기지 않을뿐더러 급여도 받을 수 있고 여행도 무료로 데려가 준다. 벌어진 입이 다물어지지 않는다는 건 이런 상황에 쓰이는 거겠지.

가는 날은 정해져 있지 않지만, 조금 더 더워지면 갈 거라고 했다. 그리고 케이크를 판매하는 여관의 엘레나 양에게, 여행을 떠나 있는 동안 케이크를 만들 수 없다는 사실을 전달해달라고 티루미나 씨에게 부탁받았다.

하긴 갑자기 말하면 엘레나 양에게 민폐가 될 거다.

다음 날, 엘레나 양이 숙소에서 판매할 케이크를 받으러 왔다.

"네린, 새로운 케이크 맛있더라. 아버지도 어머니도 맛있으시대."

"다행이네, 그럼 이번엔 티루미나 씨랑 유나에게 시식을 부탁해서 가게에 내놓을까?"

"분명, 잘 팔릴 거야."

그렇지만 파는 건 조금 더 시간이 걸리려나?

나는 티루미나 씨에게 부탁받았던 이야기를 엘레나 양에게 전달했다.

"그러면 네린도 미릴러 마을에 가는 거야?"

"아직 날짜는 안 정해졌지만, 그렇다고 하네. 그래서 그때는 케이크를 못 만들 거야."

"응, 그건 어쩔 수 없지만……. 미릴러 마을이라, 좋겠다. 나도 가보고 싶어."

"같이 갈래? 유나에게 물어보면 되는데."

유나와 엘레나 양은 아는 사이니까 데려가 줄지도 모른다. 그렇지만 엘레나 양은 고개를 저었다.

"아니, 아마 안 될 거야. 미릴러 마을로 가는 사람이나 미릴러 마을에서 오는 사람이 계속 올 테니까. 여관의 딸은 바빠서 쉴 수가 없어."

엘레나 양의 집은 여관을 했다. 내가 크리모니아에 처음 왔을 때 머물렀던 숙소이기도 하다. 그때 친절하게 대해줘서 친구가 되었다. 서로가 쉬는 날에는 같이 놀기도 했다. 그렇지만 미릴러 마을과 크리모니아 마을을 연결하는 터널이 만들어진 뒤부터 숙소는 매우 바쁘다고 했다.

매출로 봤을 땐 기쁜 일이지만 힘든 모양이다.

"그럼, 출발하기 전에 케이크는 조금 넉넉하게 만들어둘게."

"응, 고마워."

케이크를 받아든 엘레나 양은 돌아간다.

오늘은 가게가 쉬는 날이라 카린 언니와 미릴러 마을의 이야기를 나누고 있는데 셰리가 가게로 찾아왔다. 셰리는 가게의 유니폼을 만든 여자아이이다. 내가 입고 있는 곰 옷도 셰리가 만들어 줬다.

가게에 무슨 일인가 싶었는데, 바다에서 헤엄칠 때 입는 옷을 만들 테니 나와 카린 언니의 신체 사이즈를 재게 해달라고 했다.

크리모니아에서는 본 적 없지만 수영복에 관해서는 알고 있었다. 호수나 바다가 있는 장소에서는 판매되고 있다. 왕도에서도 파는 가게가 있다.

셰리는 수영복이 그려진 종이를 보여줬다. 여러 종류의 수영복이 그려져 있었다.

카린 언니와 나는 수영복의 그림을 본 순간, 자신의 몸을 만졌다. 특히, 배를…….

최근, 케이크 시식을 많이 했다.

수영복 그림에는 배가 드러나는 것도 있었다. 배를 숨길 수 있는 수영복이라도 얇은 천 한 장이 몸에 밀착되어서 배가 나온 걸 숨길 수 없다.

나와 카린 언니는 거절하려고 했으나 셰리는 「유나 언니에게 모두의 몫을 부탁 받았어요」라며 슬픈 얼굴을 지었다.

고아원 아이들은 유나를 많이 좋아했다.

뭐, 이야기를 들었는데 유나를 좋아하는 이유도 이해가 간다. 그러니 아이들은 유나가 하는 말을 듣는다. 부탁을 받으면 싫다고 말하지 않는다. 애초에 유나는 이상한 일은 시키지 않고 아이들의 의견을 존중했다. 그러니까 좋아한다.

그래서 셰리도 유나에게 부탁을 받은 이상 「만들지 못 했어요」라고는 말하지 못할 거다.

나도 유나에게는 신세를 지고 있다. 카린 언니도 그렇다. 그러니 유나의 지시라면 거절할 수 없다.

무엇보다 무료로 미릴러 마을에 따라가는 처지에 싫다고는 말 못한다.

우선, 신체 사이즈는 쟀지만 몸에 붙은 살을 빼야겠다. 특히 배를…….

다음 날부터 나와 카린 언니의 다이어트가 시작됐다.

먼저, 새로운 케이크를 만드는 것을 관뒀다. 분명히 그게 가장 큰 원인이다. 시험 삼아 만든 케이크를 먹기 전까지 나의 체중은 이렇지 않기도 했고, 배도 분명 나오지 않았다.

그리고 식사를 줄이고 운동할 거다.

"가게도 있으니까 운동은 어떻게 하면 좋을까?"

카린 언니에게 물었다.

"아침 일찍 일어나서 가게가 시작하기 전에 할 수밖에 없는 것 같아."

케이크도 빵도 만들어야 한다.

다음 날부터 나와 카린 언니는 아침 일찍 일어나 고아원 근처에서 운동하기로 했다.

"하나 둘~, 하나 둘~."

우리 가게에 온 탄탄한 몸을 가진 여자 모험가에게 살 빼는 방법을 물었더니, 달리거나 몸 일부(배)는 복근을 단련하면 좋다고 했다.

우선은 고아원 주변을 가볍게 달렸다.

그러고 보니, 장시간 달리는 건 어렸을 때 이후로 처음일지도 모른다. 어릴 적엔 피곤함도 모르고 뛰어 돌아다녔다. 하지만 지금은 뛰어다닐 체력도 없다. 그 시절의 체력은 어디로 가버린 걸까.

그건 카린 언니도 같은지 달리기를 마치고 쓰러져 있었다.

"으~ 지쳤어. 뛰는 게 이렇게 힘든 거였나? 요 몇 년 동안 가게 안에 서 있기만 해서 이렇게 못 뛸 줄은 몰랐어."

"나도."

더 이상 움직이고 싶지 않다. 하지만 탄탄한 배를 손에 넣으려면 운동을 해야 한다.

"조금 쉬고 모험가에게 배웠던 운동을 해야지."

나와 카린 언니는 벌러덩 엎드려 눕고 상반신을 일으켰다.

"으, 안 올라가."

다리가 올라가고 상반신이 올라가질 않는다.

"카린 언니, 다리를 눌러."

"교대해야지."

나와 카린 언니는 교대로 다리를 누르며 상반신을 일으키는 운동을 했다.

열 번 정도 하니 힘들다.

"이걸 당분간 하루에 몇 번이나 해야 하는 거야?"

그 사실을 생각하는 것만으로도 귀찮아진다.

하지만 모험가는 몸을 단련시키기 위해 시간이 생기면 계속했다고 했다.

그건 당연하다. 숲속으로 들어가서도 계속 걸을 수 있는 체력. 마물과 맞닥뜨린다면 싸우기도 하고 마물이 도망치면 쫓아간다.

강한 적과 마주치면 도망쳐야 한다.

몸에 불필요한 살이 붙어 있어서 움직이지 못하면 목숨을 빼앗기게 된다.

그러니까 모험가는 여자라도 몸이 탄탄하다.

모험가인 유나도 분명 탄탄하겠지.

분명 곰 옷 속에는 예쁜 몸을 가지고 있을 거야.

나도 힘내야지.

결국 바다에 가는 날에는 고생한 보람이 있어서, 배는 창피하지 않을 정도가 되었다.

곰 님 팬클럽 노아 편

오늘은 집으로 피나와 셰리가 찾아왔어요.

"피나, 셰리, 어서 와. 방에 들어가자."

"실례할게요."

"아, 네, 실례하겠습니다."

피나와 셰리가 방으로 들어왔습니다.

"피나, 셰리를 데리고 와줘서 고마워."

피나가 수영복이 완성됐다고 연락을 해왔어요. 원래라면 유나 님의 집에서 처음으로 착용을 할 예정이었지만, 유나 님이 아버님의 부탁으로 왕도에 가버리고 아직 돌아오지 않았거든요.

아버님도 이런 타이밍에 부탁을 하지 않았으면 좋았을 텐데, 국왕 폐하의 의뢰라고 하시니 불만을 말할 수 없네요.

그래서 셰리에게는 미안하지만 집으로 와 달라고 했어요.

저는 피나와 셰리에게는 의자에 앉도록 했죠.

셰리는 긴장한 듯 위축되어 있어요. 처음 만났을 때의 피나 같네요.

얼마 전에는 유나 님이 있어서 괜찮았던 모양이지만 유나 님이 없으니 힘든가 봐요.

집으로 부르면 안 됐던 걸지도 모르겠네요.

저는 셰리와 친해지고 싶지만 신분의 차이는 큰 것 같아요.

피나와 가까워지는 것도 시간이 걸렸으니 서두르지 않으려고 해요.

"그럼, 수영복을 보여줄래요?"

저는 친절하게 말을 건넸어요.

"아, 네, 이게 수영복이에요."

셰리는 긴장하면서 천 봉투에서 수영복을 꺼내 테이블 위에 펼칩니다.

"이게 물속에서 헤엄칠 때 입는 옷이군요."

그림으로 봤지만 옷감의 면적이 적어서 조금 창피하네요.

그렇지만 호수나 바다에서 헤엄칠 때 평범한 옷으로는 어렵기도 하고 물에 빠질 위험도 있어서 이런 옷을 입는다고 해요.

그래도 혼자서 입는 건 창피하네요.

"셰리, 피나랑 셰리의 수영복은 있나요?"

"그게, 네, 가지고 있긴 한데."

"그럼 같이 입어 봐요."

"저도요?!"

"……?!"

제 말에 피나와 셰리가 놀랍니다.

"제가 혼자서 두 사람 앞에서 옷을 갈아입는 건 창피한걸요. 그러니까 다 같이 갈아입죠."

다 같이 갈아입으면 창피함은 줄어들고 같은 옷으로 갈아입으면 이야기도 활기를 띨 거다.

"싫어요?"

제가 재차 확인하자 피나와 셰리는 얼굴을 마주보더니 작게 끄덕입니다.

"알겠어요."

두 사람은 제 말에 따라주었습니다.

셰리는 수영복을 천 봉투에서 꺼내 피나에게 건네고 자신의 몫은 테이블 앞에 뒀습니다.

"그럼, 갈아입죠."

제가 옷을 벗기 시작하자 피나와 셰리도 체념하고 옷을 벗기 시작합니다.

테이블 위에 옷을 두고 대신해서 수영복을 입었습니다.

역시, 옷감의 면적이 작아요.

저는 방에 있는 거울 앞으로 이동했어요. 옷감의 면적은 적어도 무척이나 귀엽게 만들어졌네요.

뱅그르르 돌자 짧은 스커트가 흔들립니다.

귀엽지만 이건 조금 창피하네요.

피나와 셰리 쪽을 보니 두 사람도 옷을 다 갈아입었어요. 피나는 저와 비슷한 디자인의 수영복입니다.

저처럼 부끄러워 하네요.

하지만 제가 입는 건 창피해도 다른 아이가 입은 걸 보니 귀여워요. 그래서 다 같이 입으면 창피함도 사라질 거 같아요.

지금도 혼자였다면 창피했겠지만 피나와 셰리가 수영복을 입고 있어서 괜찮습니다.

하지만 셰리의 수영복 디자인은 독특했어요.

장식이 없는 검은 수영복에 가슴 부근엔 하얀색 천이 달렸고 그곳에 『셰리』라고 적혀 있어요.

"셰리, 그 수영복을 골랐어요?"

유나 님이 그린 그림 중에 분명 있었어요.

"그게, 고아원 아이들은 다 같은 수영복을 입기로 되었거든요."

"그러면, 그 이름은 뭐죠?"

"유나 언니가 그린 그림에 이름이 있어서 적었어요. 원장 선생님이 다들 같은 거니까 이렇게 하면 알기 쉽다고 하셔서요."

확실히 고아원 아이들은 많긴 하죠. 어떤 게 누구의 수영복인지 헷갈릴 수 있겠네요.

"일단, 검은색과 하얀색이라 곰돌이 색이랑 곰순이 색이에요."

셰리는 그렇게 말하더니 흰색 수영복을 보여줍니다.

"흰색이 귀엽네요."

곰돌이에게는 미안하지만 흰색이 귀여운 것 같아요.

우리만 다른 수영복을 입는 건 내키지 않지만 원장 선생님이 정하셨다니 뭐라고 할 수 없어요.

“그런데, 느와르 님. 수영복은 어떠신가요?”

셰리가 불안한 듯 물었습니다.

“무척 귀여운 것 같아요.”

“고맙습니다.”

셰리는 기뻐합니다.

“그럼, 사이즈는 괜찮으세요? 흘러내리거나 벗겨지지 않나요?”

저는 몸을 가볍게 움직여봅니다. 천이 딱 밀착해서 문제는 없네요.

다음으로 그 자리에서 뛰어봤지만 수영복은 어긋나지도, 흘러내지도 않습니다.

“괜찮아요.”

제 말을 들은 셰리는 안심한 것 같아요.

“피나는 어때요?”

피나도 저와 같이 몸을 움직였는데 수영복은 흘러내리거나 움직이지 않았습니다.

“네, 괜찮아요.”

그래서 최종 확인을 하기로 했습니다.

“그럼, 다음은 목욕탕에서 확인을 해봐요.”

“목욕탕이요?”

“네, 젖었을 때의 상태도 확인해야 할 것 같아서 준비했어요.”

모처럼이니 목욕탕에서 확인하기로 합니다.

피나와 셰리에게서 반대 의견은 나오지 않았으므로 목욕탕에 찾아왔습니다.

“정말로 들어가나요?”

“피나도 셰리도 수영복을 입고 물속에서 확인해 본 적은 없잖아요?”

“네.”

“없어요.”

“그러면 확인하는 편이 좋죠. 만약 결함이라도 있으면 큰일이잖아요.”

제 말에 셰리는 고개를 끄덕입니다.

“그럼, 우선은 제가 확인할게요.”

저는 욕탕에 들어갔습니다.

“확실히 이거라면 물속에서도 움직이기 쉽겠네요.”

알몸과 같다고는 할 수 없지만 그와 비슷한 느낌이에요.

평범한 옷을 입고 물속에 들어가면 옷에 물이 스며들어서 움직이기 어려울 거예요. 하지만 이거라면 움직이기 쉽네요.

“피나도 셰리도 들어와 봐요.”

저는 움직이지 않는 두 사람의 손을 잡고 욕조로 끌어당깁니다.

“정말로 움직이기 쉽네요.”

“예전에 옷에 물이 끼얹어졌을 때는 피부에 딱 달라붙어서 기분이 안 좋았는데 이건 그렇지 않네요.”

“네, 저도 비올 때 젖은 적이 있는데 기분 나빴어요.”

저는 경험은 없지만 젖은 옷을 입으면 기분이 나쁘다고 하네요.

“이거 봐요, 역시 경험을 해서 다행이죠.”

“네, 공부가 되었어요.”

그런 뒤 목욕탕에서 물장난을 쳤는데 라라에게 혼이 났습니다.

수영복 확인은 종료예요.

정원에서 수영복을 말리기로 하고 우리는 방으로 돌아왔습니다.

“셰리, 수영복은 문제없었어요. 고마워요.”

“아, 아뇨, 좋아해 주셔서, 다행이에요.”

이곳에서 셰리에게 한 가지 확인을 합니다.

셰리를 집으로 부른 이유 중 하나이기도 하죠.

“셰리, 곰 님이랑 유나 님을 좋아하나요?”

“곰이랑 유나 언니 말씀이신가요. 네, 좋아해요. 곰돌이랑 곰순이는 무척 귀엽고, 유나 언니는 저희를 구해줬어요. 제가 이 일을 할 수 있게 된 것도 유나 언니 덕분이죠.”

미소로 대답해줍니다. 거짓은 없네요.

“분명, 셰리가 곰돌이랑 곰순이의 인형을 만들었댔죠?”

저는 침대 위에 놓여 있는 곰돌이와 곰순이 인형을 셰리에게 보여줍니다.

“아, 네, 제가 유나 언니에게 부탁을 받아서 만들었어요.”

역시, 그렇군요.

전에 들었던 이름과 같아서 감이 왔어요.

"매우 소중하게 다루고 있어요."

"고, 고맙습니다."

"셰리가 곰을 좋아한다는 걸 확인했으니, 이걸 줄게요."

저는 한 장의 카드를 셰리에게 주었습니다.

"이건?"

"곰 님 팬클럽 회원증이에요."

"곰 님 팬클럽 회원증?"

"네, 곰 님을 사랑하는 모임이죠."

회원 번호는 0005번입니다.

"……0005번."

"참고로 제가 회원 번호 1번이고, 피나는 2번이에요."

0001번은 회장인 나, 0002번은 부회장인 피나.

"3번과 4번은?"

"3번은 저의 친구인 여자아이에요. 4번은 피나의 여동생 슈리죠."

"슈리가 4번……."

학원제 때 0004번의 회원증을 슈리에게 줬습니다. 슈리는 저에게 지지 않을 정도로 곰 님을 무척 좋아합니다.

5번에 어울리는 건 곰돌이와 곰순이 인형을 만들어 준 셰리입니다.

곰 님 팬클럽 회원이 될 자격은 충분하죠.

“곰 님 팬클럽에서는 뭘 하나요?”

“유나 님과 곰 님에 관한 이야기를 나눠요.”

셰리는 곰 님 회원증을 바라봅니다.

“제가 받아도 될까요?”

“이렇게 귀여운 곰 님 인형을 만드는 셰리가 안 된다면, 아무도 회원이 될 수 없어요. 그러니까 받아주세요.”

“고, 고맙습니다.”

“혹시, 곰 님이나 유나 님에 관해서 아는 것이 생기면 이야기를 들려주세요.”

“아, 네.”

후후, 이것으로 5명째입니다. 열심히 해서 곰 님 팬클럽의 회원을 늘려 보죠.

그리고 수영복이 마를 때까지 우리는 곰(유나 님)의 이야기를 나눴습니다.

■작가 후기

쿠마나노입니다. 『곰 곰 곰 베어』 14권을 구입해 주셔서 고맙습니다.

벌써 곰도 코미컬라이즈까지 합쳐서 18권째가 되었습니다.

그리고 여러분께 중대한 보고가 있습니다. 이미 띠지 등으로 알고 계시겠지만, 이번에 『곰 곰 곰 베어』의 TV 애니메이션화가 결정되었습니다. 이것도 응원해주신 여러분 덕분입니다.

이전부터 출판사 관계자 분과 회의가 있을 적마다 애니메이션으로 만들어지면 좋겠네요, 라는 이야기는 했었습니다. 농담 반 진담 반이었지만 되면 좋겠다는 생각은 분명히 있었습니다.

그러던 어느 날, 출판사 관계자분을 만나러 갔더니 애니메이션 제작에 관한 이야기를 듣게 되었습니다.

이미 애니메이션을 위해 여러 사람이 움직이고 있습니다. 저도 할 수 있는 것들은 맡아서 하고 있습니다. 기대가 돼서 참을 수가 없네요.

아직 자세한 사항은 말씀드릴 수 없지만 애니메이션 방송을 기대하며 기다려주시면 감사드리겠습니다.

그리고 서적에 관해서입니다만 이번 권에서는 유나가 수영복을 입습니다. 교복에 이어서 수영복이죠. 미릴러 마을의 이야기를 적을 때부터 언젠가는 수영복 편을 만들고 싶다고 생각했습니다. 그런데 정신을 차려보니 14권이 되어버렸습니다. 미릴러 마을의 이야기가 5권이니 꽤 시간이 지나버렸네요.

이번 권은 트러블도 없이 유나 일행이 여행을 즐기는 이야기로 이루어집니다. 물론, 그것만으로 끝날 일은 없을 테니 15권을 기대해주시면 감사드리겠습니다.

마지막으로 책을 출판하는 데 힘써주시는 모든 분께 감사 인사를…….

029 선생님께는 항상 멋진 일러스트를 그려주셔서 감사드립니다. 유나와 아이들의 수영복 모습이 귀엽네요.

편집자님께는 항상 신세를 지고 있습니다. 그리고 『곰 곰 곰 베어』 14권을 출판하는데 관련된 많은 분께 감사드립니다.

여기까지 책을 읽어주신 독자분들께는 감사의 마음을 보냅니다.

그러면 15권에서 만날 수 있기를 고대하고 있겠습니다.

2020년 1월 좋은 날 쿠마나노

■역자 후기

안녕하세요. 이번에도 재미있는 이야기로 찾아뵐 수 있게 되어 기쁩니다.

이번 권에서는 유나와 다른 인물들의 여행 이야기로 즐거움이 가득한 편이었네요.

수영복을 입은 유나와 다른 이들의 모습도 색달라서 흥미로운 스토리였습니다.

여러분은 어떠셨나요? 저는 특히 요즘같이 여행을 다니기 어려운 시기에 유나의 여행이야기를 읽을 수 있어서 대리만족할 수 있었습니다. 그래서 더욱더 뜻깊었던 것 같아요.

여러분도 즐겁게 읽어주셨으면 좋겠습니다.

항상 고생하시는 편집자님께 감사 인사를 드리며 독자분들과 15권에서도 다시 만나기를 기대하며 이번 편을 마칩니다. 감사드립니다.

2020년 10월 좋은 날

역자 김보라 올림

곰 곰 곰 베어 14

초판 1쇄 발행 2021년 5월 10일

지은이_ Kumanano
일러스트_ 029
옮긴이_ 김보라

발행인_ 신현호
편집부장_ 윤영천
편집진행_ 김기준 · 김승신 · 원현선 · 권세라 · 유재슬
편집디자인_ 양우연
관리 · 영업_ 김민원 · 조인희

펴낸곳_ (주)디앤씨미디어
등록_ 2002년 4월 25일 제20-260호
주소_ 서울시 구로구 디지털로 26길 111 JnK디지털타워 503호
전화_ 02-333-2513(대표)
팩시밀리_ 02-333-2514
이메일_ lnovelpiya@naver.com
L노벨 공식 카페_ http://cafe.naver.com/lnovel11

ISBN 979-11-278-5966-4 04830
ISBN 979-11-278-3067-0 (세트)

값 9,500원